予言の島

澤村伊智

角川ホラー文庫
22716

目次

表と裏　ひとつとなりし時
光と闇　一体となりし時
その輝きはとどまることを知らぬ
ひとつの　〝わ〟の始まりとなりぬ

プロローグ

「だって、聖天《しょうてん》さんといやあ仏様の親類だぜ、それをいま
ききゃ、お小夜《さよ》さんの風体は巫女《みこ》みたいじゃないか」
「そんなこと、構うもんですか。加持だの、祈禱《きとう》だのって
やつは、出来るだけもったいぶったほうが信用がある」
——横溝正史《よこみぞせいし》『獄門島《ごくもんとう》』

古びた襖《ふすま》の向こう、座敷に人が集まっている。「むくい荘」で一番広い、一階の奥の部屋だ。誰かが怒鳴り、別の誰かが謝る。どちらも標準語だった。テレビでしか聞かない喋《しゃべ》り方は酷《ひど》く奇妙で、刺々《とげとげ》しく耳に響いた。ぱらぱらと紙を捲《めく》る音。かちゃかちゃ、ごとんと撮影機材を組み立て、並べ置く音。靴下を穿《は》いた足が畳を踏み鳴らす時の、音のしない音。

比呂《ひろ》は襖の隙間から、そっと中を覗《のぞ》き込んだ。

大人たちの背中が見える。大きなテレビカメラとモニターも見える。幾本ものケーブ

ルが畳を這《は》い、何本かは襖の隙間から廊下へ出て壁のコンセントに刺さっている。巨大なミミズか、足の無いゴカイのようだ。照明が座敷の奥を照らしている。

あの子はどこにいるだろう。

ついさっきまで話していた、可愛くてお姫様のような彼女は。

背伸びして、しゃがんで、彼女を捜していると、

「はい五秒前」

一際大きな声がした。座敷の空気が変わる。徐々に緊張が高まっていく。

「四、三……」

知らない大人が奥に向けて、指でカウントダウンを示している。二から先は数えない。いつの間にか座敷の皆が黙りこくっていることに気付いて、比呂は息を潜めた。知らない大人が手でそっと奥を指した。「どうぞ」ということだろうか。

ややあって、ふう、と溜息《ためいき》がした。苦しんでいるような重い溜息。

「どうされましたか」

大人の一人が言った。ぱさ、と紙の鳴る音がする。

「……頭が痛い」

年老いた女性の声がした。

「夜になってからです。強い霊気がキリキリと脳を圧迫しています。寒気もする。ほら、こちらご覧になって」

比呂は声の主を直接見ることをあきらめ、モニターに目を凝らした。画面中央やや右、派手な格好をした老女が正座している。左隣の中年男性に、自分の右腕を見せている。

「ほんまや」

男性が大きな目を見開いた。この旅館の主《あるじ》、須永《すなが》だ。日に焼けた顔が照明を反射して光っている。

「ええ、さっきからずっと鳥肌が立ってるの」

彼女の言葉で比呂はようやく状況を理解した。

「そんなに危険なんですか。強いっていうか、戦闘力高いっていうか」

誰かが訊《たず》ねた。どこか馬鹿にしているように聞こえる。

「……ええ」

老女は答えた。画面の中でぶるぶると身震いしている。こめかみを押さえながら顔をしかめる。視線は山のほうを向いていた。

「とても強い恨みを感じます。凄《すさ》まじい憎しみも感じます。この村に住む人、この島を訪れる人を、片っ端から憎悪している。あっちの世界に引きずりこもうとしている。自分と同じ苦しみを味わわせ、甚振《いたぶ》り、ゆっくりと、じっくりと――」

殺そうとしている。

彼女は囁《ささや》き声で締め括《くく》った。座敷がしんと静まり返る。髪を茶色く染めた若い撮影スタッフ二人が、口を押さえて背中を震わせていた。笑っているのだ。老女の言うことが嘘だ、出鱈目《でたらめ》だと決めてかかっているのだ。

比呂には信じられなかった。

彼女の言葉遣いや話しぶりに圧倒され、怖くなっていたせいだ。彼女の言葉から想起した暗い山の景色に震え上がっていたからだ。この状況で笑える神経が理解できない。それ以前に、人が真剣に話している最中に笑うのは失礼だ。

モニターの老女が青い数珠《じゅず》を握り締めた。

老女は有名な霊能者らしい。テレビで観た記憶があるし、島の大人たちもそう言っていた。比呂は霊やUFO、ネッシーといったものにあまり興味を覚えない。一学年下の山下光輝《やましたこうき》はかなりのマニアだったが、家庭の事情で半年前に引っ越していた。彼がまだ島にいたなら、きっと大喜びしただろう。そんな空想に浸っていると、胸がちくりと痛んだ。

みんな出ていった。

この島にはもう、自分一人しかいない。僕一人しか——

「地縛霊ですかね？」

スタッフが訊《き》く声で比呂は我に返った。

「怨霊《おんりょう》は怨霊です。疋田山《ひきたやま》に棲《す》むヒキタの怨霊。こちらの古い言い伝えにもある。先程そう仰《おっしゃ》っていましたね？」

「え、ええ」

須永が慌てて答え、背後の島民たちに「せやな？」と同意を求めた。彼らは一様にうなずいて返す。

「今でも島のもんを恨んでる、取り殺そうと狙ってるって、そないな話がありますわ。はい」

ぎこちなく答える須永に、老女は「どうもありがとう」と力なく笑みを見せた。

そんな言い伝えがあるのか、と比呂は驚いていた。大人の間では周知のことらしい。

大人の一人が老女の名を呼んで、

「どうされるんですか？　話してみます？　戦ってみます？　それか守護霊に相談するとか？」

「山に行きましょう。とりあえず対話してみます。うまくすればカメラに映るかもしれない」

「行かなあきませんか」

須永が突然訊いた。知らない大人たち——撮影スタッフの何人かが首を傾げ、顔を見合わせる。手にした冊子を確認する者もいる。

「急にどうされましたか」

「いや、こんな夜は足元危ないんちゃうかなと思いましてね、へ、へへ」

作り笑顔で言う須永の顔には、大粒の汗が光っていた。この瞬間にも頬を伝い、顎《あご》の先へと流れていく。他の島民たちは一様に俯《うつむ》き、自分の手元を眺めている。

老女は微笑を浮かべた。まだ頭痛がするのか引き攣《つ》り笑いになっている。

「大丈夫です。小さい頃はよく山を歩いていましたから。イタコだった母の手を引いて、夜の山道を歩いたことも何度もありますよ」

「へえ、あの有名なあれでっか、恐山《おそれざん》のイタコ」

「違います」

「へっ？」須永が笑顔のまま訊く。

「いえ……大丈夫です。それより山に行きましょう。今すぐ」

そう言うと、彼女は不意にこちらを向いた。目が合ってしまう。

カメラレンズを正面から見ただけなのは分かっていたが、比呂は反射的に息を止めていた。全身が緊張で硬直する。

長い黒髪。前髪はとさかのように固められている。顔中に深い皺《しわ》がくっきりと刻み込まれ、瞼《まぶた》は青く頬と唇は赤い。島の女性とはまるで違う、濃く派手な化粧だ。テレビ用だろうか。

「怨霊はいます」老女が静かに言った。

「先日こちらで亡くなった方も、その祟《たた》りで命を縮めたのです。島の方が立て続けに体調を崩した、といったこともあったはずです」

雷に打たれたような衝撃を全身に感じた。えっ、と声を上げそうになって、比呂は咄《とっ》嗟《さ》に口を押さえた。彼女の断定口調が胸に突き刺さる。頭には両親の顔が浮かんでいた。

咳《せき》ばかりするようになった父親。寝込みがちになった母親。当たっている。両親のことを言い当てられている。島の誰かが伝えたとは思えない。現に須永たちも驚いている。

何故彼女には分かるのだ。これが霊感というものの力なのか。

であれば両親がああなったのは、本当に——

息が苦しい。自分の鼓動がうるさい。須永たちの反応に満足したのか、ふっ、と老女の口元が弛んだ。

全身の体毛が一斉に逆立った。

「ええ、わたしには分かります。この島は、この村は強力な怨霊に支配されている。わたしはそれに立ち向かわなければならない」

目を逸《そ》らしたいのに逸らせない。

比呂は恐ろしくなった。彼女のする怨霊の話はもちろん、彼女自身にも恐怖を抱いた。

「はいオッケーです！」

声がした途端、座敷が慌ただしくなった。誰かが誰かを叱り飛ばす。比呂は弾《はじ》かれるように襖から離れて廊下を走り、ロビーへと向かった。カウンターに摑《つか》まって、動悸《どうき》が落ち着くのを待つ。少し駆けただけなのに息まで乱れているうえ、服の下が汗に濡《ぬ》れている。

「ヒロくん」

呼ばれて振り向くと、あの子が——サチカが立っていた。輝かんばかりの笑顔で言う。

「ここで待ってていいって。だから遊べるよ」

「ほんま？」

比呂は自然と笑い返していた。

「じゃあ東京の話、聞かせてや。安《あ》室《むろ》奈《な》美《み》恵《え》に会《お》うたことあるってほんまなん？」

「うん。局ですれ違った」

「キョク？」

「テレビ局の建物のこと。めちゃくちゃ可愛かったよ」

「へええ」比呂は感心しながら、カウンターの下の空間にもぐり込んでみせた。サチカがくすくすと笑いながら続く。お姫様のようなカールのかかった髪が鼻をくすぐり、比呂はくしゃみを堪《こら》えた。

「他は誰と会うた？」

「んっとね――」

しゃがんだサチカが頬に指を当てたその時、

「えらいことやぞ、これ」

張り詰めた声がした。廊下の奥から須永たち島民が固まって、早足で歩いてくる。比呂とサチカは顔を見合わせ、口を噤《つぐ》んだ。

島民たちは早口で話し合っていた。小声ではあるがほとんど口喧嘩《げんか》、言い争いのようだった。彼らはカウンターの前で足を止めた。

「取り返しのつかんことになったら、どないすんねん」

「最悪死ぬぞ」

「上等やないか、それはそれでめっけもんや」

「何かあってからでは遅いで」

「この手の番組は何もないから成立すんねんぞ」

「今更しゃあないやろ」

須永が突っぱねた。

「こうなったらあとは運任せや。いや……ヒキタの怨霊の気分次第や。せやろ」

誰も何も答えない。撮影班がどやどやとやって来ると島民たちは口を噤み、そそくさと外へ出て行った。

大人たちの足が目の前を通り過ぎていく。板張りの廊下をどすどすと歩いている。

比呂はつい今しがたの須永らの言葉を思い返していた。

島の大人があんな話し方をするのを見るのは初めてで新鮮だった。それ以上に不安を覚えていた。

「ヒキタの怨霊……」

無意識につぶやいていた。

聞いたことがない。両親どころか誰にも教えてもらったことがない。だが須永たちの話はまるで冗談には聞こえなかった。

「どういうこと?」

サチカが言った。先程までの笑顔は完全に消え、瞳《ひとみ》が不安で揺れている。顔色まで悪くなっているように見える。

長いスカートが目の前を通り過ぎた。孔雀《くじゃく》が刺繍《ししゅう》された黒いスカート。しずしずと玄関へ向かう。あの老女だ。サチカの祖母だ。これから疋田山に向かうに違いない。

目玉のような羽の模様を見つめながら、サチカがぼそりと言った。

「あんなもの、全部インチキなんじゃないの……?」

第一章　警告

一

大原宗作《おおはらそうさく》が自宅の賃貸マンションで自殺しようとしていたところを、間一髪で阻止したのは彼の父親だった。

数ヶ月前から連絡が付かなくなった。心配になって行ってみた。

父親が周囲に明かした理由はそれなりに納得のいくものだったが、なぜその日その時に息子宅を訪れたのかは、本人にもよく分かっていない。朝九時に兵庫県伊《い》丹《たみ》市の自宅から電車を乗り継ぎ、四時間かけて東京都中野《なかの》区の息子宅まで行った、直接の動機。

「死んだ嫁はんが〝行け〟言うたような気がして」

周囲に問われると、彼は首を捻《ひね》りながらそう語った。

彼の妻は十年前に胃癌で亡くなっていた。

もちろん死者の魂などあるわけがない。だから死者の声など聞こえるはずもない。おそらくは勘、虫の知らせの類《たぐい》だろう。だがそれらしい言葉を並べたところで何の説明にもならない。いずれも煎《せん》じ詰めれば「論理的でない」「直感的・感覚的である」ことを表したものだからだ。

「つまり親子の絆《きずな》やな」

「……あのなあ、おかん」

平日午後九時。一連の経緯を聞いた天宮淳《あまみやじゅん》は、溜息《ためいき》混じりに言った。

「そんなことあるわけないやろ」

「あるよ。普通にある」

「はいはい」

「離れとっても通じてる。血ぃ繋《つな》がってるから分かるんよ。子供が何考えてるかも、どう思ってるかも、親いう生きもんは……」

淳はもう聞いていなかった。母親の長話には付き合っていられない、と身ぶりで示す。

実際いま大事なのは宗作が助かったことだ。数少ない友人が幸運にも死なずに済んだ。その事実こそが肝心だ。

だが、その一方で宗作の父親に感心してもいた。息子の身を案じ、危機一髪で助け出した彼に尊敬の念を覚えていた。

「あの男とは大違いやね。わたしと淳を捨てたアホとは……」

淳は母親の言葉が耳に入らないのか、無言で携帯を取り出した。

実家に戻って来た宗作と再会したのは、奇跡の救出劇から一ヶ月後、七月下旬の日曜のことだった。

「宗作」

午後二時、駅前の喫茶店。ドアをくぐってすぐ、奥の四人席に宗作が座っているのを見つけ、思わずそうつぶやいていた。

醤油《しょうゆ》顔、やや長めの黒髪、細い身体に地味な服装。どれもかつての彼とほとんど変わらない。無精髭《ひげ》が多少生えている以外は、最後に会った五年前の正月休みと同じだ。テーブルのグラスはアイスコーヒーで満たされている。

席に近付くと、宗作が顔を上げた。こちらを認めてゆっくり口を開く。

「お久しぶり、です」

「大変やったな」

淳が漠然としたねぎらいの言葉をかけると、宗作の右頬が小さく痙攣《けいれん》した。笑ったらしい。

「変わらないみたいだな、淳」

淳は「まあな」と答え、宗作の向かいに座った。

アイスコーヒーを注文して、ごく普通に、自然な調子で語りかける。

「でもまあ、よかったわ。こうして会えてんから」

宗作は答えなかった。淳は慌てて、

「しばらく休んだらええんちゃう？　失業保険も出るんやろ」

「ああ」今度は返事をした。淳は口元を綻《ほころ》ばせながら、

「なんやかんやで親御さんも喜んでるやろ、お前がおらんと寂しいって、去年会《お》うた時言うてはったし」

「馬鹿言うなよ」

宗作が不意に語気を強めた。標準語だ。すっかり訛《なま》りが取れている。上京して十五年も経つから当然かもしれない。そう納得しつつも、彼の変化に戸惑わずにはいられなかった。五年前はもう少し訛っていたような記憶もある。

「三十七にもなった息子が実家に帰ってきて喜ばしいわけないだろ。おまけに再就職も絶望的ときてる」

テーブルを睨《にら》みつけながらぼそぼそとつぶやく宗作に、

「京大卒が何言うてんねん。職歴も立派なもんやん。引く手数多《あまた》やろ」

単純な事実を告げる。四十路《よそじ》を前に退職したのはマイナスかもしれないが、宗作のスペックはそれを補って余りある。

「伊丹大卒でちっちゃい駄菓子メーカーの平社員に比べたら……」

「いや」

宗作が遮った。暗い目で淳を見ながら、

「僕にはスペックしかない。実社会で生きていくスキルが何もない。社交性も、空気を読む能力も、それに忠誠心も」

「忠誠心？」

「企業で働く人間には必須ですよ」と唇を歪《ゆが》める。

「誰がそんなこと言うたん？」

「上司ですよ。いや……元上司」

「宗作――」

「分かってるさ、淳」

緩慢な動作で彼は淳の言葉を遮った。頭を抱え、ぐしゃぐしゃと髪を掻《か》き毟《むし》る。

「そうだ。分かってるとも。あいつらの言っていたことは無茶苦茶だ。連中にとって都合のいい、部下を縛るための理屈だ。そんなことは最初から気付いてた。でもな……」

俯《うつむ》いたまましばらく硬直すると、

「今の自分がまともだとは、とても思えないんだ。能無しで落伍《らくご》者で敗残者で……」

消え入りそうな声で言った。自分を否定する言葉を次から次へと並べ立てる。

「そ、そんなことないって」

淳はどうにか口を挟んだ。すぐさま、

「誰もお前のことそんな風に思てへんて。俺もそうやし親父さんもそうや。その何とかいう会社の奴らが頭おかしいだけやって、それに……」

「嘘だろ、それ全部」

宗作がつぶやいた。前髪の間から充血した目が覗《のぞ》いていた。

「本当は馬鹿にしてるんだろ？」

「は？」

「出戻ってきた僕のこと、滑稽《こっけい》だと思ってるんだろ。家庭も持てずに逃げ帰ってきた、所詮《しょせん》は学生時代が人生のピークだった奴だって、心の中では嘲笑《あざわら》ってるんだろ。お前も、それにお前の――」

「宗作」

平手でテーブルを叩《たた》いていた。軽く叩いたつもりだったが思ったより大きな音がした。

他の客たちが一斉にこちらを向く。

「すみません」と淳は小声で詫《わ》びた。

集まった視線を気にしないようにして、できるだけ冷静に告げる。

「それは宗作が思ってるだけや。いや違うな。その上司らのせいで思わされてるんやで。分かってるやろけど」

宗作は目を逸《そ》らし、がっくりと項垂《うなだ》れた。店員が狙ったかのように現れてアイスコーヒーを二つ置き、すぐに立ち去る。

わずかに震える宗作の肩を見つめていると、ひやりと寒気が走った。未遂に終わったとはいえ、死を選ぶほど彼が追い詰められた事実。今もなお追い詰められている事実。この二つを目の当たりにして恐ろしくなっていた。

二

ブラック企業で上司のパワーハラスメントに遭った。

宗作が心を病み、自殺を試みた理由は簡単に説明できる。実家に戻った今も度を越した劣等感と被害妄想に苛《さいな》まれているのは、いわばその後遺症だ。

こうして言葉にすると陳腐に思えるが、淳の友人が当事者となると話は別だった。それもあの宗作が。博識で頭も切れるが決して杓子《しゃくし》定規ではなく、むしろ柔軟で人当たりもいい彼が。己の頭の良さを決して鼻にかけたりしない、どこを取っても「いいヤツ」の彼が。

新卒で入った大手通信会社を五年で辞め、転職先のIT企業を七年で辞め、次に入った若いベンチャー企業で、彼は上司に連日罵倒《ばとう》された、という。

残業は月百二十時間を超え、一日の睡眠時間は三時間がせいぜいだった、らしい。

「今でも聞こえるんだ……『これはお願いじゃない、業務命令だ』って」

「夢で？」

「いや、普通に起きてる時に。上司どもの決め台詞《ぜりふ》ですよ」

アホが言いそうなことやな、と鼻で笑おうとして思い止《とど》まった。宗作もそんなことは百も承知だろう。

「もっと過酷な会社はいくらでもある、うちはヌルい方だ」

「うちで駄目ならどこに行っても通用しない」

「今更辞めてもお前なんか誰も拾ってくれない」

宗作から聞いた上司たちの脅し文句は、見事なまでに月並みなものばかりだった。どれを聞いても自分なら突っぱねるだろう、と思ったが、何度も言われ続けると悪い意味で慣れてしまうのかもしれない。宗作のように。

洗脳だ。マインドコントロールだ。

大都会東京のど真ん中でも、閉鎖されたコミュニティで偏った価値観に染まってしまうことはある。どれほど違和感を抱えていても、抜け出せなくなることはあるのだ。

宗作が自殺を決意した直接のきっかけは「会社にも親にも迷惑をかけたくないと思ったこと」だった。朝七時に帰宅し入浴し、仮眠を取って十一時に目覚めた直後のことだ。

「変だとは思わなかったよ。むしろ万全だ、これで死ねると思った」

浴室で硫黄《いおう》が含まれた入浴剤と、酸性のトイレ用洗剤を手にした。洗面器で混ぜ合わせて硫化水素を発生させ、それを吸って死ぬつもりだったという。硫化水素を選んだのは「一番部屋を汚さないだろうから」という理由だった。

洗面器の前にしゃがみ込んだまさにその瞬間、ドアホンが鳴った。慌てふためいていると外から声がした。

「開けるぞ」

父親だ。そう気付いた途端に宗作は激怒し、入ってきた父親に殴りかかった。

「邪魔するな、みんなに迷惑をかけてもいいのか……そんな馬鹿げたことを本気で思ってたよ。そう怒鳴った記憶もある。父親に殴り返されて力が抜けて、あとはよく覚えていない」

日常的に追い詰められている人間は、救いの手を差し伸べてくれた相手に牙《きば》を剝《む》いてしまうものなのか。受け入れがたくはあるが事実なのだろう。宗作が嘘を吐くとは思えなかった。

父親とともに会社に出向き、宗作はすぐ退職することになった。応対した部長は赤いフレームの眼鏡を押し上げて、

「息子さんには経営者目線を持っていただきたかったのですが、残念ですね」

と、これまた陳腐なことを言ったらしい。現在は実家で静養しながら心療内科に通っているが、気分は少しも晴れないという。

彼の話を聞き尽くし、当たり障りのない近況報告を終えた頃には、外は暗くなっていた。宗作を家の前まで送り、自宅に帰ると、淳は自室のベッドに転がった。

すっかり消耗していた。一方で食欲は少しも湧かない。

電気も点《つ》けずに天井を見上げる。暗い中にありありと、これまでの記憶が浮かぶ。

大学受験の勉強で淳がしばしば宗作に助けを求め、主要五教科すべてを懇切丁寧に教えてもらったこと。「教師より分かりやすいわ」と言った時に彼が浮かべた、困ったよ

うな笑み。文化祭。高校受験。宗作が眼鏡をコンタクトにしたのは中二の頃だったか。小学校の頃は「探検」と称して近所の山に分け入ったり、住宅街の家と家の間を苦労して通り抜けたことがあった。スーパーファミコンを先に手に入れたのは淳だったが、「マリオカート」が上手《うま》かったのは彼の方だ。

思い出すのは些末《さまつ》なことばかりだった。だがそうしたことこそ、淳にとってはかけがえのない記憶なのだ。内向的な淳に友達を作ることは難しく、クラスの面々とも教師とも打ち解けられなかった。新学期や進学直後は仲良くできた友人とも、ほどなく袂《たもと》を分かってしまう。そんな淳と未だに友人でいてくれる宗作が、いま重大な危機に直面している。

ぶぶぶ、ぶぶぶ

かすかな振動を感じて手元のバッグを開くと、携帯電話が震えていた。液晶画面には知らない番号が表示されていた。

「もしもし」

「あれ……そちら県立伊丹南高等学校卒業生、天宮淳さんの携帯でよろしいでしょうか？」

戸惑った男の声が電話口から漏れる。聞き覚えのある声だった。

「春夫《はるお》か！」

淳は大きな声で言って、携帯を摑《つか》んだ。音声をスピーカーに切り替え、部屋の電気を点ける。

「ごめん、俺や、淳です。番号変えたん？」

「おお、すまんな。びっくりした、かけ間違えたんかと思ったわ」

岬《みさき》春夫だった。電話の向こうで四角い顔に笑みを浮かべているのが、何となく分かる。

小中高はおろか大学まで淳と一緒だった、宗作以上に付き合いの長い友人だ。

「どこ行ってたん？　ええと……一年ぶりか」

「日本海側をぶらぶらしとった。今は実家」

軽い調子で言う。春夫は住所不定だ。学生時代から学業そっちのけで長旅やボランティア活動などに熱心だった。社会人になってからは定職に就かず、行く先々で住み込みで働くそうで、これまで様々な仕事を経験したらしい。地元で知り合った交際相手の女性、藍《あい》ちゃんと連れ立って行くことも多いという。

「藍ちゃんとはその後どう？　上手くいってる？」

「まあ順調ですよ。最近あいつ幸せ太りなんか、体重が……いや、それはそれとして」

春夫は真剣な口調になると、

「宗作のこと聞いたで、淳。そんで戻って来た」

「誰から？」淳は訊《たず》ねる。

「おかん」彼は少し声の調子を落として、「あんまりええ風には聞いてへん。陰口ってほどではなかったけどな」と言った。

淳は肩を落とした。

近所の噂になっているのだろう。四十前の男が仕事を辞めて戻って来た、精神を病んでいる、しかも所帯も持っていないとなれば、口の悪い連中にとっては格好の餌だ。

淳は春夫に、宗作に会ったこと、彼と話したことを伝えた。

「……というわけでまあ、調子はよくない」

「そうかあ」

呻《うめ》くように春夫が返す。

「何とかせなって思うけど、俺らに何ができるんかって気もするし。『頑張れ』が禁句なんは知ってるけど、そんくらいやん」

「まあなあ」

「普通にすんのが一番なんやろうけど……飯食って雑談するしか思い付かん。考えてみたら共通の趣味があるわけでもないしな」

「せやな」

幼馴《な》染《じみ》、古い付き合い、腐れ縁——三人の関係を表す言葉はすぐに思い付くが、関係それ自体に確固たる実体はないのだ。不測の事態が発生すれば具体的な対策の一つも見《み》出《いだ》せない。

「どうしたらええんやろなあ」

淳は泣き言を漏らしていた。

春夫はしばらく黙っていたが、不意に場違いなほど明るい声で訊《き》いた。

「来週空いてる？」

「え？」

「来週の日曜、朝十時、場所はわしの実家。宗作には連絡しとくわ」

「おい春夫……」

「何か用事あるん？　お袋さんと出かける？」

「いや、大丈夫やけど、そんな早くに何するん？　しかも春夫ん家《ち》って」

単純な疑問を投げかける。春夫はふふんと楽しげに鼻を鳴らして、

「遊ぼうや」

と言った。

三

熱血高校チーム主将「くにお」のマッハキックが、連合チームメンバー「ごだい」に炸裂《さくれつ》する。ブブゥ、とブザーが鳴るような効果音がして、ダウンした「ごだい」が点滅して消えた。

「負けたあ」

春夫が気の抜けた声でコントローラーを床に放り投げた。「くにお」を操作していた

宗作が、一仕事終えたとばかりに首を鳴らす。

「卑怯《ひきょう》やろ、木刀いきなり捨てるとか有り得へん。棒術スペシャル使えへんやん」

「ただの戦術だ。反則じゃない」

「出た、一人っ子の発想」

少しも悔しくなさそうな口調で言うと、春夫はコントローラーを拾い上げる。早々に敗《ま》けていた淳は、床に置かれたファミリーコンピューターを眺めていた。

春夫の実家である戸建ての居間で、「ダウンタウン熱血行進曲　それゆけ大運動会」をプレイしていた。最大四人で遊べる、淳たちが小学校高学年の頃、人気だったソフトだ。

「よう残ってたね、ファミコンもそうやし、ソフトも」

「物持ちはええんですよ」

春夫はおどけた調子で言うと、ペットボトルのサイダーを飲み干した。

テレビ画面には表彰式が映し出されていた。効果音とともに「くにお」以外のキャプテンが画面外に吹き飛び、「くにお」がこちらに向かって何度もピースサインをする。

熱血高校の優勝、つまり宗作が勝ったのだ。

「……ゲームはできるのに」

宗作は画面を見つめていた。表情は曖昧《あいまい》で何を考えているかは分からない。

彼は小声で言って項垂れた。逆効果だったらしい。

視界の隅で春夫が表情を曇らせた。

どうしたものか。宗作を励ます言葉はないか。智恵を絞っていると、
唐突に春夫が訊いた。ぱちん、とファミリーコンピューターの電源を切る。

「旅行せえへん？」

「今から？」

「いやいや、近いうちの話。わしはいつでも大丈夫やけど……」

と、こちらをうかがう。淳はうなずいて、

「ええよ。会社も有給残ってるし」

「――医者に確認してみる」

顔を上げた宗作は曖昧な表情で言った。すぐに「けど正直、気が進まないな。お前らの時間を浪費させることになるから」

「ええて」

春夫が朗らかに言った。

「ファミコンばっかりはキツい。野球もサッカーもキックベースも一緒や。この歳でアメ村行っても買うもんないし、せやからって大丸とか行ってもしゃあないやろ」

「グランフロントとかあべのハルカス行ってもな」

若い頃は何となくできたことが今は難しい。新しいランドマークがいくつできても、積極的に行きたくはならない。

「わしは酒飲まれへんし、宗作も飲まん方がええやろ。消去法で旅行や」

春夫は手元の携帯を拾い上げると、

「ええとこあんねん。その筋では有名な瀬戸《せと》内海《ないかい》の島や」

「それって直島《なおしま》とか？」

宗作が無表情で訊ねた。

頭に浮かんだのは防波堤の突端に鎮座した、巨大なカボチャのオブジェだった。黄色い表面に大小の黒い水玉が並んでいる。芸術家・草間《くさま》彌生《やよい》の代名詞ともいえる偏執的な模様。

直島は香川県の有名な「アートの島」だ。芸術鑑賞ができるリゾート地として、大企業ベネッセが開発運営している島の一つ。近隣の豊島《てしま》、犬島《いぬじま》を合わせた三つの島にはいくつもの美術館があり、屋外のいたるところに芸術作品が展示されている。

「意外なチョイスやな。まあ、たまには芸術もアリかもしれんな」

淳がそうつぶやくと、

「ナシじゃ。あんな汚い島」

春夫が鼻で笑った。表情は穏やかだったが、目も口調も真剣だった。

「汚いとは思えないけど、何かあるのか？」

「説明するんめんどいな。どっちにしろ、わしが思てる候補とちゃう」

「じゃあ何処《どこ》なん？　小豆島《しょうどしま》？」と、淳は代表的な瀬戸内の島を挙げる。

「ちゃうちゃう」

　春夫は頬を弛《ゆる》めた。液晶画面を撫《な》でて、

「家島《いえしま》諸島の南にあんねん。行政的には兵庫県H——市や」

　携帯をこちらにかざしてみせる。淳は顔を近づけた。遅れて宗作も覗き込む。市の公式サイトらしきシンプルなページ。画面上には海と島の画像が大きく表示されている。島には大小二つの山があった。向かって左側にはなだらかで低い山、右側には切り立った高い山。島の中央、低い山のふもとに家々が並び、その手前に港がある。港にはさび付いた漁船が二艘《そう》。家や船、木々との比率から察するに、かなり小さな島だ。画像の隣には大きな文字で、こう書かれていた。

〈霧久井《むくぃ》島　MUKUI Island
　何もない島。だからこそ、
　なくした何かが見つかる島〉

「……何しに行くん？」

　淳は訊いた。

「何もないってオフィシャルで謳《うた》ってるやん。よっぽどやぞ」

「せや。いわゆる名物も絶景スポットもないし、島民は年寄りばっかりが三十人。これから増えたりもせんやろ」

春夫は何故か嬉《うれ》しそうに説明する。四角い顔に意味深な表情を浮かべている。

「あれか、限界集落を見に行くとか？」と宗作が問いかける。淳が続けて、

「裏山を探検するみたいなノリで――」

「ある意味惜しいけどハズレやな」

春夫は携帯を置くと、

「ここ、最近話題になってんねん。ネットでちょいちょい出てるわ。まとめサイトとか、オカルト専門サイトとかに」

にやにやして黙る。仄《ほの》めかしだ。こちらに当てさせようとしている。

「まさか、心霊スポット？」

宗作が訊いた。

春夫は大きく一度、はっきりとうなずいた。

淳は「ええー」と声を漏らした。

落胆するほどではなかったが拍子抜けしていた。早くも興味を失いつつあった。

心霊スポットなど与太話だ。ただ怖そうな雰囲気が漂っているだけの場所。そうでなければ過去に事件事故があり、死んだ人の霊なり怨念《おんねん》なりが「残っていそうな」場所。

ここ最近もそうした場所に足を運び、体調を崩したり「声が聞こえた」と怯《おび》えるタレントや自称霊能者をテレビ番組で見たことはあるが、淳はそのすべてを半笑いで楽しんでいた。

春夫はどうなのだろう。洒落《しゃれ》で行こうと提案しているのか。それとも本気で霊なり怨念なりを信じて誘っているのか。

「じぶんらも絶対好きやと思うで」

こっちの気持ちを知ってか知らでか、春夫は目を輝かせて言った。

「ううむ」宗作が頭を掻く。「お化け屋敷は嫌いじゃないけど、こういうのは……」

春夫はがっかりした様子を微塵《みじん》も見せずに、

「わしもほんまに何かあるとは思てへんよ。霊なんかおるわけないし、心霊スポットにも興味ない」

と言った。

「そ、そうやんなあ」

淳の口から安堵《あんど》の声が漏れた。

「でもここは別や」春夫はこちらに顔を近付けると、「霧久井島にはな、こんな話が出回っとんねん。九〇年代半ばにここで心霊番組を撮影してたら、出演してた霊能者がおかしくなった。しかもその後すぐに死んだ。番組はお蔵入りになって、スタッフも霊能者の家族も次々不幸に見舞われた。つまり——祟《たた》りに遭《お》うたんや」

声を潜めて、まるで怪談か何かを話す時のように、

「霧久井島はむかし流刑地で、罪人たちの無念とか怨念が残っててん。今でもこの島を訪ねたら変な声を聞いたり、不幸になったりするらしい……まあこの辺は完全に与太や

けど、大事なんはそこちゃう」

淳、そして宗作の顔を順に見つめて、

「そのおかしくなって死んだ霊能者いうんが、あの宇津木幽子《うつぎゆうこ》やねんて」

と言った。

「うそ」

淳は大きな声を上げていた。

宗作が何か言おうとしたところで、春夫が「しかも」と畳み掛ける。

「宇津木幽子は死ぬ直前に予言残してるんや。言うたら生涯最後の予言やな。そこに書いてあんねん――今年の八月二十五日から二十六日の未明にかけて、霧久井島で六人死ぬってな」

四

八月二十四日。午前十一時。

ＪＲ伊丹駅の改札で待っていると、人ごみの中に宗作の姿が見えた。俯きながらおずおずと歩いている。無精髭は更に伸び、鬱々《うつうつ》とした雰囲気は変わらない。

大きく手を振って呼びかけると、彼はホッとした顔でこちらにやって来た。

「……無理してへん？」

「ああ、大丈夫」淳の問いに宗作は小刻みにうなずいて、「これ、買ったよ」とドラムバッグを軽く叩く。生地の光沢は明らかに新品のそれだった。

「わざわざ？」

「そう。だから楽しみではあるよ。なんせ宇津木幽子が絡んでる島だ。それに怨霊《おんりょう》と予言が」

「信じてるん？」

「まさか」宗作はかぶりを振って、「懐かしい気分にはなったよ。たとえ与太話でも、洒落でもさ」と言った。淳は思わず苦笑してしまう。与太話。洒落。たしかにそうだ。ネットの噂に敢えて乗る、子供じみた遊び。それでも宗作の気が晴れるなら、実行に移す価値がある。

「よおよお、お待たせ」

　春夫が現れた。二泊三日には不釣合いなほど大きなリュックサックを背負い、頭には白いタオルを巻いている。

「悪いな、いろいろ」と、淳は詫《わ》びた。今回の霧久井島旅行は全て春夫が仕切っている。いや、彼に仕切ってもらっている。旅館の予約も、島に着いてからの具体的な計画も任せっぱなしだ。「任せとけ」「着いてからのお楽しみや」と彼は言っていたが、心苦しくないといえば嘘になる。

「ええって」と答える春夫。手にした三冊の本が淳の目に留まる。片手で摑めるほど小さい。

「その本は？」

問いかけると、春夫は淳と宗作に向けて本を掲げた。

「今朝届いてん。道中読んで盛り上げていこうや」

カバーにはおどろおどろしい字体で、こう書かれていた。

『宇津木幽子鑑定　心霊写真大百科ＰＡＲＴ４』

『宇津木幽子の心霊体験２』

『遺作　宇津木幽子　最後の大予言』

　宇津木先生こんにちは。

先月、遠足に行ったときに旅館で撮った写真です。並んだ三人の男子（一番左が僕で、あと二人は親友です）の間、窓ガラスの向こうに白い手が写っていて、とても驚きました。

　クラスの女子に「自殺した女性の手だ」「強い怨念を感じる」と言われて、怖くなりました。持っていても大丈夫でしょうか？　お寺でお祓《はら》いをしてもらった方がいいでしょうか？　鑑定よろしくお願いします。

（兵庫県／Ｊ・Ａさん　小学生）

楽しそうな写真ですね。それに綺麗《きれい》な字でびっくりしました。

さて問題の手ですが、これはガラスに付着した手の脂が、フラッシュに反射したものと考えられます。霊気は少しも感じられません。

この写真はJ・Aさんにとってかけがえのない記録です。大切に保管しておくといいでしょう。もちろんお祓いやお清めの類は必要ありません。これからもお友達と仲良くしてくださいね。

「懐かしいにもほどがあるやろ」

『宇津木幽子鑑定　心霊写真大百科PART4』から顔を上げると、淳は隣の春夫に言った。不意に電車が揺れ、手すりを摑んで足を踏ん張る。

東海道《とうかいどう》本線のH——駅行き、新快速の車内。

オレンジ色の吊革《つりかわ》に摑まった春夫が「ほんまやで」と笑った。

彼の右隣では宗作が立ったまま、『宇津木幽子の心霊体験2』を読み耽《ふけ》っていた。顎《あご》と首の境に生えた、一本だけ長い髭が目立つ。

「すっかり忘れてたわ。あん時はあんなに興奮したのに」

淳は本を掲げると、

「この写真、小五の時に俺が送ったやつやん」

「せや」

「なんで俺捨ててもうたんやろ」

折り癖のついた本を撫でる。

当時のことを思い出していた。鑑定の結果はいわばシロ。心霊写真ではない、と宇津木幽子は断定した。安心することはしたものの、偽物だと分かって残念な気持ちにもなっていた。

「今でいうたらリスペクトしとったな、宇津木幽子」

春夫が遠い目でつぶやいた。

「テレビ出た時もよう見てたし。心霊写真鑑定で宜保愛子《ぎぼあいこ》と対決するみたいな番組もあったわ。なんかグダグダで終わった記憶あるけど」

「おったな、宜保愛子。うわあ」

また懐かしい固有名詞が飛び出して、淳は感嘆の声を上げた。

宜保愛子。宇津木幽子。どちらも一九八〇年代から九〇年代半ばにかけて、世間を賑《にぎ》わしていた霊能者だった。霊の姿を見たり声を聞いたり、体感したりできると自称する人物。心霊写真の真贋《しんがん》を「霊視」で見極め、いわくのある土地や建物で霊の声を聞く。淳たちが小中学生だった頃、クラスでは宜保派、宇津木派で人気が二分していたが、三人とも断然後者だった。

淳は再び『宇津木幽子鑑定　心霊写真大百科ＰＡＲＴ４』を読み始めた。

カバー中央には、夫婦らしき男女を写した写真が大きく配置されている。女性の肩から腰にかけて、オーロラのような赤い光が差している。男女の両目は黒い線で隠されている。その隣には派手なスーツに身を包んだ、女性のバストアップ写真が載っていた。パーマを当てた長い髪。赤い唇。くっきりと皺《しわ》の目立つ顔。鋭い目でフレームの外を見つめ、ターコイズブルーの数珠《じゅず》を巻いた手を合わせている。年齢は六十歳前後だろうか。

宇津木幽子その人だ。

彼女の鑑定する心霊写真と彼女のコメントに、当時の淳たちは驚き、恐れ、慄《おのの》いた。それ以上に夢中になった。だが――

「いつの間にか『消えた』なあ」

淳はそう呟《つぶや》いた。

「テレビにも出えへんようになった。俺らが興味なくしたってのもあるやろけど……」

「オウムの余波じゃなかったか」

宗作が言った。本に指を挟みながら、

「九五年に地下鉄サリン事件が起こって、オウム真理教の犯罪が次々に明るみに出ただろ。報道もそれ一色で、その流れでテレビ局がオカルト番組、心霊番組を自粛したんだ。この手のジャンルは何となくアウトだって。まあ麻原《あさはら》もそれ以前は空中浮揚だとかで、マスコミじゃ一緒くたに扱われてたけど……」

大真面目に解説する。

快復していると決め付けるのは早計だ。そう自分を戒めながらも嬉しくなっていた。

春夫も顔を綻ばせている。

「あっ」

不意に宗作が言った。みるみる表情が曇る。

「……すまん。いや申し訳ありません。聞き齧《かじ》った薄い知識をひけらかすのは僕の悪い癖です。どうでもいいことだ、いや、ですよね。社会じゃ通用しませんよね……」

もごもごと弁解して、また髪を掻き始める。上司にそんな風に叱責《しっせき》されたことがあるのだろう。何と声をかければいいか思案していると、

「いま遊んでるだけやん。通用するもせんもあるかいや」

軽い調子で春夫が言った。そのとおりだ。いい大人が電車で、子供向けの本を肴《さかな》に昔話に興じているだけ。

「そうそう」と同意を示すと、宗作の頬がわずかに弛んだ。

H——駅で下車し、駅舎を出てH——港行きのバスに乗る。天気は快晴で窓から差し込む日差しが眩《まぶ》しい。効き過ぎた空調に軽い寒気を覚えながら、最後部の座席で雑談に興じた。話題はやはり宇津木幽子のことだった。

「さてさて、今回の本命を確認しよか」

春夫が『最後の大予言』を取り出した。最後のページを開く。おどろおどろしい字体で、詩らしきテキストが右ページに大きく記載されていた。

我が命の絶えて二十年後　彼の島で惨劇が起こらむ
怨霊の祟りか或いは報い　救いは涙の雨に阻まるる
海の底から伸び出ずる手　生き血を啜《すす》る黒く長き虫
山肌を這《は》い下りる死の手　影の持つ血に染まりし刃《やいば》
翌日の夜明けを待たずに　霊魂六つが冥府《めいふ》へ堕《お》つる

左ページには説明が記されていた。

　これは宇津木幽子が亡くなる二時間前に書いた、最後の予言である。死の床に就いてなお人類の未来について考え、霊力で見通そうとした彼女の愛に驚かされる。二〇一七年八月二十五日に「彼の島」で起こる惨劇とは如何《いか》なるものか。我々にできることはただ彼女の予言と愛を胸に、日々誠実に生きることなのかもしれない……。（編集部より）

　予言はいかにもな言葉が並んでいるだけで意味は掴みづらい。擬古文も正しいとは思えない。例えば「伸び出ずる」は、正しくは「伸び出づる」のはずだ。編集部の締めくくり方も強引すぎる。
　それでも怪しい雰囲気は感じられた。怨霊、祟り、血に染まりし刃……

「オカルトサイトに上がってるテキストと一緒や」

携帯の画面と見比べながら、春夫が嬉しそうに言った。

「〝彼の島〟と〝報い〟で霧久井島ってことやろな。そんで最後の一文と編集部の説明で日時が特定されて——」

「六人死ぬことを予言してるんちゃうか、ってなってるんや」

淳は引き継いでまとめた。単なるネットのデマではなく、本人の著作が根拠だったわけだ。

「ほんまに人が死んだらどうする？」

わざとらしく訊く春夫に、宗作が「はは」と声だけで笑って返す。

「懐かしいな。意味深な予言にビビッてた小学生の頃を思い出すよ」

「ノストラダムスとかな」

淳は言った。時の流れに思いを馳《は》せる。『ノストラダムスの大予言』は七〇年代に大ブームになったが、淳たちが子供の頃も、オカルト本やオカルト番組で積極的に取り上げられていた。触れた当初は有名な「一九九九年七の月」「恐怖の大王が降ってくる」といった記述に慄き、眠れなくなったことを思い出す。今となっては笑い話だ。

「まあでも霧久井島にロケ行ったかどうかは真偽不明や。それが中止になったかどうかも当然分からん」

「尾《お》鰭《ひれ》が付いたんじゃないかな。きっと誰かが予言を読んで、話を膨らませたんだよ」

「やろうなあ」

友人たちの会話を聞きながら、淳は「最後の大予言」に視線を向ける。

先程感じられた怪しさは完全に消え失《う》せていた。

バスはH――港に到着した。降りた途端に熱気と湿気が身体に纏《まと》わりつく。

目の前には四角く白い建物が聳《そび》え立っていた。「乗船券うりば」と大きな赤い文字で書かれた看板が、正面の壁にかかっている。その隣には「小豆島」「家島本島」「男鹿《たんが》島《しま》」「坊勢《ぼうぜ》島《じま》」の看板。どれも最近リニューアルしたのか、キラキラと陽光を反射している。

島の名が並んでいる下に、古びた小さな文字看板があった。

「霧久井島」

〝久〟の文字が斜めに傾ぎ、〝島〟の下部〝山〟が無くなっていた。落ちたか飛ばされたかしたのだろう。そして放置されている。

「ないがしろやん」

淳は早くも額に流れ出した汗を拭《ぬぐ》う。

「何も無い島やしな。こっちや」

春夫に導かれるまま、淳たちは建物に足を向けた。ステップを上り、開きっ放しのガラス扉を通り抜ける。

プラスチック製の黄色い椅子が整然と並んだホールを通過して、突き当たりの乗船券売り場に向かう。売り場には十数人の行列ができていた。服装と声から察するに大多数は中国人観光客らしい。目的地は小豆島だろうか。

列はなかなか進まない。最後尾の淳は時刻表と航路の描かれたパネルを見上げていた。霧久井島行きの船に直行便はなく、家島本島と坊勢島を経由する、片道千二百円の便に乗るしかない。乗船時間は約一時間で、本数は一日わずか二本。これから乗る便を逃すと明日の十時まで待たなければならない。

不意に宗作が振り返り、「僕はあると思う」と言った。

「は？　何が？」

「予言。厳密には未来予測だけど」

「ああ、さっきの話か、そんなもん……」

宗作が真剣な顔をしているのを見て、淳は黙った。

宗作は未来予測で助かったのだ。そうとしか呼べない力に導かれた父親のおかげで、自殺せずに済んだのだ。

「さっきは〝懐かしい〟なんて軽く流したけど、当たることもあるかもと思ってね」

「せやな、すまん」

「いや、謝るようなことじゃない。怒ってもないし」

宗作は表情を和らげると、

「自分のこともそうだけど、僕が思い出したのは福知《ふくち》山《やま》線の事故の時に流れた噂だよ。

電車に乗ろうとしたら――」

「あれか」

淳は言った。

ＪＲ福知山線の脱線事故。淳が社会人になって三年目、二〇〇五年四月二十五日のことだ。脱線した列車がマンションに激突し、乗客乗員合わせて百人以上の死者が出た。淳の知り合いに被害者はいなかったが、上司の親戚《しんせき》が乗り合わせ、両足を骨折する大怪我を負ったという。

噂とは、事故の直前その列車に乗ろうとした人が「見知らぬ女性に制止された」というものだ。

川西池田《かわにしいけだ》駅や伊丹駅のホームで服を引っ張られ「乗るな」と言われた、「大変なことになる」と真剣な顔で囁《ささや》かれた、電車を見送っている間に姿を消していた、事故のニュースに肝を冷やした、女性に感謝しつつも不思議に思った――

女の子だった、若い女性だった、という話もあるにはあるが、老女だったという話が一番多い気がする。噂を耳にするようになったのは事故から一週間くらい経った頃からだろうか。

「３・１１の時も似たような噂は聞いたよ。上野《うえの》駅とか東京駅で、東北……特に海沿いの町に行こうとした人が、ってやつ」

宗作が言った。

「僕はこういう形の予測は有り得る気がするんだ」

「かもなあ」と曖昧に同意してみせたが、頭の中はすぐ疑念で一杯になった。

福知山線の噂は予言者がいた、未来予測する人がいたという話ではない。脱線事故との符合は信憑《しんぴょう》性を高めるための方便で、噂の核心は「不思議な存在に出会った」にある。つまり幽霊や妖怪《ようかい》の目撃証言と同じだ。もっと厳密に言うなら都市伝説の類だ。淳たちが小学生の頃――それこそ宇津木幽子が活躍していた頃――に流行した「トイレの花子《はなこ》さん」と何も変わらない。

宗作が未来予測を受け入れたくなるのは理解できるが、引き合いに出す話ではない。

つらつらとそんなことを考えていると、

「しつこいねん！」

大きなしわがれ声が飛んで、淳たちは一斉に振り返った。

作業ズボンを穿《は》いた浅黒い肌の老人が、最前列の椅子の前で目を剝いていた。鼻の穴を大きく開き、口は真一文字に結ばれている。

すぐ前には派手なメイクの痩《や》せた女性が、真剣な表情で立っていた。

年齢は淳たちと同じくらいだろうか。ドルチェ＆ガッバーナのロゴが大きくあしらわれた黒いＴシャツ。首には金のネックレスが幾つも巻かれ、白いロングスカートの裾《すそ》から銀色のピンヒールが覗いている。小ぶりなキャリーバッグは豹《ひょう》柄だった。

怒号で静まり返っていた館内が、徐々にざわめきを取り戻す。

女性の赤い唇が動いた。声はこの距離からは聞こえない。

老人の顔が忌々しげに歪《ゆが》んだ。

「アホか」

そう吐き捨てると、彼はしっしっと手で追い払う仕草をした。女性は肩を竦めると、ゆっくり歩き出す。キャリーバッグのガラガラ鳴る音が、カツカツというヒールの音に交じる。白塗りの顔は無表情で、怒ったり悲しんだりしている風には見えない。

自動販売機の傍らで立ち止まると、彼女は巻いた明るい髪をばさりと大袈裟《おおげさ》に振って、壁にもたれかかった。

「何だろうね」と宗作が小声で言った。春夫がちらちらと女性を横目でうかがいながら、

「あの手のオバハンは厚かましいからな。充電器貸せとか言うてきたんちゃうか」

「オバハンって。僕らと同じくらいだと思うよ」

「そうか、わしらもうオッサンやったな。はは」

二人の話を聞きながら淳はそっと女性を見やる。彼女はどこからか取り出したタブレットを覗き込んでいた。先の老人は不機嫌そうに、椅子の上で貧乏ゆすりをしていた。

列はのろのろと進み、ようやく淳たちは乗船券を購入した。気付けば出航まであと十分に迫っている。

「船着場に行っとこか。もう船来てるかもしれん」

春夫が早足で歩きながら、出入り口を顎で示す。

「アナウンスがあるんじゃないの」

「油断でけへんぞ。なんせ霧久井島やからな」

「いやいや」淳は苦笑した。「いくら何も無い島やいうても、そこまで――」

「すみません」

声をかけられて淳は足を止めた。宗作と春夫が遅れて立ち止まる。

先程の女性が立っていた。

「霧久井島に行かはるんですか？」

関西訛《なま》りで訊ねる。目鼻口、全てが大きく力強く、そして威圧的だった。

「ええ」

淳が答えると、女性は少し間を置いてから、

「やめたほうがええですよ」

と言った。冗談めかしている様子は一切なく、かといって深刻でもない、ただ事実を報告するような口調と表情だった。

意識の隅で腑《ふ》に落ちていた。さっきの老人が声を荒らげた理由はこれだったのだ。こんなことをいきなり言われたら、怒る人は怒るだろう。だが淳は怒るどころか反応すらできなかった。

ついさっき宗作と語り合ったことが、いま現実に起こっている。

宗作がぽかんと口を開けていた。

「え、何の話？」

春夫が半笑いで訊く声がして、淳は我に返った。

女性は表情を変えず、

「えらいことが起こりますから」

それだけ言って黙る。

「いや、ごめんお姉さん、それで『分かりました、やめます』とはならんよ」

困り顔で言う春夫。

女性はすぐさまこちらに問いかける。

「皆さんもですか」

宗作はしどろもどろになった。ちらりと淳をうかがう。

「ええと……」

「難しいですね。急な話なので」

端的に疑念、そして拒否を示すと、

「そうですか」

女性はまるで気にした様子もなく、それどころか澄ました顔で言った。冷めた目で春夫、そして宗作を眺める。

「うちは止めたよ。まあ——」

視線が淳でぴたりと止まった。ふっ、と赤い唇を弛《ゆる》めると、

「お兄さんは大丈夫かもしれんね。それだけ強力な守護霊に守られてんねやったら」

そう言って女性は歩き出した。出入り口を抜け、ゆっくりステップを下りて行く。

淳は呆然《ぼうぜん》とその背中を目で追っていた。最初に口を開いたのは春夫だった。

「……これ、アレみたいやな。たまに聞く噂」

「ああ」宗作がうなずく。

「だから今想像してるよ。僕らが乗る船が、ひょっとしたら……」

「待って待って」

淳は外を指し示した。

「あの人、船乗るんちゃう？」

ガラス扉の遥《はる》か向こう、豆粒ほどの大きさの彼女が、波止場に向かって歩いている。

淳たちは顔を見合わせた。次の瞬間には女性の後を追っていた。

五

波止場には既に中型の客船が停まっていた。船体側面に「むくい丸」と書かれている。

二十数人ほどの客が一列になって、今まさに乗り込もうとしている。

列の真ん中にあの女性の姿があった。豹柄のキャリーバッグが目を引く。前の方に先

の老人らしき背中も見える。

「やっぱり乗るんや」

淳は早歩きで言った。

「ってことは船が転覆したり、燃えたりはしないんじゃないか」

並んで歩いている宗作が引き継ぐ。顔は心なしか青ざめている。

「ってことは」振り返った春夫が、宗作の口調を真似て引き継いだ。

「えらいことは島で起こるんやな」

「そ、そうなるんかな」

淳が曖昧に訊くと、彼は「なるやろ」と一言で返した。

宇津木幽子を祟り殺した——そう噂される島。彼女が死の直前に「惨劇が起こる」と予言した島。予言が仄めかす日に島へ向かう淳たちを、都市伝説さながらに引き止めようとした女性。

つまり。

「ええ具合に不穏なんが続いてるわ。盛り上がってきたでえ」

春夫が心の底から楽しそうに言った。淳は「せやな」と笑って返した。

宗作は何も言わなかった。心なしか浮かない顔で乗客の列を見つめていた。

列に並んでタラップを上り、船に乗り込んだところで、ガリガリと雑音混じりのアナウンスが鳴り響いた。「まもなく出航します」だけが辛うじて聞き取れる。中年の船員二人が緩慢な動作でロープを片付け、タラップに手を掛ける。

「……って」

微《かす》かな声を耳が拾った。

「待って！　乗ります！」

大きなリュックサックを背負った小柄な女性が、呼びかけながらこちらに走ってくる。少なくとも、本人は走っているつもりだろう。両手を懸命に振っているのが見える。どたどたと足を鳴らしているのも聞こえる。茶色い団子頭が激しく揺れている。

だが彼女は信じられないほど鈍足だった。現にさっきから一向に、こちらに近付く様子がない。エンジン音のせいか、船員たちは気付かずタラップを船から離そうとする。

「ストップストップ！」

淳は乗降口から身を乗り出し、船員たちに呼びかけた。女性を指で示す。船員二人は揃って「ああ？」と日焼けした顔を歪めたが、淳の指差す方を見て面倒くさそうに動きを止めた。

女性はたっぷり時間をかけて走ってくると、「ごめんなさい」と船員に乗船券を手渡した。ファストブランドらしき白黒ボーダーのTシャツ、そしてデニムのワイドパンツが、ぽっちゃりした体型を強調している。

「はああ」

大きく息を吐く。まん丸な童顔に汗の玉が光っていた。走り疲れたのか、ぜいぜいと呼吸するだけでタラップを上ろうとしない。船員の一人が聞こえよがしに舌打ちする。

淳はタラップを駆け下りると、彼女に声をかけた。

「大丈夫ですか、荷物アレやったら持ちますよ」

「へ……？」女性はくたびれた目で淳を見上げると、「あ、じゃあお言葉に甘えていいですか」と屈託なく言った。すぐさま背負っていたリュックを下ろす。

「ありがとうございます。ほんと助かります」

右頬にえくぼができる。子供のように無邪気で屈託のない笑みだった。

「……いや、全然」

淳はそれだけ答えるとリュックを受け取り、女性に手を差し出した。正面から彼女の笑顔を見たせいか、首まで真っ赤にしている。

女性は「ありがとう」と淳の手を摑んだ。

「どないしてん、淳」

乗降口に戻ってきた春夫に「人助け」とそっけなく返すと、

「ほお」

彼はよたよたと上ってくる女性を一瞥《いちべつ》する。

「すみません本当に」

女性は額の汗を拭《ふ》きながら、「これ乗れなかったら、明日まで、出ないから、ほんと、ヤバくて」と、途切れ途切れにこちらに向かって話している。

明日まで出ない——霧久井島に行くつもりなのか。

「ほおお」

春夫はにやりと笑って、

「ますます盛り上がってきたな、楽しみやわ」

ぱんぱん、と淳の肩を叩いた。

第二章　禁　忌

一

「むくい丸」は穏やかな海原を進んでいた。家島本島と坊勢島で客はあらかた下りてしまい、残ったのは十人に満たない。

船内の天井はひどく低い。中央に通路があり、左右に緑色の座席が横に三列、縦に六列ずつ並んでいる。座席は観光バスのものに似ているが手すりはなく、リクライニング機能もない。

すぐ前の席で宗作と春夫が話し込んでいた。

島民らしき老人が二人、ばらばらに腰を下ろしていた。うち一人は先の老人で、腕を組んで目を閉じている。

意味深な警告をした厚化粧の女性は甲板に出ているらしく、姿が見えない。豹《ひょう》柄のキャリーバッグだけが隅に置かれている。

淳はさりげなく出航間際に乗り込んできた女性に目をやった。彼女は最後列の左端の席で、ぼんやり窓の外を眺めていた。服装からして仕事で島に行くとは思えない。島民の親戚《しんせき》だろうか。時期的に里帰りか墓参りかもしれない。
見つめていると、彼女がこちらに気付いた。表情を崩して小さくお辞儀をする。
淳は慌てて会釈を返し、手にした『心霊写真大百科PART4』に視線を戻した。

アルバムを整理していたら、こんな写真が出てきました。息子の左上にある煙のようなものは何でしょうか？　苦しげな老人の顔のようにも見えるのですが。息子が生まれる一ヶ月前に義父が肺炎で他界しており、何らかの関係があるのではと疑っています。鑑定をお願い申し上げます。

（奈良県／宇津木さんのいちファンさん　主婦）

これはレンズの曇りです。霊気は感じられません。感じたのは息子さんを抱く男性（旦那《だんな》様でしょうか？）の喜び、「この子を大事にしよう」という決意です。もちろんこれは霊感ではなく単なる印象ですが、写真を目にして心が温かくなったのは事実です。
お義父《とう》様はきっと天国から、お孫さんを優しく見守っていることでしょう。

※　　※

昨年、娘と近くの川で遊んだ時に撮った写真です。娘の背後、川の中に女性の白い顔が写っています。女性の左目から血が流れていて、とても不気味です。

この日以来、我が家では不幸な出来事が続いています。年始に母が交通事故で亡くなり、娘は中学入学後いじめに遭って、学校に行けなくなってしまいました。

妻はここ最近目を悪くしました。左目はほとんど見えないそうです。

そして私の勤める会社も業績不振で、倒産も時間の問題です。

女性の浮遊霊が私たち家族に取り憑《つ》いたのでしょうか。

（兵庫県／心中も考えていますさん　会社員）

胸中お察しします。

肝心の白い女性の顔ですが、これはスーパーのビニール袋です。光の加減で凹凸が顔のように見えるという、典型的な見間違いです。それから赤い血のようなものは、お店のロゴマークです。虫眼鏡でよく見ると「Y」の字と特徴的な鳥のイラストが確認できます。

ご家族がご不幸に見舞われたことと、この写真とは何の関係もありません。

あくまで一般論ですが、複数の問題にはそれぞれ個別の原因、個別の解決法があるものです。ここは一つ一つの問題に、じっくり取り組んでみてはいかがでしょうか。ご家族が明るく笑い合える日が来ることを心よりお祈り申し上げます。

※　※

初めてお便りします。友達とドライブに行った時に撮った写真です。誰もいない助手席に人影が写っています。前輪のところのモヤモヤも顔に見えなくもないです。前に宇津木先生が「地縛霊だ」と鑑定してらした写真に似たようなものがあったので「ひょっとして？」と送ってみました。よろしくお願いします。

（千葉県／やまださん　大学生）

霊の姿が写っています。それも非常に強い恨みを持った地縛霊です。

この場所で事故死した若いカップルが、やまださんとご友人に激しい嫉妬《しっと》を抱いている。この写真を手に取った瞬間、酷《ひど》い頭痛がしました。

ネガをお持ちなら至急当方にお送りください。こちらで供養します。すでに処分あるいは紛失されている場合、今後しばらく朝夕はお仏壇に水とお線香を供え、カップルの冥福《めいふく》をお祈りしてください。ご友人も同様です。

ドライブでは安全運転をお心がけください。無理な改造もお勧めしかねます。

「なるほどなあ」と独り言が漏れた。

淳が子供の頃には気付かなかった、宇津木幽子と編集者たちの作為が、今は手に取るように分かる。つまりこういうことだ。

読者がページを開くと、最初に目に付くのは不気味な投稿写真だ。あるはずの手足や頭部が消失しているもの、奇妙な光が差し込んでいるもの、顔に見える陰影。読者——特に子供はまずそこに興味を掻《か》き立てられ、不安を覚える。

宇津木幽子はそれらの大部分を「心霊写真ではない」と鑑定する。一方で投稿者の悩みには誠実に回答し、決して斬って捨てるような真似はしない。それによって読者は安心するとともに、彼女にいい印象を抱くようになる。信頼するようになる。

その合間、ここぞというところで、彼女は「本物の心霊写真」を披露するわけだ。そして駄目押しとばかりに「自分はこの写真の霊から害を被った」と申告してみせる。霊障というのだろうか。真偽は疑わしいが信じる人は信じるだろう。そして恐れるだろう。

宇津木幽子が酷い目に遭うなら、本物の心霊写真に違いない——と。

稚拙とまでは言わないが単純だ。油断させ信用させておいて驚かせる、何の捻《ひね》りもない手法。

春夫が振り向いて「おもろいやろ」と訊《き》いた。淳は半笑いで答える。

「おもろいよ。こんな手に乗せられて踊らされてたんやな」

「この歳になっても踊らされてるけどな」

かかかと春夫の高笑いが響く。

「今回は自分から踊りに行くんだろ？」と宗作。口調が今までより明るくなっている気がした。

「しかしまあ、盛り上がってんのわしらだけみたいやな」

春夫が船内を見回した。

「全然それらしい人来てへん。ネットでは話題になっててんけど」

「そんなもんちゃう？　お金かかるもん」

「ですね。逆に熱心なオカルトマニアなら、何日も前から逗留《とうりゅう》してるかも」

「そんなやつおらへんやろお」

奇妙な抑揚を付けて春夫が言った。これ見よがしに目を細めて眉根《まゆね》を寄せ、唇をひん曲げている。漫才師、大木《おおき》こだまの物真似だとすぐに気付いたが、宗作はきょとんとしていた。春夫は顔を元に戻すと、

「そもそもマニアが何しに島に行くねん。予言どおり人が死ぬかどうか、確かめに行くんか？　死んだら喜んで死なんかったらガッカリするんか？　無茶苦茶や——」

「確かめに行くけど？」

不意に声がした。

件《くだん》の派手な女性が通路に立って、こちらを見下ろしていた。フェンディのハンカチを握り締めている。

「でも皆さんもそうちゃいます？　分かってて行かはるんでしょう？」

淳の手にした『心霊写真大百科PART4』を視線で示しながら、彼女は訊いた。

「まあ、そうですね」

春夫が朗らかに答えた。こうした状況で全く怖気《おじけ》づいたりしないのは彼らしいが、珍しく敬語になっていた。

「せやけど正直、当たってもらったら困りますよ。メインは慰安ですから。古きよきオカルト文化を懐かしみつつ、傷心の幼馴《な》染《じみ》を励まそうの旅」

と、宗作の肩を叩《たた》く。

「それにしては変わった集まりですね」

彼女は皮肉な笑みを浮かべた。椅子の背もたれに手を置き、値踏みするようにこちらを一人ずつ眺めて、

「でも残念やわ――予言は絶対に当たるから」

と、わざとらしい囁《ささや》き声で言った。

厄介な人間に絡まれている。今のこの状況を改めて思い知り、不安と倦怠《けんたい》感が胸に広がった。途端に女性の付けている香水のにおいが鼻を突く。ただ甘ったるいだけの安いにおいが肺を刺激し、じわじわと吐き気を誘う。

愛想笑いで会話を終わらせよう。とりあえずこの場から去ってもらおう。そう思って口を開きかけると、

「絶対？」

宗作が余計なことを訊いた。

「ってことは、今までずっと当たってるんですか？」

「もちろん」

女性は得意満面で答えた。

「ネットにいくつもアップされてるから、気になるんやったら今確かめてみたらええわ。地下鉄サリン事件も阪神《はんしん》・淡路《あわじ》大震災も、9・11も3・11も、幽子様はずばり的中させてはるよ。ご自分の死さえも。幽子様ほど偉大な霊能者はいはれへん。幽子様のお導きで占い師になったこのわたし——虚霊子《うつろれいこ》が断言します。上岡龍太郎《かみおかりゅうたろう》なんかはアホやから他の詐欺師と区別ついてなかったけどね」

「ああ……」

淳はそんな声を漏らした。

話の本筋とは別のことを、懐かしさとともに思い出していた。

今は引退しているタレントの上岡龍太郎はかつて、自分の番組でしばしばオカルト否定論を展開し、出演した霊能者を激しく非難していた。宇津木幽子も一度か二度、彼の番組に出ていたような記憶がある。

「中にはインチキなんもおったんでしょうねえ」

春夫が投げやりに同意した。曖昧《あいまい》な笑みを浮かべて、

「〝イワシ占い〟の白女《しろおんな》なんかは完全にネタやけど。おもろかったなあ、ギャーってい

きなり悲鳴上げてメザシ嚙《か》み千切って、その千切れ具合で運勢を見……」

「あんなんと一緒にせんとって」

女性――霊子は大真面目に突っぱねた。ぎろりと目を剝《む》く。

「ほんまにえらいことが起こるよ。冗談とちゃう」

「おおこわ」と春夫が肩を竦《すく》めた。

霊子の大真面目な顔を見て確信していた。

彼女は間違いなく宇津木幽子の熱心なファンだ。ファンが高じて占い師になり、彼女に因《ちな》んだ名義を名乗っているのだろう。著作を読み込み、予言について知り、そして真に受けている。だから港で自分たちに警告したのだ。

霊子は不満そうに鼻で大きく息をしていたが、やがてヒールを鳴らして立ち去った。キャリーバッグの側で壁にもたれ、不機嫌そうに腕を組む。

団子頭の女性が無表情で、その様子を見つめていた。

瞬間、女声のアナウンスが船内に響いた。何を言っているのかほとんど聞き取れないが、到着が近いことを知らせているのは分かる。

窓の外、前方右手に小さな島が見えた。

写真で見た「高い山」が城壁のように聳《そび》え立っている。

事前に見た地図を思い返していた。自分は今、霧久井島を北東の位置から見ている。この船はこれから島の東側を回り込んで、真南にある港に入航するのだ。

空はいつの間にか曇っていた。波も乗船した時より荒くなっている。島の反対側から小さな白いタグボートが現れた。長く平たく錆《さ》びだらけの台船を曳《ひ》いて、北へと進んでいる。

目に映る全てのものが暗い。どことなく不穏だ。

春夫の言うとおり、着実に「盛り上がって」いる。

「むくい丸」が速度を落とし始めた。

二

「『お泊めできません』ってどういう意味？」

春夫が驚いた顔で訊《たず》ねた。カウンターに肘《ひじ》を突く。デスクに座った豊満な中年女性は、二重顎《あご》を揺らしながら、

「言葉どおりの意味やと思うよ」

と、固定電話の受話器から手を離す。はち切れんばかりに膨らんだアロハシャツの胸元に、「むくいじま」と丸い字体が躍っていた。ここの制服だろう。

淳たちは桟橋のすぐ側にある「連絡所／乗船券売り場」と看板の架かったプレハブ小屋にいた。中は広々としているが、職員は目の前の女性一人しかいない。

部屋の隅、天井近くの壁に取り付けられた扇風機が、生温《なまぬる》い空気をかき混ぜていた。

「ちょっとちょっと、お姉さん」

春夫は呆れ笑いを浮かべながら、

「別に今日いきなり頼んでるんちゃうで。ちゃんと予約したよ。『むくい荘』や。もう一軒と間違えたんちゃう？」

「せやからその『むくい荘』の館主の須永さんが、今電話でハッキリそう言わはったんよ。やっぱり今日は無理です、お泊めできませんって」

「どんな人やった？　声とか口調とか」

「あのねえ……〝ハイッ、むくい荘でぇ、ございまぁす〟」

職員は渋々ながらも口真似らしきことをしてみせる。

春夫が「ああ、そんなんやったわ」と肩を落とした。

霧久井島に到着し、下船した淳たちは港で待機していた。旅館の館主が迎えにくる段取りになっていたからだ。島へと遠ざかる他の乗客たちの背中を眺めながら、淳は解放感に浸るように潮風を嗅《か》いでいた。宗作はぼんやりと曇天を見上げていた。

十五分待っても迎えは来ず、電話しても繋《つな》がらなかった。しびれを切らした春夫がこの建物に入り、職員の女性に相談した。そして今に至る。

「すまんけど外で待っといてくれへん？」

春夫が申し訳なさそうに言った。カウンターに置かれた固定電話を摑《つか》んでいる。

「埒《らち》明かんから直接交渉してみるわ。声デカなるかもしれん」

受話器を耳に当てる。彼の向こうで職員が身体を揺すり、大袈裟《おおげさ》に溜息《ためいき》を吐く。

宗作が無言でうなずくと、カラカラと引き戸を開けた。


淳は小さな港を歩き回っていた。

錆びた漁船が二艘《そう》、ゆらゆらと並んで揺れている。すぐ前の狭い道はそこかしこがひび割れ、立ち並ぶいくつかの建物はほとんどシャッターが下りている。かつては商店だったらしい。連絡所から「そんなアホな話あるかいや」と春夫の声が漏れ聞こえた。

連絡所の前に一台だけ置かれたジュースの自動販売機も、全体的に色あせている。ガラスは砂埃《ぼこり》で曇っており、商品は見えない。

「さすがに中身は新しいな。コーラの新作もある」

ガラスすれすれに顔を近付けて宗作が言った。ポケットから財布を引っ張り出し、小銭を投入する。硬貨の鳴る音が辺りに響く。

「……思い出したよ。それこそ宇津木幽子が流行《はや》ってた頃って、缶ジュースはまだプルタブ式だった。輪っかが取れるやつ」

「せやなあ」淳はそれしか答えなかった。

突然湧いた郷愁に身震いする。こんな気持ちに浸っているのは、あの古びた校舎のせいもあるだろう。港の一角、東にある小さな岬に目を向けた。

四階建ての白い校舎が西側——こちらに正面玄関を向けて建っていた。「霧久井小中学校」と書かれたパネルが、時計の下に張られている。その隣にある朽ちかけた木造の建物は、旧校舎だろう。平日だというのに静かで、手前の校庭にも人っ子一人いない。校庭の隅には錆びた鉄棒と登り棒。

廃校だった。八〇年代後半には既に生徒、児童合わせて十人を割っていたという。廃校になったのは二〇〇一年。春夫が言っていたとおり、この島は過疎化が進んでいた。現に港には淳たち以外誰もおらず、誰かが来る様子もない。

そして今、何故か旅館に宿泊を断られている。

取り残されたような寂しさと不安が込み上げた、その瞬間、

「ん？」

宗作の声がして、淳は振り返った。宗作は道の向こうを見つめている。

色あせた家々が、「低い方の山」の斜面に沿って、身を寄せ合うように建ち並んでいた。集落と呼ぶに相応《ふさわ》しい、静かで古びていて、寂しげな雰囲気。

その手前の低い石垣に、一人の老婆が手を突いて立っていた。水玉のモンペに茶色いブラウス。頭には青いタオルを巻いている。腰が曲がり身体が縮んでいるのが分かる。ふるふると手足が小刻みに震えているのも見える。

だが最も目を引いたのは、老婆の表情だった。

目は大きく見開かれ、こちらを凝視している。歯のない口をぱくぱくと魚のように開け閉めしている。

彼女は明らかに驚き、うろたえていた。

「どないしたんやろ」

「さあ……」

宗作がペットボトルを数本抱えてやって来て、「どうぞ」と緑茶のボトルを差し出した。黙って受け取る。老婆のことが酷く気になって、礼を言う余裕などなくなっていた。

アア、とかすかな声で老婆が言うのが聞こえた。

開かれた真っ暗な口が異様に目立つ。胸を押さえて苦しそうに身を捩《よじ》る。

「ヤバいやん」

言うなり淳は駆け出した。港を突っ切り、大股《おおまた》で道を渡る。

「大丈夫ですか」

淳が声を掛けると、老婆がゆっくりと両手を持ち上げた。枯れ枝のような指で淳の二の腕をそっと摑む。

「ど、どうしました？」

遅れてきた宗作が問いかける。老婆が口を開いた。

「せんどぶりやなあ……また撮影に来はったん？」

「え？」

「よう来てくれはったわ。身体もようなったんやな？」

皺《しわ》くちゃの顔に笑みが浮かぶ。ははは、と笑い声が歯のない口から漏れる。

「すまんなあ、ははは……あんまりびっくりしたもんで、ははは、息できんかったわ。三《さん》途《ず》の川が見えよったで、ははは」

淳の腕を掴んだまま、老婆は笑い続けた。

意味が分からなかった。目を細めて壊れた玩具《がんぐ》のようにけたけたと笑い続ける老婆を見ていると、背中がスッと冷えるのが分かった。

「あの、どういうことですか」

意を決して訊ねるも、「はっはっは、すまんすまん」と老婆は笑うのを止めない。

途方に暮れて宗作と顔を見合わせていると、気配を感じた。硬い地面を擦《こす》る音が、徐々に近付いてくる。

民家の手前に狭く急な石段があった。コンクリートを大雑把に固めただけの、粗雑な作り。並んだ家々の間を、「低い方の山」の頂に向かって延びている。

襤褸《ぼろ》をまとった老人がその石段を、ゆっくりと下っていた。

男性だと分かったのは伸び放題の髭《ひげ》のせいだ。肩まである長い髪と同じく汚れた灰色をしている。赤銅色の顔は皺だらけで、やせ細った足に安物の青いビーチサンダルを履いている。外見から受ける印象とは正反対の、重心の定まった足取り。

老人の足音、服が擦れる音、海風の鳴る音だけが辺りに響いている。

「……サナエさん」

老人が足を止め、笑う老婆に声をかけた。金属が軋《きし》るような声に、奇妙な威厳と重々しさが漂っている。ようやく落ち着いた老婆に、彼は静かに言った。

「よう見てみ……この人らは撮影班とちゃう」

サナエと呼ばれた老婆が、「えっ」と意外そうに目を見開いた。

言葉の意味を読み解こうと必死で頭を働かせていると、

「あっ、そういうことか」

宗作が出し抜けに大きな声を上げた。

「何？　どういうこと？」

「僕ら、テレビのスタッフと間違えられたんですよ」

「は？」

宗作は着ているＴシャツとハーフパンツ、提げているドラムバッグを手で叩きながら、

「何となくだけど、テレビのスタッフっぽいです。僕もそうだし、淳も。それに——」

「ああ、まあなあ……」と、淳は中途半端に同意した。

色こそ違えど宗作と似たような格好をしているし、首にはタオルを巻いている。たしかにこんなＡＤや照明係を、何かの番組で見たことがあるような気もする。

「お詫《わ》びしますわ」

老人は両方の掌《てのひら》を膝《ひざ》に近付け、わずかに腰を曲げた。こちらに頭を下げているらしい、と遅れて理解する。

「そんなことあんねや。はは、は」

間の抜けた笑い声が淳の口から漏れていた。宗作の表情が安堵《あんど》に弛《ゆる》む。

伊丹から来たこと、単なる観光客であること、だから本当にスタッフではないことを淳が説明すると、老婆は「ほわあ、そうかいな」と細い目をわずかに開いた。

「そらそやなあ、四半世紀近く経ってんねんから、また来るわけなんかあらへんわ」

「ええ、ですよ」と淳。

「経費削減して人数減ったんか思たわ。テレビも景気悪いんやろ。なあ?」

「いや、ですからテレビの人間とちゃうんですよ」

「せやったわ」

サナエは可笑《おか》しそうに口を押さえた。

いつの間にか宗作が真剣な表情になっていた。石段の老人を見上げると、

「もしかして……前に来た撮影班って、宇津木幽子の番組の」

「おお。せやから間違えた」

老人は答えた。頭髪と髭、そして深い皺に隠れて表情は分からない。わずかに身体を捻《ひね》り、石段の先——山頂を指し示すと、

「そこの山の奥にな、怨霊《おんりょう》がおる言いよった。ここに到着してすぐや。はっきり見えるて。昼間に下見して、本ちゃんは夜やった」

ゆっくりと語る。

「そんでな……撮影してたら、倒れよった。そのまま本土に帰りよったわ」

「え、何でですか」

淳が訊いた。老人は首を傾げると、

「ヒキタの怨霊に祟《たた》られたからや」

当たり前の話や、と長い髭を撫《な》でた。

唐突に話が突飛になった。何の前置きもなしに非科学的なものに変わっている。

——罪人たちの無念とか怨念が残っててん——

春夫の話が頭をよぎった。

「いや、そんなん」

「あんなん見せ物にしようとしたら、そら祟られるわ。自業自得や」

嘲《あざけ》るような、憐《あわ》れむような口調だった。サナエが力強くうなずく。

「ええと……そういう言い伝えがある、ってことですよね。伝承というか」

訊きにくそうに宗作が訊いた。

「言い伝え……か」

髪の間から澱《よど》んだ目が覗《のぞ》いた。この季節にしては冷たい風が背後から吹きつけた。老人の長い髪がなびく。風が収まったのを見計らうかのように、老人が口を開いた。

「この山……疋田山には、絶対入ったらあかんぞ」

背後の「低い方の山」を指し示す。淳たちがきょとんとしていると、

「明日は外に出てもいかん」

「どうしてですか？」

宗作が訊いた。老人はやれやれといった調子で、小さく首を振った。

「ヒキタの怨霊に殺されるからや」

きっぱり言うと、緩慢な動作で踵を返した。一段一段、石段を上っていく。サナエがへの字口で何度もうなずく。空は更に曇っていた。

急な石段を上る老人の背中を眺めていると、

「どないしてん」

春夫が不思議そうにこちらにやって来る。少しずつ小さくなっていく老人を見上げながら、「ほんまにああいう、いかにも村の長老ですみたいな人おんねんな」と唇を歪《ゆが》める。

「旅館は？」と淳は訊いた。

「あかんかった」春夫は顔をしかめた。「なかなか理由言いよらんくてな。しゃあないからちょっとキレたったら、訳分からんことぬかしよったわ——じきに怨霊が下りてきよるから、その対策でお客さんにはサービスできませんって。そういう慣わしやって。言うのも厭《いや》そうやったわ」

意味分からん、と険しい顔になる。

符合している。つい今しがた老人から聞いた話に、通じるものがある。

かつて流刑地だったとネットで噂されているこの島には、今なお怨霊なるものが生活に根付いているのか。客商売を蔑《ないがし》ろにしてでも優先されているのか。

サナエが「まあ、でけへんやろなあ」と集落を見上げる。

宗作が戸惑いの視線を淳に注いでいた。

「まさかとは思うけど……宇津木幽子は本当にその、怨霊に」

「んな訳あらへんよ」

すぐさまそう返した。内心では宗作と全く同じことを妄想していたが、賛成するのはあまりにも馬鹿げている。

「それより、どうする？　島の人に頼んで泊めてもらう？」

ちらちらとサナエをうかがいながら訊ねると、

「いや、実はな」

春夫が不意に表情を明るくした。

三

サナエと挨拶《あいさつ》して別れ、谷間にある細く曲がりくねった道を奥に――北に向かって進む。先頭は春夫だ。

すぐ左手には家々が、右手には歩いて渡れそうなほど小さな川が流れており、その向こうは「高い方の山」の麓《ふもと》だ。急な斜面に木々が鬱蒼《うっそう》と茂っている。

もう一軒の宿泊施設「民宿あそう」に行くためだった。連絡所で確認したところ、幸運にも空きがあったという。

古民家をリノベーションした今風の宿で、会社員が脱サラしイタリア料理店で修業を積んだ後、三年ほど前に開業したらしい。ネットで調べた春夫によると「文字も画像も情報すべてがカッコつけてた」という理由で、値段も見ずに候補から外したという。

「……宇津木幽子が負けた、祟られたいう話はほんまやったんやな」

春夫が言った。宗作から手渡されたコーラのペットボトルは、早くも空になっている。

「あげるわ。喉《のど》渇いてるんやろ」と淳は飲みかけのサイダーボトルを差し出す。

「すまんな。電話で喋《しゃべ》りすぎたわ」

春夫は受け取るとこれも一瞬で飲み干した。

心なしか青い顔をしている宗作に気付いて、淳は口を開いた。

「まあ、島の人らがそう受け取るようなことはあった、ってことやろな。宇津木幽子がここにロケに来て、怨霊がおるいう山に入って、撮影中に倒れた。島の人らは今でもそのヒキタの怨霊とかいうのを信じてるみたいやし、昔はもっと真剣にビビッとったかもしらんな」

「ああ、うん。そういう理屈なのは分かる」

宗作はスポーツドリンクで喉を潤すと、

「反論ってわけじゃないけど、宇津木幽子が倒れたからこそ、島の人たちはそれまでただの言い伝えだった怨霊を、真剣に信じるようになったのかもしれない。タレント霊能者——通俗オカルトの代表みたいな人が、図らずも民間伝承を強化してしまったというかね」

「おっ、頭働いてるやんけ」

春夫が笑いながら茶々を入れ、大きなゲップをした。その拍子に何か思い付いたのか、はっとした顔で話し出す。

「ちゅうことはや、言うたら民間伝承が通俗オカルトに勝ったんやな。怨霊が霊能者を倒して、今でも島民に信仰されてんねんから。そういう意味ではやっぱり宇津木幽子は負けたってことや。どう？　この屁理屈アリちゃう？」

「そういう言い方もできなくはない、かなあ」

宗作は考え込む仕草をした。

心霊写真を怖がることはもうない。霊能者の鑑定に慄《おのの》くこともない。オカルト番組をテレビで観ることはあっても、決して真に受けたりはしない。宗作の言う通俗オカルトは、最早恐怖の対象ではなくなっていた。不思議だ奇妙だと魅力を覚えることもない。ただ懐かしいだけだ。

しかし土俗的な風習や民間伝承には、この歳になっても惹《ひ》かれるものがある。歴史の重みや、日本人の琴線に触れる何かを感じ取ってしまう。少なくとも霊感や霊能者、予言といったものより普遍性がある。そして少しばかり恐ろしく思える。

ヒキタの怨霊とは何なのか。どんな話がこの島に伝わっているのか。

いずれにせよ、霧久井島には怨霊が今も〝いる〟。

宇津木幽子が負けた、怨霊が勝った——春夫の言葉にもそれなりに説得力を感じた。

並んだ家々の向こう、前方左手に小さな立て看板が見えた。街でよく目にする、黒板が嵌《は》め込まれたものだ。

〈WELCOME TO　民宿あそう　ココデス←〉

赤と白と黄色のチョークで、大きくそう書かれていた。

場違いだ。島の雰囲気と全く調和していない。春夫がげんなりした口調で言った。

「あれ、ぜったい反対側にスタッフが日記書いてるで。〈おはようございます！　今日の占いカウントダウンで魚座は七位でした。微妙～〉みたいな」

看板の反対側には館主こだわりの無農薬野菜の説明が、小さな文字でびっしりと書かれていた。

「こっちのパターンか」と春夫が笑った。

「民宿あそう」の外観は古い民家にしか見えなかったが、ロビーは真新しく広々としていた。カウンターには黒い子犬の置物がいくつか並んでいる。

館主の麻生《あそう》は淳たちと同世代くらいの、受け口の男性だった。紺の甚平を着て、豆絞りの手《て》拭《ぬぐ》いを頭に巻いている。

「申し訳ないです、急に押しかけて」と春夫。

「とんでもない」麻生は目を細めて、「むしろこちらが感謝せなあきまへんのやわ」と、不自然な抑揚と言葉遣いで言い直した。

　こちらが対応に困っているのを察したのか、彼は申し訳なさそうに頭を掻いた。

「すみません、早くここに溶け込みたいんですけど、生まれも育ちも東京なので」

　妙な気配りをするものだ。多少格好を付けてはいるが、悪い人間ではないらしい。とはいえ――

「標準語の方がええと思いますよ」

　淳はおずおずと言った。

「そうですね。なんちゃっては逆効果やし」

　鍵《かぎ》を受け取った春夫も同意する。

「逆効果？」と麻生が目を丸くした。

「気ぃ悪くする関西人は多いですよ。他の地方におる時は別にそうでもないけど、関西におる時の関西人って、めっちゃ心狭いですから。わしも若干そういうとこありますし。縄張り意識が強いんかなあ」

　春夫の説明は簡潔で的確だった。麻生は「知らなかった……」と大袈裟に天を仰いだ。

　二階の奥にある、広縁付きの十畳間。モダンでも奇抜でもない、典型的な和室だった。安心感はあるが、特徴的なところは一つもない。窓の外も隣家の壁が見えるだけで、絶景には程遠い。

そう思ったところで、床の間に置かれた物体に気付く。

黒い棒が佇《たたず》んでいた。高さ五十センチほどの、真っ黒な棒状の置物。

工芸品、というよりオブジェと呼んだ方がいいのかもしれない。立ち上がった犬、あるいは狐に見えなくもないが、鼻と耳と前足のような隆起があるというだけで判然としない。表面には切り傷のような模様が、横に幾筋も走っている。

見れば見るほど存在感を増していく。逆に見つめられているような感覚に襲われていた。目や顔に相当する装飾は施されていないのに、「向き合っている」気になってしまう。

目を逸《そ》らそうにも逸らせない。

見ていないところで動き出すかもしれない、と有り得ない妄想をしてしまう。

よくある和室の中でそれだけが異質だった。

黒いオブジェの周囲――床の間だけが奇怪な雰囲気に包まれていた。

「木炭だね」

こわごわ顔を近付けて宗作が言った。荷物を置いてきたらしく、ドラムバッグは手にしていない。

「そういえばフロントにも黒い犬の置物があった。あっちは既製品というか、どこにでも売ってそうな物だったけど」

「こいつは売ってへんやろなあ」

早くも畳に寝転がった春夫が手足を投げ出す。広縁の椅子に座った淳は、遠巻きにオブジェを眺めていた。目の前の小さなテーブルにそっと鍵を置く。

ノックの音がした。

「失礼します」

麻生が人数分のおしぼりと、麦茶のペットボトルを持って入ってくる。おしぼりは適度に冷たく、頬に押し当てると目の覚める思いがした。手厚いもてなしをありがたく思っていると、

「そこの黒いのん、何です？」

座卓の前で胡坐《あぐら》をかいた春夫が訊ねた。

「〝くろむし〟です。この島のお守りですね」

麻生はドアの前でにこやかに答える。

「虫なんですか？」と宗作が驚く。

「ゴカイのことをこの島ではそう呼んでて、それが由来みたいです。置いとくと怨霊が来ない、山から下りてきても素通りする、って言い伝えがあるんですよ。ご存じです？この島には怨霊の話が伝わってるんです」

「ヒキタの怨霊」

淳が言うと、麻生は「そうです、そうです」と嬉しそうに何度もうなずいた。

「面白いのはですね、くろむしって物凄《ものすご》くいい加減なんですよ。素材が木炭でお守りと

して使うなら、犬の形してても猫の形してても、出来合いでも自作でも、全部くろむしって呼ぶんです。でもそこがフレキシブルで、逆に根付いてるんだなって感じます。別にゴカイ自体は大事にされてないんですよ。せいぜい魚の餌です。なのにゴカイとお守りが同じ名前で呼ばれている。この辺も大らかというか、適当ですよね」

熱っぽく楽しげに語る。この手の話が好きなのだろう。無理して訛《なま》らせなくてもいいと知ったせいもあるのかもしれない。

突然の饒舌《じょうぜつ》に意表を突かれたのか、春夫も宗作も口をぽかんと開けていた。

「魚の餌といえば」麻生はなおも語り続ける。「この島、昔はミミズの養殖をしてたって聞きました。八〇年代の一時期だけ。すぐ畳んじゃったみたいですね。みんな商売は得意そうじゃないものなあ。人のことは言えませんけど」

「りんたろうと熊太郎《くまたろう》には勝てんかったんかな」

春夫が言った。釣りのエサに使うミミズの商品名だ。理解すると同時に苛立《いらだ》ちが込み上げた。あの男——淳の父親は釣りが趣味だった。

「ひょっとしてこの〝くろむし〟、館主さんが作らはったん？」と春夫。

「いえいえ、よくお客様に言われますけど全然。こういう格好してると陶芸とかアートとかやるに違いないって、皆さん先入観で思っちゃうみたいですね。あと蕎麦《そば》打つんじゃないかとか」

「えっ、打たへんのですか」

「打ちません」

麻生は苦笑しながら、

「その床の間のは、島民の古畑《ふるはた》さんって方が作ったものです。町長じゃないけど実権はある、なんと言うか旗振り役みたいな立場の方です。ここをオープンした次の日にいらして、いくつも譲ってくださったんです。今でもたまに持ってきてくださいますよ」

「へえ、そんな人がおるんや」

「ええ。寡黙だし見た目は仙人みたいでちょっと怖いですけど、親切な方ですね」

あの老人だ。淳たちは顔を見合わせた。

疋田山に入るな。明日は外に出るな。そう警告した襤褸の老人。

「古畑さんと駐在さん以外とは、なかなか打ち解けられないんですよねえ」

麻生が零《こぼ》していた。

「開業したいって相談に来た時も、反対する方が大勢いらっしゃったんですが、古畑さんの鶴の一声で、何とか許してもらいました。島の人たちの会議で『新しい人を受け入れるべきだ』って言ってくださったそうです。古畑さんの手前、皆さん表面上は僕らを疎外することはないですが、快く思っていない方は多いでしょうね」

「地方あるあるですなあ」と春夫が唸《うな》った。

だから訛らせよう、方言を会得しようとしていたのか。彼なりに悩んだ末の打開策だったわけだ。好感だけでなく同情と憐れみが湧き起こる。

床の間の〝くろむし〟が目に留まった。

島のお守りであり、ヒキタの怨霊を退けるためのものだ。いい加減で自由で、だからこそ親しみやすいとも言える。決して人に害をなすようなものではない。

それなのに床の間に漂う空気は変わらなかった。むしろ不気味にすら感じられた。

真っ黒で巨大なゴカイが立ち上がっている。太く短い、ぶよぶよしたミミズのような胴体を収縮させ、こちらを威嚇している――

勝手に膨らむ妄想を振り払おうとしていると、

「あれ」

麻生が部屋を突っ切り、広縁にやって来た。険しい表情で外を見上げる。

「あちゃあ、雨ですね」

窓の外に雨粒が降り注いでいるのが見えた。

四

雨は一向に止まず、淳たちは部屋で雑談して時間を潰《つぶ》した。

春夫は島の散策を計画していたそうだが落胆したのは一瞬だけで、すぐに気を取り直して話を先導した。合間にテレビを点《つ》け、ローカル局の知らないＣＭに茶々を入れる。楽しくはあった。場は盛り上がり、宗作も微《かす》かではあったが何度か笑い声を上げた。

そのこと自体は喜ばしい。

だが心は掻き乱されていた。

床の間の〝くろむし〟が気になるのがまず一つ。

もう一つはテレビに流れた天気予報だった。

突如発生した台風が、四国の南に迫っていた。テレビ画面には大荒れの室戸岬《むろとみさき》が映し出されている。台風は明朝に和歌山県を掠《かす》め、明後日《あさって》には三重県に上陸するという。つまりここを直撃することはないらしい。しかし――

「まあ大丈夫ちゃう？」

予報を聞いていた春夫が軽い口調で言った。宗作が何かを思い出したかのように、

「そうだ、藍さんには今回のこと言ってないのか？」

「言うたよ。友達だけで楽しんで来いって」

春夫は皮肉な笑みを浮かべながら、「そろそろ身ぃ固めた方がええかな、あいつも三十過ぎたし、子供欲しがってるし」とつぶやく。自由気ままに生きている風に見えて、よくある悩みや不安を抱えているらしい。

「ええんちゃう？　ええ子やん」と、心の底から同意する。宗作も大きくうなずく。春夫は「そうかあ」と難しい顔をした。

「淳もはよ彼女作らなあかんで」

「いや、俺は別にええよ」

「何でいつまでも彼女でけへんねやろな」

「さあな」と淳は冷淡に返す。

「不思議やわ。何かアブノーマルな趣味でも……」

「もうええって」

淳は大きな声で突っぱねた。握りしめた拳が震えている。

宗作が驚いた表情で淳を見つめていた。テレビの音だけが室内に響いていた。

「……すまん。声デカなってもうた」

淳は気まずそうな顔の春夫に詫びた。春夫は「気にすんな。そろそろ飯行こうぜ」と立ち上がる。携帯の時計は午後六時半を示していた。

階段を下りて一階に向かう。ロビーの奥、突き当たりには大きな扉があり、その上に「食堂　ＤＩＮＩＮＧ　ＲＯＯＭ」と書かれた木製パネルが架かっている。ドア越しに楽しげな声が漏れ聞こえる。

春夫がカラカラと扉を引き開けると、

「あら、こんばんは」

手前の二人席に座った、おかっぱ頭の老女が言った。髪は不自然なほど黒く、色白の顔も相俟《あいま》ってひどく目立つ。兜《かぶと》を被《かぶ》っているかのようだ。ひらひらした黒いワンピースを着ている。

彼女は手にした紙製のフォトアルバムを閉じて、作り物のような笑みを浮かべた。

「遠藤《えんどう》晶子《あきこ》と申します。こちら息子の伸太郎《しんたろう》。ほら挨拶して」

向かいに座った青年に呼びかける。二十歳、いやもっと上だろうか。色白の細面は母親にそっくりだった。

「ど、どうも」と彼は勢いよく立ち上がる。袖《そで》から出た手足は青味がかって見えるほど白く、そして細い。

「遠藤、伸太郎です」

ぎこちなくお辞儀をする。太ももがテーブルに当たり、半分ほど入ったビール瓶が大きく揺れた。晶子が素早く瓶を摑んだ。親子の皿はあらかた片付いている。

「ごめんなさいね、お先にいただいちゃって」

オホホと晶子が口を押さえた。どう返すべきか迷っていると、春夫が「とんでもない」と一言で答えた。

「その節はありがとうございました」

親子の傍らに立っていた女性が淳に言った。「おっ」と春夫が声を上げる。

明るい茶色の団子頭とぽっちゃり体型、特徴的なえくぼが、数時間前の記憶を呼び覚ます。

船に乗り遅れそうになっていた女性だ。島民の親戚ではなく旅行客だったらしい。

「いえ、全然」と淳は微笑みかける。

「江《え》原数美《はらかずみ》です。よろしくおねがいします」

彼女はぺこりと頭を下げた。

淳は「天宮淳です。敬語苦手やからタメ口でええよ」と返す。

「これ、自己紹介する流れなん？」

春夫が冗談めかして訊いたところで、

「そのとおり」

凄みの効いたしゃがれ声が食堂に轟《とどろ》いた。声のした方を向いた春夫が「何でや」と大袈裟に驚く。

警官の制服を着た壮年の男性が、窓際の二人席に座っていた。テーブルに両肘を突いている。丁寧に撫で付けた黒髪。もみあげだけが白い。広い額に三本皺が深々と刻み込まれている。

腰に提げた拳銃《けんじゅう》と警棒が目に留まった。

男性は相好を崩して、

「霧久井島にようこそお出でくださいました。駐在の橘昭二《たちばなあきじ》です」

と、白い歯を光らせた。手にしたアイスコーヒーのグラスを掲げる。

「何でお巡りさんがいはるん？」堂々と春夫が問いかけた。

「雨宿りですわ。あとここのコーヒーは美味《うま》い」

「変な質問しますけど、今まで〝おやっさん〟って呼ばれたこと何回もありますよね？」

「もちろん。そうやない時は大抵〝キャップ〟か〝ムラマツキャップ〟」

「せやろな思たわ。岬春夫です」

ハハハと笑い合う。やり取りの意味はさっぱり分からないが、距離は近付いたらしい。

自己紹介を済ませた淳は室内を見渡した。二十畳ほどの空間に木製の椅子とテーブルがいくつも並んでいる。中央の四人席に食事が用意されていて、「岬様ご一行」とパネルが置かれていた。すぐ隣の二人席で数美が携帯を弄《いじ》っている。

奥の壁際に大きな〝くろむし〟が、四体並んでいた。

部屋にあったものと似た形をしている。太く黒い、直立したゴカイ。

よく見るとテーブルすべてに小さな〝くろむし〟が置かれていた。こちらは高さ五センチに満たない。遠藤親子の間にも、数美の前にも橘の前にも。もちろん淳たちのテーブルにも。

奇妙なものを飾っている。そう感じるのはこの島の習俗に親しみがないからだろうか。馴染みのないものを反射的に拒否しているだけの、こちら側の問題だろうか。

違和感を抱いたまま席に着いた。

夕食は和食だった。鰺《あじ》の干物に具だくさんの味噌《みそ》汁、筑前《ちくぜん》煮、蕪の漬物に焼き海苔《のり》。看板で謳《うた》っていた無農薬野菜が格別美味だとは感じなかったが、箸《はし》は日頃より進んだ。

春夫が他の面々に話しかけ、会話が途切れずに続く。既に食事を終えた遠藤親子も、数美も席を立つ様子はない。橘に至ってはすっかりくつろいだ様子で、麻生にコーヒーのお替わりを頼んでいた。

「本当にふらっと、予備知識なしで来たんですよ。ねえ伸太郎」

「うん」

遠藤親子が霧久井島にやって来たのは、昨日の昼の便だった。母子二人で気ままに夏休みの旅行をしている最中、霧久井島の存在を知ったそうだ。東京は世田谷《せたがや》区に住んでいるという。

「〝何もない島〟に何でまた」と春夫。

「だからこそですね。旅の終わりは静かな場所に行こうって。ねえ伸太郎」

「うん、ママ」

伸太郎は無邪気な笑みを浮かべた。

「あっ伸太郎、口にお魚の焦げが付いてる」

晶子は腰を浮かすと、両手で息子の頬をそっと摑んだ。顔を近付けんばかりにして、伸太郎の唇を指で撫でる。伸太郎は陶酔したような表情で目を閉じていた。傍目にはまるで接吻《せっぷん》しているように見える。

異様な光景だった。食堂が居心地の悪い空気に包まれる。

宗作と春夫が横目で視線を交わしていた。

「はい、取れました」

「ありがとうママ」

何事もなかったかのように腰を下ろすと、晶子はフフと口元を押さえながら、

「実際ここは静かでいいところね。でも決して何もないわけじゃない」

目の前の〝くろむし〟を指で突《つつ》く。

「お土産にしたらいいのに」

「そんな大層なもんちゃいますから」

橘がごく自然に言った。流石《さすが》というべきか、まったく戸惑っている様子を見せない。

「外に出たら何の意味もあらへん。島から誰もおらんなったら一緒に消える、思い出すもんもおらんなる。その程度の代物ですわ」

「もったいないですよ、そんなの。島の皆さんで盛り上げたらどうです？」

晶子の言葉に、橘は寂しげな笑顔で首を振るだけだった。

「わたしですか？　適当に一人旅してます」

江原数美がここに来た理由は簡潔なものだった。長期休職中だという。激務で心身ともに限界が来たせいだろうか。そんな邪推をしてしまう。子供っぽい顔立ちや無邪気な表情にも、どこか影が差しているように見える。

これまで行った場所について朗らかに話す彼女に、宗作が同情的な視線を向けていた。

「ここは静養にはちょうどいいんじゃない？　ねえ仲太郎」

「うん、ママ」

「あー、かもしれないですね」数美は軽い調子で答えると、「そうだ遠藤ママさん、さ

っきのアルバムもっかい見せてくださいよ。お金持ちの豪邸が見たい」

「そんな立派なものじゃないわ」

晶子はまんざらでもない表情でアルバムを開いた。数美が席を立って覗き込む。取り残された気分なのか、仲太郎が居心地悪そうに縮こまっていた。

「仲太郎くん、仲太郎くん」

あらかた食事を済ませた春夫が、小声で手招きする。おずおずとやって来た彼に、

「お母さん、写真持ち歩いてはるん？」

「うん。僕の小さい頃のを」

恥ずかしそうに答える。見た目は完全に成人男性だが、言動は子供そのものだ。たじろいでいると、

「大変やなあ」春夫は苦々しい表情で言った。「せや、ヒキタの怨霊って知ってる？」

「何それ？」

「霧久井島の言い伝えや。おっちゃんらも詳しいことは知らんねんけど、なんか山に住んでるらしいで。そんでたまに村まで下りてくる」

「へえ」仲太郎は細い目を見開いた。キラキラと瞳《ひとみ》が輝いている。

「おっ、そういうの好きなん？」

淳も話に加わった。

「宇津木幽子は分かる？」

自ら口にした言葉で予言について思い出す。子供騙《だま》しの稚拙な詩文。この島に伝わる文化習俗や伝承に比べ、はるかに薄っぺらい文言。雑談にはちょうどいいだろう。

「知りません」

「おっちゃんらが小さい頃、めっちゃ人気やった霊能者でな……」

淳は仲太郎に語って聞かせた。

彼は興味深そうに聞き入っていた。途中で「本当に？」「本に載ったの？」と合いの手を入れる。淳はますます詳細に熱っぽく、宇津木幽子とその隆盛について語った。春夫が、続いて宗作も加わり、細部を補強して膨らませる。

しかし、誰も予言のことだけは言わなかった。示し合わせたわけではないが自然と口にするのを避けていた。

「まあ……」

晶子の感極まった声がして、淳たちは話を止めた。

彼女は目を潤ませていた。

「ごめんなさいね、仲太郎が人と話してるとこ見るの、凄く久しぶりだったから」

と、洟《はな》を啜《すす》る。数美が心配そうな顔でティッシュを差し出す。

しばしの気まずい沈黙の後、晶子は身の上話を始めた。

仲太郎は小学校に入って早々にいじめに遭い、二年になってすぐ引っ越したこと。ほどなくして夫、つまり仲太郎の父親が急病で亡くなったこと。夫の遺産もあって食うには困らないが、心に深い傷を負った息子はずっと学校に通えず、今も働けないでいること。

伸太郎が席に戻り、決まり悪そうに縮こまった。

「だから心配で……二十五歳になっても、ついこうやって過保護になってしまって」

うう、と晶子は俯《うつむ》いた。

同情できる話ではあった。しかし違和感は拭えない。伸太郎が子供っぽいのも気にはなるが、それ以上に晶子の振る舞いの方が異様に思える。

二人の関係が妙なのは、息子が病んでいるせいではない。きっかけはそうだったかもしれないが決定的な要因ではないだろう。むしろ晶子が――母親が息子から離れないでいるせいだ。離れられないでいるからだ。

啜り泣きが食堂に響いていた。何杯目かのコーヒーを持ってきた麻生が、忍び足で歩いていた。

「死んでも死にきれんやろうね、旦那さん」

橘が静かに言った。襟元をまさぐり、銀色のロケットペンダントを引っ張り出す。

「私もそうですもん。もし今死んだら、別れた嫁さんと娘のとこ化けて出ますわ。もう三十年も顔見てへんけど、思う気持ちは変わらん」

太く短い指でロケットを開く。セピア色の写真が入っていた。この距離からはっきりとは見えないが、女性が子供を抱いている写真らしい。

「いつ見ても可愛いお子さんですねえ」

麻生がそっとコーヒーを差し出した。

「おやっさん、離婚しはったん？」

「おお、ここへ来てすぐや。言うとくけどそこらのアホと違って、養育費はちゃんと払ったぞ。今も仕送りしとる」

「立派ですね。あの男とは大違いやわ」

思わず口を挟む。刺々《とげとげ》しい口調になっていた。落ち着きかけた空気が再びぎくしゃくしたものに戻っている。

数美が不思議そうにこちらを見つめていた。淳は彼女の視線を避けるようにうつむく。

沈黙を破ったのは春夫だった。憐れむような表情で、

「まあ、淳とこの親父さんは――」

「個性的な面々がお揃いやないの」

淳たちは同時に、声のした方を向いた。

いつの間にか開いていた出入り口の扉の前に、霊子が仁王立ちしていた。髪と肩が濡《ぬ》れている。厚化粧の顔には無数の雨粒が浮いていた。ロングスカートのそこかしこに泥らしきものが散っている。

「あの、山田《やまだ》様。山田タミ江《え》様」

麻生がおろおろしながら歩み寄って、

「宿泊のみ、とおうかがいしておりましたので、お食事のご用意は……」

「分かっとうよ。あと本名で呼ばんといて」

霊子は神戸《こうべ》訛りで一蹴《いっしゅう》すると、誇らしげに言った。

「そこの面白グループはご存じやろけど、昔とっても偉大な霊能者の先生が、亡くなる前に予言しはったんよ――明日この島で惨劇が起こるって」

食堂が静まり返った。

籠《こ》もった雨音が窓の外から聞こえている。

「……宇津木なんとかさん？」

おそるおそる口を開いたのは仲太郎だった。

「あら、お兄さんも知ってるん？」

「うん。でも予言は知らない」

冷ややかな目で霊子が親子を見下ろしていた。

「仲太郎」愛想笑いを浮かべながら、晶子が最小限の言葉で窘《たしな》める。

「個性的な面白お姉さん」

春夫が皮肉交じりに呼びかけた。「何しに来はったん？」と、端的に訊く。

霊子は不敵な笑みを浮かべると、胸を張った。

「我が命の絶えて二十年後、彼の島で惨劇が起こらむ――」

宇津木幽子の予言を、朗々とそらんじる。

突然のことに誰も反応できなかった。皆一様に、ただただ霊子を凝視している。麻生が思い切って口を挟もうとしたが、彼女に睨《にら》まれて引き下がった。

「――霊魂六つが冥府へ堕《お》つる」

最後まで淀《よど》みなく暗唱すると、彼女は一同を見回した。

「素直に読んだら、六人死ぬいうことでしょ」

誰も答えない。春夫と宗作は顔を見合わせ、伸太郎は不安そうに目を泳がせる。数美が眉間《みけん》に皺を寄せていた。霊子は腕を組んで、ゆっくり歩き出した。

「既に当たりつつある箇所もあるん分かるよね？〈救いは涙の雨に阻まるる〉ってところ。もう雨は降っとうから」

「止んだらもう外れやん」

呆れた顔で春夫が言った。

「止まへんよ」霊子はきっぱりと言った。「幽子様の予言は絶対に当たる。チェックインしてからさっきまで、島をぐるっと回ってたんよ。うちの霊感が何か拾うかもしれん、って思てね。集落もざっと見て来たし、低いほうの山も登った――」

「なに？」

ガタン、と椅子が鳴った。

橘が立ち上がっていた。思ったより小柄だが胸も腹も分厚い。

「お姉さん……疋田山に登らはったんでっか？」

信じられないといった表情で問いかける。突然のことに驚いたのか、霊子はわずかに身を引いて、

「そのつもりやったけど、暗くなったから止めたわ。山道に入る手前、青い瓦《かわら》屋根の家んとこで引き返した。そこでもう霊気が充分――」

「俺の家の前や。ほんまにそれ以上は行ってへんのですね？」

「う、うん。ヒールやったしね。明日は運動靴で――」

「絶対に入らんとってください」

橋は遮るように言った。不明瞭《めいりょう》な身振りを交えながら、

「あのですね、お姉さん。ヒキタの怨霊はほんま洒落ならんのです。いらんことしたら最悪くたばりまっせ。これは冗談やない。後生です。頼んますわ」

泣きそうな顔で、懇願するように言った。先程まで漂っていた威厳や力強さは完全に消えうせていた。筋肉質ではあるのに弱々しく、萎《しぼ》んだ老人に成り果てている。見え方が変わっている。

困っているのか。それとも――恐れているのか。

霊子が不思議そうに見返していた。むう、と橋は唸りながら顔を背けた。

「霊魂六つ、か……」

緩慢な動作で椅子を戻す。

「麻生さん、ご馳走《ちそう》さんでした。長居してえろうすんません。皆さんもすんませんな」

にこりともせずに言うと、彼は「失敬」と食堂を出て行った。

ややあって、玄関の方からガサガサと布の擦れる音がした。橘がレインコートを着ているのだろう。

「……何やのんあれ。急にどないしたん」

霊子が首を傾げた。近くの空いた席に座ろうとして止め、壁にもたれかかる。

「さあなあ」と春夫が答えた。「でもお姉さんも大概やで。その予言をわしらに聞かせてどないするん？　ビビらせるつもり？」

「うちはただ、危険やから警告しようとして」

「警告する意味ある？　予言って絶対当たるんやろ？」

春夫が指摘した。確かにそこは気にならないでもない。

「当たるよ。それを頑張って外すの。みんなの霊力を合わせてお祈りしたら、幽子様の予言でも何とか撥《は》ね除《の》けられるわ」

「なるほど、理屈は通ってるな」

宗作が感心したような、困ったような顔でつぶやいた。

春夫はその傍らで「訳分からん」とぼやく。

仲太郎が心配そうに晶子を見つめ、晶子は優しく微笑を返す。数美が神妙な顔で食堂の扉を見ていた。

五

浴場は一つしかなく、しかも狭いらしい。浴槽は余裕を持って入るなら一人がせいぜいで、二人なら脚を伸ばせないという。

麻生は「入る順番はお客様で決めてください」と説明を締め括《くく》った。

食事は済んだが食堂には全員が残っていた。伸太郎が酔い覚ましの水を、彼以外は麻生の淹《い》れたコーヒーを飲んでいる。

一番風呂《ぶろ》は「敏感肌やから」と不可解な強弁をした霊子に。続いて数美。遠藤親子。後は自動的に決まる。

そろそろ部屋に戻るべきか、タイミングをうかがっていると、

「さっきはどうもすみませんでした」

麻生が盆を手にしたまま、不意に詫びの言葉を口にした。

「ちょっと橘さん、大げさでしたよね。僕が間に入れば、こんな空気には……」

「麻生さんは悪くないですよ」

数美が言った。「誰も悪くない。ボタンの掛け違いみたいなものです」

「そうかなあ」

春夫が口をへの字にした。

「どう考えても霊子さんがやらかしてるやろ？　予言がどうのとか訳分からん理由で島踏み荒らされたら、橘さん——地元の人は気分悪いって」

「あんたら面白グループも予言確かめに来てるやんか」

霊子が壁に背を預けたままふくれる。

「俺らは言うたらネタですよ、失礼かもしれんけど」と淳は答えた。春夫がうなずき、宗作がそれに続く。

「予言なんて当たるわけないですよね」

数美は冷たく言い捨てたが、すぐに、

「でも、いい大人があんなうろたえます？　踏み荒らされたって言っても、裏山にちょっと入られただけですよね？」

「そんくらい大事ってことやろ」と春夫。

「そんな言い伝えがあるんですか？」

彼女は質問を重ねる。

「ありますよ」

と、麻生が答えた。全員が彼に注目する。どこか楽しげな晶子と伸太郎。対照的に霊子は不機嫌そうに麻生を睨《にら》んでいる。宗作がアイスコーヒーを啜る。春夫がテーブルの〝くろむし〟を摑んだ。

「島民の方々から頑張って聞き集めました。皆さん話を渋るので、断片的な情報を繋ぎ合わせて、ところどころ想像で補ったものである点を予《あらかじ》めお断りしておきます」

麻生はケホンと咳払《せきばら》いをして、話し始めた。

「鎌倉《かまくら》時代まで、ここは流刑地だったそうです。いわゆる島流しですね。で、ある時ここに疋田某《なにがし》という罪人が流されて来た。そしてしばらくは他の罪人たちとも仲良くやっていたそうです。物知りで学もあり、尊敬すら集めていた。さる高貴な筋の人間らしい——そんな噂もあったそうです」

淡々と静かに語る。時折挟み込まれる間のせいか、食堂の沈黙が気になってしまう。

「ですがある日、疋田は山に追い立てられました」

「何でまた」

合いの手を挟むと、麻生は一呼吸置いて、

「奇病です。全身が腫《は》れ上がり、節々が曲がって元に戻らなくなった。顔にできた無数の疣《いぼ》からは、油のように光る体液がじくじくと滲《にじ》み出ていたそうです。舌も腫れ上がって口から飛び出し、話すことも食べることもできなくなったとか」

数美が食い入るように麻生を見上げている。

「一ヶ月くらいの間、山から村へ、恨み辛《つら》みを喚《わめ》く声がしたそうです。ですがその時の疋田は、もう自力で山を下りられないほど衰弱していた。呪詛《じゅそ》はやがて呻《うめ》き声に変わり、いつしかこんな奇妙な声だけが聞こえるようになった——げええ、げええ、と」

頭に浮かんだのは山奥の光景だった。

暗い木々の間、濡れた土の上を、裸の男が這《は》っている。

疣だらけの身体、曲がった手足。皮膚に浮いた骨は痛々しく湾曲している。

腐った葡萄《ぶどう》のような舌が、顎の先にまで垂れ下がっている。照り光った顔には土と枝葉が張り付き、腫れた瞼《まぶた》の間から血の涙を流している。

膨らんだ喉が収縮した。舌がぶるぶると震える。

そして開きっぱなしの口から、蛙のように、
げええ、げええ——

「今でも時折、山から声がするそうです」

麻生の声はほとんど囁き声だった。外からの雨音に掻き消されてしまいそうなほど小さいが、それでも明瞭に聞き取れる。誰もが無言で身じろぎもせず、彼の話に聞き入っていた。

「疋田某の怨念は山に籠もり、分け入った者を殺します。自分と同じ病気にして弱らせ、死に至らしめる。時折山を下りて来ることもあるそうです。今もなお」

芝居がかった調子で締めくくり、麻生は黙った。

霊子が青ざめた顔で頬に手を当てた。

淳はいつの間にか曲げていた背筋を伸ばし、コーヒーを喉に流し込んだ。

「お上手ですね。聞き入ってもうたわ」

素直に感想を伝えると、麻生は照れくさそうに後頭部を撫でた。

「すごい」仲太郎が無表情で、小さく手を叩いた。心なしか青ざめている。

「怖かったん？」春夫がニッと笑みを浮かべて訊いた。

「ううん」仲太郎は考え込むような仕草をすると、「面白かった。不思議というか奇妙というか……何だろう……」

途中からほとんど独り言になっていた。

「ロマンがあるのよ」晶子が助け舟を出す。「田舎の土着的なロマン。それに魅了されたんじゃない？　ね、仲太郎」

「うん、そうだねママ」

笑い合う二人をそれとなく見ていると、

「僕は怖いですよ。自分で話して怖い」

麻生が真剣な顔で言った。すぐに頬を弛める。

「もちろんこんな出来事が実際にあったとは思いません。ヒキタという罪人がヒキガエルのように変貌《へんぼう》するなんて、そんな都合のいい偶然があるわけない。間違いなく疋田山という名前に因んだ創作でしょう。それに怨霊なんているわけない」

訝《いぶか》しげに眉根を寄せる数美を見下ろすと、

「歴史を紐解《ひもと》けば、ひょっとすると罪人が病死した記録が出てくるかもしれない。山で不審な死を遂げた島民もいたかもしれない。怨霊云々《うんぬん》はそうした事象の因果関係を説明し、意味づけ、そして人々を軽々しく山に入らせないようにする方便ですよ。決して立派ではない疋田山を恐れ敬わせるための、一種の権威付けです。こう考えると疋田某の言い伝えが、彼の血筋に言及していることにも筋道が通る」

「ほほう」

思わずそう口にしていた。真偽のほどは定かではないが、なかなかに説得力がある。

「自然への畏敬《いけい》の念。この小さな島でそれを維持しようと昔の島民が編み出したのが、ヒキタの怨霊という概念だった――というのが僕の仮説です。驚くべきことに霧久井島ではそれが今なお、島民の皆さんの間で現実味をもって伝えられているんです。非科学的ではありますが愚かなことでは決してない。むしろ崇高で敬虔《けいけん》だ。そのあり方に僕はゾクゾクするんです。霧久井島は何もない島なんかじゃない。独特の伝承と習俗が今も息付いている」

麻生はここで少し言いよどんで、

「いろいろな意見があると思いますが、僕は霊能者の予言なんかを真に受けるより、こうした習俗を大切にしたほうがいいと思います。日本の美しい文化を愛していますから」

霊子を見てきっぱりと言った。明らかに彼女の価値観とは対立している。挑発、宣戦布告と表現するのは大袈裟だろうか。

「ふん」霊子が不満そうに鼻を鳴らしたが、目を逸らすだけで何も言わなかった。またしても食堂の空気がおかしなことになっている。

「なるほどなあ」

淳は慌ててそう言うと、コーヒーを一気に飲み干した。

「学校で勉強してはったんですか？」

「いえ全然。でも若い頃から日本の伝承に興味がありましてね。そういう小説もよく読みますし。まあただの民俗好き、土俗好きですよ」

麻生が謙遜《けんそん》してみせる。

数美が「うーん」と唸りながら背もたれに身体を預けた。

「どっちも変わらない気がする。嘘くさい」

ふわあ、と大きな欠伸《あくび》をする。土俗的で奥深いヒキタの怨霊も、ただ時代の波に乗っただけのタレント霊能者の予言も、彼女にとっては同じらしい。

「はは、まあ似たようなものですよね、世間的には」

麻生がどこか誇らしげに言った。

数美は曖昧な笑顔で考え込む仕草をしていたが、やがて口を開いた。

「だって怨霊なら祀《まつ》りますよね？」

「え？」

「あ……いや、すみません、何でもないです。楽しかったです」

数美は目を擦りながら麻生に礼をした。「ごちそうさまでした。部屋に戻ります」と椅子を鳴らして立ち上がる。その音をきっかけに何となく解散する流れになった。数美に続いて遠藤母子が、身を寄せ合うようにドアの向こうに消える。

「ごちそうさま。お話も面白かったです」

麻生に声をかけると、彼は嬉しそうにお辞儀をした。

立ち上がった宗作が春夫に声を掛ける。春夫は虚《うつ》ろな表情で、手の中の〝くろむし〟を見つめていた。

「春夫」

再び宗作が呼ぶが、まだ顔を上げない。

「春夫」

三度声を掛けたところで彼は椅子から飛び上がり、「びっくりしたあ」と笑った。

六

部屋でテレビを見ながら取り留めのない話をする。バラエティ番組が終わり、ニュース番組が始まる。最初に違和感に気付いたのは宗作だった。

「春夫、どうしたんだ」

部屋に戻ってから、春夫はしばしば上の空になっていた。生返事が数回、こちらの話を聞いておらず、「なんて？」と訊き返すことが数回。

「いや、何でもあらへんよ。ちょっと疲れてるだけや」

畳に寝そべった春夫が欠伸をしながら言った。わざとらしく俊敏に身体を起こすと、

「すまんな、こんな雨の日に。スケジューリングのミスやわ」

「別にええよ」

「うん。特に不満はない」

「出歩いたら死ぬかも分からんしな」

淳は冗談めかして言った。はは、と宗作が笑う。

「しかしまあ、こんな島があるなんて全然知らなかったよ」

自ら話を振りさえする。快方に向かっているのだ。

「瀬戸内の島といえば、それこそ淡路《あわじ》島《しま》と小豆島と直島くらいしか知らなくてさ」

「行く用事もないしなあ」と淳。

「そうだ。前に言ってた直島が汚いってどういう意味？」

宗作が春夫に向かって訊ねる。

「ああ」

春夫は腕を組むと、

「直島の隣、豊島は三十年くらい前から産業廃棄物が不法投棄されとってん。それが九〇年代に明るみに出て騒ぎになった時、ゴミのとりあえずの移送先になったんが直島。十五年近くかけて全部運んで、最近やっと処理し終わった言うてるわ。それでもまだ一件落着してへん。豊島の土が綺麗《きれい》になるんはまだまだ先の話や」

あくまで軽い口調で、だが真剣な目で話し続ける。

「要は現代社会の歪《ひず》みみたいな問題が起こった、いや——今も起こってる現場やねん。そんな島でアートやカルチャーや謳ってるん、なんか白々しくてな。その辺ぜんぶひっくるめて、汚い言うてもうた」

春夫への敬意が湧いていた。へらへらしているように見えて芯《しん》は真面目な彼を、改めて立派だと思った。少しばかり潔癖すぎる気もするが、決して変ではない。

宗作がペットボトルの緑茶を飲む。春夫はふっと表情を弛めると、

「しかしまあ、歪んでるんは直島豊島に限ったことちゃうわな。ひょっとしたら——」

コンコンとノックの音がした。

淳がドアを開けると、遠藤晶子が立っていた。浴衣《ゆかた》を着てさっぱりした顔をしているが、顔の皺が酷く目立った。食堂で会った時とは随分印象が違う。生乾きの髪はぺしゃんこで地肌が見えていた。

「上がりました。お次どうぞ」

彼女の背後にはこれも浴衣姿の仲太郎がいた。

「仲太郎くん、湯加減はどないやった？」春夫が親しげに訊くと、彼は照れ笑いを浮かべながら、「あ、熱くて狭い」と答えた。

「熱いんかあ。シャワーだけにしとくかなあ」

春夫はバスタオルと着替えを抱えた。

宗作と春夫とともに一階に下り、ロビーで別れる。フロントの側にあった酒類の自販機で缶ビールを買い、部屋に戻って布団を敷く。寝そべってビールをあおりながらテレビを見ているうちに、淳はまどろみ始めた。

想像以上に疲れているらしい。

風呂がまだだ、起きなければ。そう思っていると、強烈な眠気が襲った。

「淳、淳」

呼び声に「ううん」と呻きながら、淳は目を開けた。ポロシャツにスラックスの宗作が、硬い顔で立っている。

「……どないしたん」

「春夫がいないんだ」

宗作が張り詰めた声で答えた。

「日付が変わる頃まで話してたのは覚えてる。そこで寝落ちして、起きたら姿が見えなくなってて……携帯や財布もない。靴もない。しかも浴衣からわざわざ着替えてる」

手にした皺くちゃの浴衣をひらひらとかざしてみせる。

「外に出たのは間違いないと思う」

雨音が耳に届いた。窓の外でごうごうと激しく鳴っている。

豪雨だ。こんな状況で外を出歩かなければならない理由が、すぐには思い付かない。

携帯で確かめると午前六時だった。

春夫の身に不自然なことが起こっている。或いは——

霊子の言うえらいことが起こっている。

淳は布団から跳ね起きた。

足音を立てないように廊下を渡り、一階へと下りる。フロントで何度も呼び鈴を叩いたが麻生が出てくる様子はない。傘立てには幾本ものビニール傘が突っ込まれていた。玄関ドアを開けると無数の雨の粒子が顔に当たった。想像以上に大きな雨音がロビーに流れ込む。宗作の言っていたとおり、春夫の靴は見当たらない。

宗作が小走りで外へと飛び出した。淳は慌ててビニール傘を掴み、外履き用のサンダルを突っかけた。

川の水が増えていた。辺りを回ってみたが春夫の姿は見えない。港から吹き込む風が全身を撫でた。宗作は集落へ、淳は港へと向かう。

雨とオゾンのにおいに紛れて、味噌汁の香りが一瞬だけ鼻をくすぐる。近くの家で朝食を作っているのだろう。日常のにおいに虚を衝《つ》かれ、その場に立ち止まった。

息が切れていた。頬を流れる汗が冷たい。

膝から下が早くも雨に濡れていた。浴衣の裾《すそ》にも雨が染み込んでいる。不快感とともに、不安がますます膨らんでいく。

港に出ると海は荒れ、沖には白い波が立っていた。

辺りには誰もいない。並んだ漁船がギイギイと音を立てて揺れている。

桟橋のたもとに差し掛かった時、目が港に浮かぶ影を捉《とら》えた。焦点を合わせた途端、あっと声を上げてしまう。

逆さまのビニール傘が、微妙なバランスを保ちながら波に揺られていた。

そのすぐ隣に春夫が浮かんでいた。

漁船のすぐ側、海面に漂っている。土色の四角い顔。開いた目は何も見ていない。着ている青いTシャツが、濁った海の中でゆらゆら揺れていた。胸に「海人」と筆文字で大きくプリントされている。これは何かの冗談に違いない。冗談に決まっている。

「は……」

春夫、と呼ぼうとしても、声が出なかった。

淳はその場に膝を突いた。

引き上げなければ、助けなければ。冷たい海から出して、冷たい雨の当たらない所に連れて行かなければ。宗作に連絡しなければ。その前に一一〇番だ。

するべきこと、しなければいけないことはすぐ思い浮かぶが、身体が痺《しび》れたように動かない。浮かんで揺れている春夫の死体を、ただ見つめることしかできずにいる。

「淳！　どうした！」

遠くから宗作の声がするのを聞きながら、淳は春夫の骸《むくろ》を見下ろしていた。

第三章　惨　劇

一

春夫の死体を見るなり、宗作はその場に立ったまま硬直した。手を離れたビニール傘が風に舞って港を転がったが、彼も淳も拾いには行かなかった。

宗作がその場にくずおれた。

びしゃりと水が撥《は》ね、淳の身体にかかる。

我に返った淳はすぐさま走り出し、集落の一番近い家屋に向かった。呼び鈴は見当たらなかった。表札もない。こうした地方では必要ないのか。

曇りガラスの引き戸を叩《たた》いて呼びかけたが、返事はなかった。鍵《かぎ》も掛かっている。

留守か。

思った瞬間、目の前がわずかに暗くなった。ガラス戸の向こうで電気が消えたせいだ——と、遅れて理解する。

中に人がいるのだ。こちらに気付いていないか、或いは——

「すみません、開けてください。人が死んでるんです！」

淳は続けざまにドアを叩いたが、誰も出てこなかった。物音はおろか気配すらしない。

隣家もその隣も、さらにその隣も同じだった。

どれだけ激しく戸を叩いても、どれだけ大声で呼んでも、住人が出てくることはなかった。中から味噌《みそ》汁やご飯の匂いが漂っている家もある。それなのに応対する人間は一人もいない。

無視されているのか。拒絶され放置されているのか。

この島から排除されているのか。

「どないなってんねん！」

五軒目の家で、とうとう淳は怒鳴った。

戸を殴り付け蹴《け》り破り、破壊したくなる衝動を何とか抑え込む。

ずぶ濡《ぬ》れの顔を手で拭《ぬぐ》っていると、

「淳」

宗作が背後に立っていた。唇まで真っ青だが、目には理性の光が宿っている。

「悪い。何とか落ち着いた。とりあえず一一〇番したよ。橘さんが来てくれる」

「……すまん」淳はそれだけを答える。

「誰も出ないのか？」

無言でうなずくと、宗作は大きく深呼吸して、

「まずは春夫を引き揚げよう。野郎が三人いたら足りるよ」

くるりと踵《きびす》をかえし、港に向かって歩き出した。雨に濡れることを気にもしない、というより雨が降っていることに気付いていないのではないか。それほどまでに動転しているのではないか。そう勘繰ってしまうほど彼の歩調は真っ直ぐだった。

宗作の背中を見つめながら淳は家から離れた。

港に戻って数分後、レインコートを羽織った橘が石段を下りてきた。春夫を見下ろすなり「えらいこっちゃ」とつぶやく。黙り込んだのは数秒だけで、彼はてきぱきと淳たちに指示を出した。事務的で機械的だったが、この状況では不思議と心強く感じた。

傍らに浮かぶ漁船から、橘が手鉤《てかぎ》を春夫に伸ばす。Tシャツを引っ掛けてゆっくりと引き寄せる。橘の左右から淳と宗作が遺体を摑《つか》み、三人がかりで引っ張り上げる。

どすんと甲板に転がったずぶ濡れの遺体を、淳は無感情に見下ろした。

まるで実感がない。

これが遺体であると認識しているのに心許《こころもと》ない。今にもぼろりと崩れ落ち、溶けて甲板に広がって消え失《う》せる——そんな光景を想像してしまう。腐敗しているわけでもないのにそう思えた。

死んでいること、生命活動を停止したことで、受ける印象が決定的に変わっていた。

「とりあえず連絡所や。コズエさんはまだ来てへんけど、鍵は開いてる」

橘の指示が飛んで、淳は遺体に屈《かが》み込んだ。

「ほな岬くん、調べさせてもらうで」

連絡所の一角、ソファを隅に寄せて作ったスペースに春夫の遺体を置くと、橘が静かに呼びかけた。レインコートを脇に置き、仰向けになった春夫の傍らに跪《ひざまず》いて、そっと手を合わせる。

淳は洗面所にあったタオルで、濡れた頭を拭《ふ》いていた。

感情が湧かない。春夫が死んで、遺体を橘が見ている。その光景を認識してはいるが、そこから先に進めない。

「もしもし」

窓際で宗作が、携帯を耳に当てていた。部屋番号と名前を告げる。麻生に連絡しているらしい。

「事情があって春……岬が死んでしまって、欠員が出たので朝食を一人分キャンセルお願いできますか。ええ、このタイミングで申し訳ありません」

思わず耳を疑った。

宗作は当たり前のように、淡々と報告を進めている。

「いえ、そんな。原因は分かりませんが、いずれにしても私どもの不手際ですので。ええ、連絡取れ次第、岬の方から改めてご一報入れさせていただくという形で――」

「おい宗作」

淳は駆け寄って肩を叩く。橘が手を止め、怪訝《けげん》な顔でこちらを見つめる。

宗作の目は限界まで見開かれていた。視線はどこにも向いていない。口元には作り物の笑みが張り付いている。

携帯の向こうで「えええ？」と麻生が困惑している。馬鹿馬鹿しい喜劇のような反応だったが、それを言うなら宗作の振る舞いの方が更に馬鹿げている。いや――常軌を逸している。

「いえいえ、どうかお気遣いなきよう。それでは今後の通夜、告別式、埋葬の手続きのほう、こちらで進めさせていただき――」

「宗作っ」

淳は彼の手から携帯をもぎ取った。

少しずつ宗作の顔から表情が薄れ、消えた。開いた口から掠《かす》れた声が零《こぼ》れ落ちる。

「淳……春夫が死んだよ」

「知ってる。とりあえず落ち着いて」

「ええ。だからこうして後始末と業務の引き継ぎをしてるんですよ。春夫にはよく言って聞かせますから――」

「おい！」

淳は怒鳴った。びくりと宗作が身体を震わせる。その襟を摑み、激しく揺すって、

「目ぇ覚ませ。春夫は何でか知らんけど死んだんじゃ。旅先の島で、夜中にどっか行って、朝になって海に浮かんどってん。訳分からんやろ？　なあ？」

がくがくと頭を揺らす宗作に、

「そこをまず受け入れろや。それに春夫は、も、もう生き返ったりせえへん」

口に出す言葉すべてが胸を抉《えぐ》った。

当たり前のことに今更のように気付く。春夫は死んだ。理由が何であれもう生き返ることはない。もう二度と話せない。

宗作はわなわなと唇を震わせて、窓にもたれかかった。顔を覆った指の間から、啜《すす》り泣きと囁《ささや》き声が漏れ聞こえる。

「春夫……」

淳は彼から手を離し、橘に視線を送った。橘は無言でうなずくと、検分を再開した。橘が
風が連絡所の壁を鳴らす。室内には宗作の嗚咽《おえつ》と、橘の靴音だけが響いている。

春夫の遺体に触れて調べる様を、淳は黙って見守っていた。

十分ほど経っただろうか。蒸し暑さを覚えた頃、

「溺死《できし》やろうな」

と、橘が言った。

「外傷は見当たらん。毒を飲んだ様子もない。つまり事故や」

摑んでいた春夫の頭をそっと床に置く。

「待ってください。突き落とされたかもしれませんよ。そんで溺れたってことも……」

「最後に岬くんを見たんは？」

鋭い目でこちらを見つめる。

「……十二時半くらいです。その少し後で僕は寝てしまった」

宗作が暗い声で答えた。

橘は残念そうに、一方でどこか安堵《あんど》した様子で、

「そんな時間に起きてる人間は、この島におりません。年寄りは早寝でっせ。五十七歳の私が島では一番若い」

「いやでも、ここの職員さんが」

「コズエさんか。あの人は坊勢島のもんや。旦那《だんな》の漁船で送り迎えしてもろてんねん」

「じゃあ麻生さんは」

「あの人は数に入れてなかったわ」

橘は緩慢な動作で腰を上げた。

「せや言うても、何で麻生さんが岬くんを海に落とさないかんのです？　困ってるところを快く泊めといて、夜中に連れ出して殺したいうんですか？　訳が分かりませんな」

「それは警察が」

「天宮さん」呆《あき》れた顔で橘は遮った。「物事はシンプルに考えた方がええ。この島では尚更《なおさら》や。込み入ったことなんかまず起こらへん。例えば夜中に喉《のど》が渇いた、ジュースを飲みたなった。そしたらどうします？」

こちらが答える前に、

「そこまで買いに行くんですよ。この島でジュース売ってるんは、すぐ外の自販機だけです」

と、指で出入り口を示した。

「岬くんは下戸でしたね。夕食の時そんな話になった記憶があります。それに、たしか炭酸飲料が好きやった」

宗作が「ええ」と戸惑いながらうなずく。

「ポケットには財布が入ってました。コーラか何か買いに来てふと海を覗《のぞ》き込んだら、足を滑らせて落ちた――これが一番自然でしょう。夜中に外出したことも、わざわざ着替えたことも全部それで筋が通る。難しく考えんでもええ」

お終《しま》いだ、と言わんばかりに橘は咳払《せきばら》いした。

そんなものなのか。その程度のことで春夫は死んでしまったのか。

あまりにも呆気《あっけ》ない、だが最も有り得そうな推論を突きつけられて、淳は何も言えなくなっていた。

「馬鹿な……」と宗作が頭を抱えた。

「気持ちは痛いほど分かるわ、大原くん。昨日少し話しただけやけど、岬くんがよう出来た人間なんはすぐ分かった。一人の人間として悔しいし、悲しいですわ」

橘は沈痛な面持ちで言った。近くの事務用椅子に置かれていたブランケットを掴み、春夫の足元へと歩み寄る。姿勢をただし、ブランケットを丁寧に開いて、そっと春夫の遺骸《いがい》に掛けた。そして小さく深呼吸をして、パン、と軽く拍手《かしわで》を打つ。

一つ一つの動作が儀式のようだった。余所《よそ》で見たことのない奇妙なものだったが、橘が春夫に——死者に対して敬意を抱いているのはよく分かった。

間違いなくこの島の作法だろう。彼は霧久井島の文化習俗に則《のっと》って、いま春夫の死を悼んでいるのだ。

橘がデスクの一角から、高さ十センチほどの〝くろむし〟を摘《つま》み上げた。トーテムポールを模したらしい、誇張した人面が前後に彫られた木炭の置物。元々はここではないどこかの土産物だったのだろう。

春夫の傍らに再びしゃがみ込むと、橘は〝くろむし〟をブランケット越しに、遺体の胸元に立てた。

淳も宗作も、食い入るように橘の所作を見つめていた。連絡所全体の空気が穏やかな、それでいて厳かなものに変わっている。

「これで、よし」

橘が立ち上がった。レインコートを掴む。

「ヒキタの怨霊《おんりょう》が乗り移る——そんな言い伝えもあるんです。ここでは人が死んだら遺体をこうやって守る。次に触ってええんは坊さんか、葬儀会社の人だけや。それ以外の人間が触るんは禁止されてます。たとえ親族でも」

一同を順繰りに見回すと、

「もちろん無理強いするつもりはあらへんけど、少しの間だけ、私らの流儀に合わせてもらえませんかね。頼んます」

静かに力強く言った。

淳は宗作と顔を見合わせて、「分かりました」と答えた。雰囲気に呑《の》まれたと言えばそれまでだが、橘の真剣さに心打たれた部分もあった。

「おおきに。本土の警察署には私から連絡します」

そう言い残して橘は連絡所を出て行った。一直線に集落へと向かい、足早に石段を上って視界から消える。

ややあって宗作が口を開いた。

「……春夫の家族に連絡するのは、僕らだよな」

「藍ちゃんにもな」

淳は答えた。

途端に宗作が「うっ」と嗚咽し、壁に寄りかかる。髪を掻《か》き毟《むし》りさめざめと泣く。

動けなくなっていた。何も言えなくなっていた。ブランケットの膨らみが視界に入るだけで悲しみが込み上げる。するべきことは分かっているのに行動に移せない。春夫を失った苦痛が全身を苛《さいな》んでいる。小学生の頃からずっと、淳と一緒だった春夫が。

春夫、と名前を呼ぼうとした時、カラカラと戸が開いた。外の空気が流れ込み、肌を撫《な》でる。

「う、嘘でしょ」

霊子だった。あんぐりと口を開けたまま、忍び足で中に入ってくる。赤いスニーカーにジーンズ。タイトな黒いTシャツには、シャネルのロゴが大きくプリントされている。その背後から数美が顔を覗かせた。折り畳み傘を畳む。ボーダーが白と紺に変わっている以外は、昨日と同じ格好だった。黒いボディバッグを提げている。

霊子は膨らんだブランケットを呆然《ぼうぜん》と見下ろしていた。

「お兄さん、何があったん？」

「実は……」

説明すると、彼女は口を押さえてわなわなと震えだした。

「そんな」

骨ばった指の間から声が漏れる。霊子は全員の視線を浴びながら、

「〈海の底から伸び出《い》ずる手〉そのものや――幽子様の予言、当たってるやないの」

上ずった声で言った。

二

どん、と大きな音が室内に響いた。

淳がデスクを殴りつける音だった。天板の上の拳《こぶし》が震えている。

「ひ、人が死んで最初に言うことがそれか？」

　搾り出すような声で淳は問いかけた。怒りを込めた目で霊子を睨《にら》みつけて、

「橘さんはちゃんと弔ってくれたで。この島独特の不思議なやり方やったけどな。でもあんたは偉大なる宇津木幽子様の大予言の方が大事らしい。霊だの霊能力だのはこういう時のためのものちゃうんか？　苦しむ人を、た、助けるためのもんとちゃうんか」

　ぶつぶつとつぶやく。

　霊子が「ごめんね」と引き攣《つ》り笑いで詫《わ》びた。

「仰《おっしゃ》るとおりやわ。ごめん、うち気が動転してもうて……」

　じりじりと後ずさる。宗作が鯉のように口をぱくぱくさせていた。

「淳、とりあえず落ち着いて。そんなん議論してもしゃあない」

　淳は答えなかった。全身に緊張が漲《みなぎ》っている。

　生温《なまぬる》い空気が張り詰め、息苦しさすら覚える。

　淳が大きく息を吸い込んだその時、

「はい、これ」

　胸元にそっと手が差し出された。

　数美だった。淳と霊子の間にさりげなく割って入り、二人に微笑みかける。

　掌《てのひら》には包装された飴《あめ》玉が載っていた。「あわ玉」だ。淳が小さい頃よくスーパーや駄菓子屋に買いに行っていた、一つ十円の駄菓子だ。宗作や春夫と一緒に。

「こういう時に大事なのは、糖分の補給です。舐《な》めてれば大体落ち着くの。だから」

「じょ、冗談はやめてくれ」淳は無感情に突っぱねる。「そんなもんは似非《えせ》科学や。霊だの予言だのと一緒——」

「わたし看護師ですよ」

数美は笑顔を崩さずに言った。

「厳密には元看護師だけど。栄養学の勉強はしたし、臨床でも勉強はしてきた。だから知ってるの。こういう時は飴玉が本当に効く」

先程までと全く同じ口調だったが、言葉の一つ一つに説得力があった。顔にも立ち姿にも貫禄《かんろく》が感じられる。

淳は全身の緊張をわずかに解き、数美の飴玉をそっと摘み上げた。

「皆さんもどうぞ」

数美はボディバッグのジッパーを開いた。中には色とりどりの、大小様々な飴がぎっしり詰まっていた。あわ玉だけではない。ミルキー、パインアメ、サクマのいちごみるく。金色の小さな包装はツナピコだろうか。マグロ肉を固めたもので飴ではなくツマミだが、懐かしさという点ではいい勝負だ。

全員に飴が行き渡った。宗作も霊子も、淳も無言で包装を剥《は》がし、口に放り込む。

「……ほんまや。ちょっと落ち着いたわ」

最初に口を開いたのは淳だった。コリコリと口内のパインアメを鳴らしながら、

「プラシーボ効果かもしらんけどな」

「それもあると思いますけど」

数美はジッパーを閉じて、

「飴を舐めながら泣いたり怒鳴ったりするのは、単純に難しいんですよ。意外と口に意識集中させないといけないんで」

と言った。幼児のおしゃぶりと同じ、というわけか。

淳は苦笑した。宗作の頬が震える。連絡所の空気が、少しではあるが緩く穏やかなものに変わっている。

数美の手際のよさに感心していた。

強く出るでもなく、かといってへりくだるわけでもない。論理とユーモアと最小限の手数で鮮やかに、軽やかに状況を改善している。看護師の経験の賜物《たまもの》だろう。それも有能な看護師の。

彼女は狭い室内を歩いていた。傘を隅に置き、春夫の傍らに歩み寄る。

上体を折り曲げ、胸元に置かれた〝くろむし〟をしげしげと見つめる。看護師の性分だろうか。遺体を確かめずにはいられないのか。だが――

「触るなって橘さん言うてたよ。島の作法やって」

声を掛けると、

「そうですか」

数美は顎《あご》に手を当てた。ちらりと淳を見やり、続けて思い悩むように天井を見上げる。いつの間にか全員が彼女の様子を見守っていた。蒸し暑さを感じたところで、霊子が扇風機を点《つ》けた。羽根の回る音が低く響く。

「……まあ、確かめてみるか」

そう言うと、数美は〝くろむし〟を摘み上げ、勢いよくブランケットを捲《まく》った。ばさりと大きな音がする。

春夫の土色の顔が現れた。うっすら開いた目は真上を向き、唇はだらしなく半開きだった。魂の宿っていない、死んだ人間の表情。

数美が真剣な顔でしゃがみ込んだ。

「あ、あかんよ」

慌てて彼女に声を掛ける。

「何やってんねんな。あかん言うたとこやん」

「誰が？」

それまでとは違う鋭い声。

「――いや、橘さんが」

「他には？　たしか見立ては溺死でしたっけ？」と数美は顔を上げる。

「うん。事故やろって」

「そこがまずおかしい」

きっぱりと数美は言った。呆気に取られている淳、そして宗作を見上げて、

「溺死体は沈むからです。肺に水が溜《た》まって空気がなくなった場合、人体が海水に浮くことはありません。浮くのは腐敗して体内にガスが溜まってからです。これは比重の問題で体重とは関係ないし、専門的な知識でもない。だから橘さんの見立てはおかしい。不自然です。それに」

手にした〝くろむし〟とブランケットを床に置いて、

「もっとおかしなことがあります――二十二年前にこんな風習はなかった」

「えっ」声を上げたのは宗作だった。

「わたしが来た時はちょうどご老人のお葬式が終わった後で、いろいろ島の人から聞いたけど独特な弔いなんて一つもなかった。〝くろむし〟を載せてたかもよく覚えてない。少なくともご遺体を触っちゃ駄目だなんて言ってなかった」

「ちょっと待っ……げほっ」パインアメを飲み込みそうになって、淳は激しく噎《む》せた。

宗作がはっとして淳の背中を撫でる。

後を引き継いだのは霊子だった。

「代わりにうちが質問するわ。二十二年前の霧久井島のこと何で知ってんの？」

困惑しながらも威圧するかのような表情。飴が口の中にあるせいだろう。声に空気が抜けるような音が混じっている。

数美は答えず遺体の方を向いた。ボディバッグから薄紫色の布切れのようなものを引

っ張り出す。

医療用らしき手袋だった。最小限の動作で手に嵌《は》めると、彼女は春夫の両頰に触れた。瞼《まぶた》を開いて覗き込み、続いて口をこじ開ける。動きに一切の無駄がない。

「あのお巡りさんが何のために、そんなおかしなことせなあかんの？」

数美は無言で春夫の頭に触れた。両手で抱えようとして、そこで止まる。

「よう考えたら名前も偽名くさいねえ、江原に数子《かずこ》て。野球で言うたら松井《まつい》イチローみたいなもんやないの」

「数美です」

「微妙に変えてるところが余計怪しい。年齢不詳なんも怪しい」

「三十歳です」

「意外と年いってるんやね。まあええわ。あともう一つ」

霊子は足を踏ん張ると、目を細めて数美を見下ろした。

「うちには見えるよ——凄《すご》いわ、あんたの守護霊。こんな高位レベルの霊には会《お》うたことない。神界、いや菩薩《ぼさつ》界から降りて来はったんか？　せやったらマザー・テレサに匹敵するわ」

厚塗りの顔に、徐々に恍惚《こうこつ》の笑みが浮かぶ。

話が唐突に飛躍した。論理的な質問を重ねていたかと思えば、何の前置きもなく心霊だの霊界だのの話題に踏み込んでいる。淳は目を白黒させて二人の女性を見つめていた。

そして横たわる友人の遺体を。

「……霊子さんには見えるんでしょうね」

数美がぼそりと言った。馬鹿にしている風にも、真に受けている風にも見えないが、

「だから霊子さんにとって霊は存在する。守護霊も怨霊もいる。霊感も霊界も、幽界も神界も菩薩界もあるし、アカシックレコードもある。だから予言もある」

表情と口調には諦《あきら》めの感情が透けて見えた。この手の話は聞き飽きたと言わんばかりの、うんざりした顔。

「そうよ。それが何か？」

霊子は平然と同意し、質問を返す。数美は寂しげな微笑を浮かべたが、何も言わなかった。ただ霊子を見上げていた。

沈黙が気詰まりに感じ始めたその時、

「淳さん」

「えっ、なに」

「淳さん」

数美は繰り返すと、こちらを見上げた。童顔には不信感が露《あらわ》になっている。

「……どないしたん」

淳がおずおずと訊《き》くと、

「春夫さん、後頭部の骨が砕けてる」

「は？」

彼の頭を抱いたまま、数美は淡々と続ける。

「あの高さから海に落ちても、こうはならないでしょう。転んだのとも違う。あくまで経験則だけど、後ろから硬いもので殴られたんだと思う。春夫さんは何者かに殴り殺された後、海に捨てられた――わたしはそう考えます」

はっ、と誰かが息を呑んだ。

「そして橘さんもそう考えている。それか知っている。知っていて淳さんたちに隠したんです。不慮の事故による溺死だと嘘を吐き、バレないように偽の儀式までしてみせて」

数美は黙った。扇風機の音と全員の息遣いだけが部屋に響く。

淳はそっと彼女に近寄り、傍らにしゃがみ込んだ。目配せして春夫の頭に手を伸ばす。

「……何や、これ」

「砕けた頭蓋骨。触ったら変なのは一発でしょ」

当たり前のように数美は説明する。

淳は答えなかった。春夫の後頭部から指を離し、その場に音もなく尻餅《しりもち》をつく。

立て続けに起こった不可解な出来事を、頭の中で順序立てて整理する。

春夫が死んだ。深夜に宿を抜け出し、朝になって港に浮いていた。駐在の橘は春夫の死を溺死だと推測し、島の作法で弔った。江原数美がそれに疑問を呈し、春夫は殺されたのかもしれない、と別の推測を示した。橘が何らかの事情を知っている、とも。推測の根拠の一つは島に関する知識だ。どうやら彼女は以前、霧久井島に来たことがあるらしい。

考えてみればこの島も奇妙だ。戸を叩いても島民たちは誰も出て来なかった。

そしてもう一つ。

春夫の死は霊子の言うとおり、予言の記述と符合している——

いや、これは余計だ。ただの偶然で、真面目に考えるに値しない。「不可解な出来事」ではない。それ以前に「出来事」ですらない。

「先《ま》ずはお礼言うとくわ。ありがとう」

淳は数美に言った。

「俺らだけやったら絶対、橘さんの話鵜呑《うの》みにしとったやろ。あの人がどういうつもりなんか知らんけど、事実と違うことを俺らに吹き込んだんは確実みたいや」

「うん」

「でも訳分からんな。どないしたらええんや」

正直に胸の内を明かした。整理しても混乱は収まらない。数美に礼を言って、その次はどうするべきなのか。

数美は首を傾げながら、

「それは……」

パキッと何かが割れる音がして、淳は顔を上げた。

宗作が歯を剝《む》き、肩をいからせている。

さっきのは飴を嚙《か》み砕いた音だ、と遅れて気付く。

「決まってるだろ、淳」

唸《うな》るように宗作が言った。ぺっ、と飴の破片を吐き出すと、

「一番怪しい人間から訊けばいい。いや、怪しいなんてもんじゃない。限りなく真っ黒な人間からな。集落の一番上だったか？　何としても仇《かたき》を討たなきゃ」

「待って宗作、言うてる意味は分かるけど、決め付けは」

「春夫は殺されたんだぞ！」

唾《つば》を飛ばして宗作は怒鳴った。髪を振り乱し目を剝いている。乱暴な言葉遣いに戸惑っていると、異変に気付いた。

宗作は泣いていた。見開かれた両目から大粒の涙を流していた。鼻水が唇と無精髭《ひげ》を濡らしている。目を乱暴に拭い、何度も言いよどんでから、彼は一息で言った。

「僕が出戻らなきゃ春夫はこんな旅行なんか企画しなかった。自殺できてれば春夫は殺されずに済んだ。ぜんぶ僕のせいだっ」

すぐさま駆け出し、引き戸を開け放つ。淳が立ち上がるより先に連絡所を飛び出し、傘も持たずに集落へと走って行く。ばしゃばしゃと水たまりを踏む音が次第に遠ざかる。

見る見る小さくなる宗作の背中を、淳は呆然と見送っていた。

霊子が心配そうに淳をうかがいながら、「どうすんの？」と訊いた。

「仇とか言うてたよ。訊くだけで済まへんのとちゃう？」

「いや、確かにそうやけど」

言葉に詰まる淳を冷ややかな目で見つめて、霊子は言った。

「こういう時も守護霊さんの判断仰ぐねんな」

淳が言い返せずにいると、

「追いかけましょう」

数美が言った。春夫の目をそっと閉じる。

「わたしも行きます。宗作さんが心配だし、橘さんにも直接訊きたいことがある」

ブランケットを遺体に掛け、霊子を見上げて、

「警察に電話してもらえますか。一一〇番じゃなくて本土の警察署です。橘さんはまだ連絡していないかもしれない。いえ、きっと連絡していない」

「う、うん。分かった」

「そしたら宿に戻って。みんなにも伝えた方がいい。あと、連絡先も交換しましょう、この場のみんなのを」

てきぱきと指示を出す。落ち着いた態度も口調も、昨日港で出会った時とはまるで違う。互いの番号を交換すると、数美がボディバッグのポケットに指を突っ込んだ。すぐに引き抜く。

指に絡まっていたのは、ターコイズブルーの数珠《じゅず》だった。色あせた青と白の房が揺れ

ている。霊子の大きな目が更に大きく見開かれた。

数美は数珠を二重にして握ると、そっと手を合わせた。目を閉じて上体を折り、春夫に何事か語りかける。声は小さく単語の一つも聞き取れない。

迷いのない手馴《てな》れた仕草だった。動きの一つ一つに威厳があった。美しさすら感じてしまう。これも看護師の仕事の範疇《はんちゅう》なのだろうか。心の隅でそんなことを思っていると、

「あ……あ」

奇妙な声を漏らしながら、霊子が壁に寄りかかった。信じられないといった表情で数美を凝視している。

「お待たせ。行きましょう」

数美はそ知らぬ顔で立ち上がった。じゃらりと数珠が鳴る。

何か妙なことが起こっているらしい。霊子の様子がおかしく、その原因は数美にあるようだ。不可解なことが際限なく続いている。謎めいたことが後から後から増えている。

「あんた」霊子が震える指で数珠を指した。「それはまさか」

「確かめてみたら？」

数美は数珠を左手首に巻き、翳《かざ》してみせる。

「見えたり感じたりするんでしょう？」

表情は穏やかだったが、物言いは挑発的だった。この手の分野や霊子のような人間に対する不信感が、言葉の端々から滲《にじ》み出ている。霊子は狼狽《ろうばい》しながら、

「それ……幽子様の数珠やんか」

と搾り出す。口から飴玉が零れ落ちそうになって、慌てて手で受け止める。

「も、モノ自体はありふれてるけど、雰囲気が全然違う」

「雰囲気？」

数美は苦笑したが、すぐに、

「まあでも正解です。これは霊子さんの言ったとおり、宇津木幽子愛用の数珠だった。

わたしにとっては祖母の形見」

「えっ」淳と霊子が同時に声を上げた。

数美は手首の数珠にそっと触れ、

「宇津木沙千花《さちか》。宇津木幽子の孫です」

と言った。

三

「テレビで見たことあるかも」
集落の石段を上りながら声をかけた。雨足は早朝よりずっと強まっている。背後から
吹き上げる風に飛ばされまいと、傘の角度を調整しながら、
「木曜スペシャルやったかな。他所行きのフリフリの服着た、ポテッとした感じの子。

たまに映り込むだけで説明も何もなかった」

「それがわたしです。服はあの人の趣味」

すぐ前を行く数美、もとい沙千花が答えた。早くも息が上がっている。

「撮影にはよく同行させられたから。写真も何冊かの本に載ってます」

「どの本？」

「忘れました。そんなことより」

沙千花は足を止めた。並んだ家々を見上げて、

「本当に呼んでも出てくれないの？　そんなことってある？」

と淳に訊《たず》ねた。

「あるよ」

淳は脇道に入ると、すぐ近くの民家のドアを叩いた。何度か呼びかける。窓から灯《あか》りが漏れているが、誰かが出てくる様子はなかった。

「な？」

淳の口が笑みを形作った。あまりにも理不尽で最早笑うしかない。

「訳分からんやろ。どんだけでかい声出しても、どこの家も開けようへん」

沙千花は信じられないといった顔で淳を見返していた。無理もない。地方の島で、こんな虚構的なことが実際に目の前で起こるなど、誰も想像できないだろう。外部から来た人間が、老いた島民たちに文字どおりの意味で締め出されている。

「何が起こってるの……？」

あまりにも素直な疑問を沙千花は口にした。

「分からん。こっちが訊きたいわ」

淳は顔を拭った。

浴衣《ゆかた》が濡れていたが、わざわざ宿に引き返して着替える気にはなれない。頭に渦巻くのは春夫が死んだことに対する苦しみと悲しみと、無数の疑問。置き去りにした遺体も気になる。

その奥に唯一の道筋が仄見《ほのみ》えている。

「急ごう。さっき言うてはったとおり、まずは宗作や」

淳の言葉に沙千花は大きくうなずいた。

石段に戻って再び上を目指す。狭く急勾配《こうばい》でおまけに手摺《てす》りもない。あちこちが凹《へこ》んだ踏み面には雨水が溜まっていて、勢いよく踏むと水が撥ねた。

雨水の冷たさのせいか、感情は徐々に落ち着きを取り戻していた。冷静に今のこの状況を捉《とら》えることができている。口の中の飴は溶けてなくなっていた。

「沙千花さん」

呼びかけると彼女はわずかに傘を上げ、半分だけ振り向いた。

「なんでここに来たん？　偽名使って、嘘まで吐いて」

彼女は答えず黙々と足を進めていた。傘に隠れて表情が見えなくなる。答えあぐねているのか。

「あの、無理して答えんでもええよ」

淳はおずおずと言った。

当然だ。最優先で解決させたいわけではない。だが気にはなった。橘の嘘を暴いたことに感謝はしているが、信用できるかとなると甚だ怪しい。

黙っていると、沙千花が口を開いた。

「あの人——宇津木幽子は」

石段を上る足を止めずに、

「二十二年前の夏、ここを訪れたの。瀬戸内海の島を巡り、その島にいる霊なり神様なりを霊視して、対話して、〝攻略〟する。そんな撮影でね」

「ロープレみたいやな」と淳。

「うん。当時の感覚でも下らないものだった。宇津木幽子も嫌がってたけど、渋々受け入れた。プロデューサーだったか構成作家だったか、とにかく方向性を決めたのは宇津木幽子じゃなかった。今は明るく楽しくしないと、いろいろ五月蠅《うるさ》く言われるからって」

「ふん」

思わず鼻で笑っていた。くだらない対策に呆れてしまう。だが同時に腑《ふ》に落ちてもいた。二十二年前ということは一九九五年、地下鉄サリン事件が起こった年だ。行きの道中で宗作が言っていたことと符合する。

「正式に取材を申請したのは小豆島の神社だけで、あとは基本的にアポなしだった。どこかの島の人とトラブルになった記憶もある。はっきりとは思い出せないけど、あまり楽しくなかった。撮影班はギスギスしてて、捨て鉢な雰囲気が漂ってた」

沙千花は足元に視線を落とすと、

「それまでは、みんな宇津木幽子を女王様みたいに扱ってたから。わたしもすごく大事にされて、現場も明るかった。だから余計に」

そこで口を噤《つぐ》む。淳はしばし考えて、

「賞味期限が切れたってやつか」

「うん」彼女は小さくうなずく。「今はその程度のことだって分かる。わたしが子供で、ちやほやされて浮かれてたこともね」

しばらく沈黙が続いた。淳も沙千花も何も言わず、集落の一番上にあるらしい橘邸を目指した。彼女のワイドパンツの裾《すそ》は雨水が染み込み、すっかり黒ずんでいた。

太ももに痺《しび》れるような痛みを覚えた頃、沙千花が口を開いた。

「お昼にこの島に着いて、すぐだった。港でスタッフが、島の人たちと交渉している最中、不意にあの人が言ったの——左の山に怨霊がいる、って」

疋田山のことだ。今まさに登っているこの山。

「そしたらね」彼女は荒い息の間から、「島の人たちの顔色が、一瞬で変わった。その後すぐ、連絡所に籠《こ》もった。わたしたちには、絶対入るなって言って」

先を行く淳はわずかに歩調を緩めて、

「そんで？」

「島の人たちは、撮影を許可した。かなり細かい注文があって、スタッフはみんな面倒くさそうだったけど、とにかく、撮れることになった。宇津木幽子はずっと山の上の方が気になってるみたいだった。宿に案内されたときも、打ち合わせ中も。そっちはよくあることだから、と、特に、変だとは、思わなかった」

「よくあることなんや」

沙千花は答えなかった。遂に足を止め、大きく息を継ぐ。淳も立ち止まって「ごめん」と声をかけ、彼女の呼吸が落ち着くのを待った。

「変なこと訊くけど、そういうの信じてるん？」

頃合を見計らって、淳は肝心要《かなめ》の質問を投げかけた。

虚霊子と同じ人種なのか。つまり宇津木幽子に心酔し、心霊だ守護霊だと言い募る人間なのか。予言を真に受けている信者なのか。

「全然」

沙千花は一言で答えると、再び石段を上り始めた。

「子供の頃からそうだった。霊だの何だのは存在しない。見えると思い込んでる人、話せると思い込んでる人、この世の凶事は霊の仕業だと信じ込んでる人がいるだけ。宇津木幽子もその一人よ」

自分と同じだ。安堵を覚えたところで、

「でもあの人は本当に疋田山で倒れた。わたしは旅館にいたから直接は見てないけど、スタッフに担ぎこまれた時は顔が真っ青で、意識が朦朧《もうろう》としてた」

暗く重い声で沙千花が言った。

「撮影は中止になった。祖母はそれから二年後に死んだ。直接の死因は胃癌だけど、倒れてからずっと体調を崩してた。テレビの仕事も講演も、自宅での霊視もできなくなるくらいにね」

傘に顔を隠すようにして、

「お祖母ちゃんは祟られた。ヒキタの怨霊に殺された」

更に暗い声で続ける。

どう返したらいいか分からない。

「勿論《もちろん》そんな訳ないのは分かってる。けどずっと気になってた。それくらいあの日の出来事は変だったから。それで来たの」

「その……死の真相を突き止めに？」

「うん。偽名を使ったのは、霊子さんみたいに詳しい人にバレないように。自分から言っちゃったけどね」

長い説明は終わった。淳は小声で「ありがとう」と礼を言う。

事情は分かった。偽名を使う理由も納得できる。事実、正体を明かしてから連絡所を出るまでの間、霊子はうっとりした顔で沙千花を見つめていた。無理もない。憧《あこが》れを通り越して崇拝さえしていた人物の、忘れ形見を目の当たりにしたのだから。

淳は沙千花から目を逸《そ》らすと、黙って足を進めた。

ようやく石段を上り切った。淳も沙千花もその場に立ち止まって、呼吸が落ち着くのを待つ。

目の前には家が建っていた。黒ずんだブロック塀に囲まれた、二階建ての古びた一戸建て。門柱に表札はかかっていないが橘の家に違いない。瓦《かわら》屋根は青かった。

簡素な門扉が風に揺られ、キイキイと鳴っていた。

置き石にビニール傘が転がっている。引き戸が半分ほど開いていて、土間が見える。

宗作の靴があった。乱暴に脱ぎ捨てられたのだろう。片方は裏返り、もう片方は橘のものらしきサンダルの上に、横向きに載っていた。

雨音のせいか、中から物音は聞こえてこない。気配もしない。

淳は沙千花に目で合図して、門扉に手を掛けた。

橘邸の中は空調が酷《ひど》く効いていて、入ると即座に鳥肌が立った。傘を畳んだ沙千花がぶるりと大きく震え、自分を抱きしめるように縮こまる。

靴箱の上には大小の〝くろむし〟が所狭しと並んでいた。

壁際には宿にあったのと似たものが、手前には動物の形に彫ったものが。七福神や十二支もある。灰皿も鉢植えもある。宿よりもずっと数が多い。いや、多すぎる。少なく見積もっても三十個は下るまい。小さいものは幾つかは倒れ、三和土《たたき》に転がっていた。

薄暗いせいもあって、どれもこれも細部が潰《つぶ》れている。

目も鼻も口もない黒い物体が、無言でひしめきあっていた。

「すみません」

〝くろむし〟を意識しないようにして声をかけた。しばらく待ったが物音一つしない。

「橘さん」

沙千花が声を張る。耳を澄ましたがやはり返事はなく、何の音も聞こえない。もう一度呼びかけようと彼女が息を吸ったその時、

がたん

奥で何かが倒れる音がした。

硬くて重いが、そこまで大きくない何かが。

がたがたん、ごろごろ——と音が続く。頭に浮かんだのは並んだ空き瓶が倒れる光景だった。将棋倒しになって床を転がる。雑然とした部屋の、うっすら埃《ほこり》のつもったフローリングまで想像してしまう。

淳は靴を脱いで上がり込んだ。廊下の角を曲がった瞬間、

「うっ」

思わず声を上げて、その場に立ち竦《すく》む。

長い廊下の突き当たり、珠暖簾《たまのれん》の下に、橘がうつ伏せに倒れていた。身動き一つしない。両手を投げ出している。

〃くろむし〃が数体、彼の周りに転がっていた。そして。

左右の壁を隠すように、びっしりと〃くろむし〃が立ち並んでいた。取り付けられた棚の上にも載っている。背の高いもの低いもの、細長いもの、ずんぐりしたもの。無数の黒い影が橘を挟んで見下ろしている。

異様だった。魔除《まよ》けであるはずのものが禍々《まがまが》しい雰囲気を放っていた。今にも動き出すのではないか。いや、既にこの中のどれかが動いているのでは。そんな妄想に苛まれていると、たんっ、と背後で床板を蹴る音がした。

次の瞬間には沙千花が橘に駆け寄っていた。しゃがみ込んで耳元に顔を近付け、「大丈夫ですか！」と殊更に大きな声で問いかける。次いで肩を叩く。

「橘さん！」

腹の下に片手を差し入れて、最小限の力で器用に仰向《あおむ》けにする。

あっ、と淳は声を上げた。

床に血溜まりができていた。橘の髪は赤黒く濡れ、真っ青な顔に血が幾筋も垂れている。目も口も半開きだった。素早く手袋をした沙千花が頬を叩くが、全く反応がない。顔に耳を近付け、指先で喉に触れる。

「……息をしてない。脈もない」

橘の髪を掻き分ける。手袋が瞬時に血に汚れ、淳は目を逸らした。

血まみれの〝くろむし〟が、橘の足元に転がっていた。宿にあったのと似た大きさ、形をしている。頭部に相当する部分がぬらぬらと光っている。

これが「凶器」ということか。

沙千花がこちらを見上げ、小さく首を振った。

淳は呆然と立ち尽くしていた。橘と沙千花を見下ろしながら何もできないでいた。

たった一つのことが頭を占拠する。

宗作の精神は極めて不安定だ。おそらく今は激情にかられている。だからその延長で、橘を、この〝くろむし〟で。妄想を打ち消そうとしても無駄だった。振り払おうとすればするほど鮮明に思い描いてしまう。

すっ、と頬を風が撫でた。

居間の方からこちらに、空気が流れてきている。

「宗作？」

淳は屈んで居間を覗き込んだ。暗くてよく見えない。沙千花が沈痛な面持ちで、橘の頭をそっと床に置く。淳は〝くろむし〟と遺体の横をすり抜け、珠暖簾をくぐった。

居間は散らかっていた。というより荒らされていた。テーブルは傾き、椅子が倒れている。食器棚のガラスは割れている。床のあちこちに散っている赤い点は血だろう。

ここで争いが起こったのは想像に難くなかった。橘の動線も大まかに想像が付く。逃げようとして、背後から頭を殴られたのだ。生々しい暴力の残り香が部屋に漂っていた。

しかし。

より不可解で奇怪な状況に、心を鷲掴《わしづか》みにされていた。言葉を失っていた。

居間もまた〝くろむし〟でいっぱいだった。

大きなものは淳の背丈ほどもある窓を隠し、小さなものがキッチンカウンターを埋め尽くしている。テレビの横、大きな鉢植えに突き刺さっているのも〝くろむし〟だった。折れ曲がった細長い木炭の先に、目らしき模様が彫られている。

床に転がったこけしのような形状の〝くろむし〟を踏まないように避けて、淳は振り返った。居間を見回している沙千花に、そっと訊《たず》ねる。

「これ……何なん」

「分からない」沙千花は手袋を引き抜きながら、「〝くろむし〟は前に来た時もあった。でも家に何個か普通に置いてるだけだった。旅館もそう。何軒かしか見てないけど、絶対こんなんじゃなかった」と、小声で答える。

「ってことは」

「この家が変なんだと思う。この家に住んでる——住んでた人が」

彼女は目の動きで廊下を示した。

春夫の死を事故死と偽った、駐在の橘。その家には魔除けの木炭人形が、所狭しと並んでいる。どう考えてもおかしい。昨夜の食堂での怯《おび》えようも変だ。無関係だとは思えない。だが本人に訊いて確かめることはできない。

ぴりりり　ぴりりり

出し抜けに機械音が鳴り響き、淳はその場で飛び上がった。携帯の着信音だ。慌ててポーチから引っ張り出す。

液晶画面には「大原宗作」と表示されていた。

「……宗作？」

スピーカーに切り替えて、淳は震える声で訊いた。

荒い息が向こうから聞こえる。ごうごうと鳴っているのは雨風の音だろう。ばしゃばしゃと鳴るのは泥を踏む音か。つまり外にいるのか。

もう一度声を掛けようとしたその時、

「淳」

宗作の声がした。間髪を容《い》れずに、

「今すぐ逃げろ。この島は危険だ」

苦しげに搾り出す。

意味が分からなかった。

「え？」

「すぐ島を離れてください。僕はもう間に合わない」

「な、何を言うてるん？」

「ヒキタの怨霊だ。予言もきっと当たる」

きっぱりと彼は言った。

あまりのことに絶句していると、携帯からくすくすと笑い声がした。

「いや、六人じゃ済まないかもな、もっと死ぬ。くく、くぅ、す、すまない、淳……」

笑い声ではなかった。啜り泣きだった。宗作はいつしか泣きながら詫びの言葉を繰り返していた。

「ごめんな、ぜんぶ僕のせいだ。もうそれしか言えない。本当にすまなかった」

「宗作……」

「みんなを僕の巻き添えにしてしまった」

あああ、と泣き声を上げる。

沙千花が淳の携帯に顔を近付けて、

「落ち着いてください。今どこにいるの？」

「橘さんと何があったの？　逃げろってどういうこと？」

矢継ぎ早に質問を重ねる。大の男が電話口で泣き、不可解なことを言うのを耳にしても、動揺した様子はまるでなかった。

「ああ、もうお終いだ」

宗作が全く答えになっていないことを言った。

「早く逃げろ。もうす、ぐ……」

大きな音がして声が途絶えた。雨音だけが遠くに聞こえている。倒れたのか、携帯を落としたのか。

「宗作！　どないした！」

淳が何度呼んでも返事は来なかった。

途方に暮れて沙千花を見ると、彼女は考え込んだ様子で台所を見た。その後れ毛がかすかに揺れている。

風が来ていた。台所の方から生温い風が居間へと流れ込んでいる。

淳はカウンターを回り込んだ。

床にガラスや皿の破片が散っていた。その向こうで小さなドアが開け放たれていた。

四

玄関に引き返して履き物と傘を手に台所へ戻り、ドアを抜ける。勝手口を潜《くぐ》ると、砂利の敷き詰められた空き地に出た。

左手に木々が揺れていた。その手前に大きな手書きの看板が立っていた。

〈疋田山 入口

危険　タタリ　死

立入禁止　入ルナ　入ルナ

霧久井島島民有志ヨリ〉

赤と黄色のペンキで殴り書きされていた。稚拙な文字から書き手の切実さがうかがえる。本気で「怨霊が祟《たた》る」と警告している。そう読み解いてしまう。

立て看板の足元に四つの三角コーンが転がり、向こうには獣道があった。ぬかるんだ地面に真新しい足跡がいくつも残っている。
爪先《つまさき》は奥を向いていた。誰かが警告を無視して疋田山を登ったのだ。

おそらくは宗作が。

振り返ると沙千花が強《こわ》ばった顔で、立て看板を凝視していた。傘を持つ手が真っ白になっている。背中から吹きつける風のせいで、団子頭が乱れている。

「大丈夫？」

淳が声を掛けると、彼女はハッとした顔で後ずさった。

「戻ったら？　俺は宗作追っかけるけど、沙千花さんに登る義務はあらへんし」

「あるよ」彼女はすぐさま答えた。「ある。どのみち滞在中に登るつもりだった。それに宗作さんのことも心配だし」

目には決意と覚悟の光が宿っていた。

淳は立て看板に向かって歩き出した。コーンを跨《また》ぎ越え、獣道に足を踏み出す。茶色い泥がずぶりと音を立てて、サンダル履きの足を飲み込んだ。

獣道は思ったより緩やかだったが酷く狭い。近くで草木が鳴ればその都度立ち止まり、気配をうかがう。あるいは「宗作」と呼びかける。傘が木々に引っ掛かり、ぬかるんだ地面は歩きづらい。三度目か四度目か、転びそうになった淳は「くそ」と毒づいた。

先頭を歩く淳は、長い木の枝を杖《つえ》代わりにしていた。看板を越えて少しばかり歩いたところに落ちていたものだ。太さも硬さも充分にある。持ち歩くことに決めたのは杖に使うためではなく、身の安全のためだった。

わずかな間に二人も死んでいる。いや——殺されているのだ。無防備なままでいる気にはなれない。

「もしもし」

不意に沙千花が言った。振り返ると彼女は携帯を耳に当て、こちらに向けて口をパクパクさせる。「れいこさん」と言っているのが分かった。

「ええ。はい……そうなんですか。ええ……」

次第に相槌《あいづち》が重くなっていく。

「橘さん、亡くなってました」

沙千花が小声で告げると、受話器の奥から霊子が「ええっ」と叫ぶのが聞こえた。驚いているようにも、喜んでいるようにも聞こえる声だった。

通話を終えた沙千花は暗い顔で、

「台風が接近してて海が大荒れなんだって。だから警察も救急も、海上保安庁も来られない」

と言った。

頭に浮かんだのは、食堂での霊子の姿だった。宇津木幽子の予言をそらんじる姿。

〈救いは涙の雨に阻まるる〉

まさにその言葉どおりになっている。

〈海の底から伸び出ずる手〉

港に浮かんだ春夫の遺体を思い返す。沙千花によると撲殺されて海に投げ込まれたらしい。だから予言の記述どおりではない。つい結び付けているだけだ。関連させているだけだ。

そう考えた瞬間、

〈生き血を啜る黒く長き虫〉

続きの一文を思い起こした。つい先程目にした橘の死体も。

凶器は長い〝くろむし〟だった。死体のすぐ側に転がっていた、血まみれの木炭の細工だ。これも厳密には符合していない。〝くろむし〟は血に濡れていただけで血を啜っていたわけではない。こじつけられるだけで当たってなどいないのだ。

それでも頭は混乱している。心臓が高鳴っているのは獣道を上っているせいだけではない。

この先には何があるのか。宗作がいるとして、果たしてどうなっているのか。電話での彼の言葉は、明らかに自らの死を意識したものだ。

〈山肌を這《は》い下りる死の手　影の持つ血に染まりし刃《やいば》〉

まさか――

嫌な予感が膨れ上がったその時、

「淳さん」

沙千花が不意に呼んだ。

「どないしたん」

彼女は少し迷って、口を噤んだ。奇妙なことに、一向に話そうとしない。

「沙千花さん」

淳が呼びかけると、

「気付いてる？　足跡」

「え？」

視線を獣道に向けた。真新しい足跡が付いているのは分かる。山に入る前から気付いていたことだ。

「それが何か……」

「二人分あるの。まっすぐなのと、蛇行してるのと」

沙千花はもどかしげに言った。視線は淳をとらえたままだ。

目を凝らすと、道のほぼ中央に残った足跡と、蛇行した足跡が見えた。どちらも真新しい。つい今しがたできたばかりのように思える。

「誰かが誰かを追いかけてるんやね」

推理したことを告げたが、沙千花は答えない。

「どないしたん？　追っかけてるってことちゃうの？　一人は宗作やろけど……」

「分からない」

沙千花は今度は遮るように言って、顔をしかめた。頬に幾筋も泥が飛んでいる。彼女の反応は不可解だったが、確かに分からなかった。宗作が誰かを追っているのか、それとも誰かに追われているのか。

二組の足跡を眺めながら歩いていると、耳が音を拾った。雨風の音、木々の鳴る音の向こうからたしかに聞こえている。

おお、お……

あああ、あ……

人の声だった。頭に浮かんだのは男性が頭を抱え、跪き、慟哭《どうこく》している姿だった。

おおおお、おお……

それも一人だ。一人の男性が、声を振り絞って嘆いている。

「宗作？」

考える前にそう口にしていた。電話での彼の言葉と、今聞こえている声は無理なく結びつく。

淳は早足になっていた。左手に傘を、右手に枝を持って先を急ぐ。沙千花が息を切らして後に続く。

坂が急になった。硬い木の根を階段がわりに足を進めると、不意に視界が開けた。

墓地だった。

地面を掘って作ったのか、あるいは周りに土や石を積んだのか。周囲より二メートル近く低い窪地に、墓と卒塔婆《そとば》が並んでいた。墓は二十基あまり。いずれも苔《こけ》むしており、彫られた字も摩耗して読めない。直径十メートルほどの円形の土地に、ばらばらの方向を向いて立っている。

卒塔婆はすべて灰色にくすみ、何本かは折れ、何本かは倒れていた。

その中央に一人の人間が立っていた。襤褸《ぼろ》をまとった裸足《はだし》の、仙人めいた老人。

古畑だった。

空を見上げ、雨水を飲むかのように口を開いている。濡れた長い髪と髭が、べったりと顔に張り付いている。

「おおお、おおおおお……な、何を、しとったんやあああ……」

古畑老人は叫んでいた。

「何十年も、わしは……お、怨霊、怨霊を……」

片手で髪と髭を掻き回す。びしゃびしゃと辺りに水が散った。

彼のもう片方の手が摑んでいるものを見て、淳は思わず「あっ」と声を上げていた。

宗作だった。

ぐったりと地面に座り込んでいる。目は虚《うつ》ろで顔は真っ青だ。古畑老人に襟首を摑まれていなければ、そのまま倒れ伏してしまうに違いない。この距離からでは生死は判然としないが、いずれにせよ尋常ではない。

「宗作さんっ」

沙千花がしゃがんで飛び降りようとしたその時、「あああ、来るなああ！」

獣の吠《ほ》えるような声で古畑が制した。

「来るな来るな来るな！　来るなっ！」

そう叫びながら歩き出す。ずるずると宗作を引きずり、墓の間を抜けて、右手にある石段へ向かう。しゃがんだままの沙千花に、

「来るな言うとるやろがあ！」

と歯を剥いて威嚇する。

「寄んなくそがき！　触んなババア！　くそがき！」

片手で宗作を振り回す。泥が撥ねて辺りに飛び散る。外見に反して腕力も体力もあるらしい。声にも張りがある。戸惑いながらもそう考えていると、古畑は石段に足をかけた。うなり声とともに駆け登り、宗作を引き上げる。襟首から手を離し、「あああ、畜生！」と吐き捨てる。

何が起こっているのか。何がどうしてこうなったのか。淳は地面を蹴った。傘も木の

枝も取り落としてしまうが、構ってはいられない。

倒れて動かない宗作に、淳は五歩で駆け寄った。沙千花がすぐ後に続く。呆然とあらぬ方向を見ている古畑を警戒しつつ、宗作の傍らにしゃがみ込む。

淳は宗作の頬を叩きながら、大声で呼びかけた。沙千花が橋にしていたのを思い出す。鼻と口に耳を近付ける。

かすかな空気の流れが耳をくすぐった。

「脈はある。弱ってるけど」

宗作の喉に指を当てながら、沙千花が言った。ちらりと古畑をうかがう。彼は口をあんぐり開けたまま、棒立ちでこちらを見下ろしていた。歯はどれも清潔できれいに揃っている。襟元から覗く胸も意外に分厚い。

見開かれた目が数度瞬いたかと思うと、彼は何かを投げてよこした。淳の足元に転がる。

宗作の携帯だった。

「……怨霊の仕業や」

はああ、と大きく息を吐く。

想定内の発言だった。彼ならそう言うだろうと察しが付いていた。すぐさま気付いて慄然《りつぜん》とする。

島で起こる変事は怨霊の所為《せい》だ。島民たちと同じようにそう受け入れかけている。

　いや、或いはもう受け入れているのかもしれない。

　違う、と声が出そうになったその時、

「そんなもの存在しません」

　沙千花がきっぱりと言った。すぐさま、

「胸元に染み付いているのは、血ですか？」

　と、古畑を指差す。

　襤褸切れのような服の胸の辺りに、赤い染みがいくつか点々と付着していた。

　答えない古畑を鋭い目で見上げて、沙千花は、

「橘さんのお宅で何があったんですか。宗作さんに何が起こったんですか。ご存じですよね？」

　と訊ねた。

　古畑はぼんやりと彼女を見下ろしていたが、やがて「ふっ」と小さな声を上げた。

「ふふふ、ふ」

　声だけで笑う。徐々に口角が上がる。濡れた髭が生き物のようにずるりと蠢《うごめ》く。

「分かるやろ、沙千花」

「え？」

　彼女はしゃがんだまま後ずさった。童顔がみるみる青ざめる。

「……どうしてわたしの名前を」

「怨霊や。あれもこれもみぃんな」

古畑はカッと目を見開き、

「沙千花のお祖母ちゃんが作り出した、ヒキタの怨霊の祟りじゃ！　はははは」

高らかに笑うなり猛然と駆け出した。そのまま近くの茂みに飛び込む。ガサガサと草木が鳴る音と、笑い声が遠ざかっていく。

「誰……？」

茂みの方を見ながら、沙千花がつぶやいた。

淳の身体は小刻みに震えていた。気付いて辺りを見渡す。

木々と窪地と墓。踏み荒らされた泥と落葉、茶色い水たまり。誰もいない。この場にいる者以外は誰もいない。古畑はどこかへ行ってしまった。

にもかかわらず気配を感じた。

辺りを漂っている。そこかしこに〝いる〟気がする。そしてこちらを〝見ている〟。

麻生の語った伝承が頭に浮かんだ。並んだ墓を確認してしまう。疋田某《なにがし》の文字を読み取ろうと目を凝らしてしまう。そうすればするほど肌は粟立《あわだ》ち、身体は冷えていく。いるはずのないヒキタの怨霊を恐れてしまう。

けほっ、と咳《せ》き込む音がした。

宗作が傘の陰で青ざめた顔をわずかに歪《ゆが》めている。生きている。死んではいない。脈や呼吸より明確にそう分かる。

淳と沙千花は大声で彼の名を呼んだ。

五

「民宿あそう」の玄関を引き開けると、麻生が素早く走り寄った。

「な、何がどうなってるんですか」

顎の先まで青ざめ、狼狽しながらも板張りに数枚のバスタオルを敷く。

淳は背負っていた宗作を下ろした。途端にその場に尻餅をついてしまう。がたがたと激しく淳の身体が震えていた。冷えた宗作の身体を背負い続けていたせいで、淳も体温を奪われていたのだ。

橘邸で少しばかり休憩を取り、沙千花から貰《もら》った飴を舐めたが、体力は回復していない。宗作も目を覚まさない。

島民は今回も戸を閉ざしたままだった。呼べど叩けど応答せず、表を出歩いている者もいない。ここに来るまで誰ともすれ違わなかったし、遠目に見かけもしなかった。

「淳さん」と麻生がまた訊く。

「分からへん」

何とかそう答える。夏だというのに寒く、身体が固まっている。

「お風呂《ふろ》沸かしましたから、どうぞ」

麻生が言ってバスタオルを差し出した。

フロントの壁の時計は九時を指し示している。朝の九時。まだそんな時間なのだ。それなのに二人の人間が死んで、一人が意識を失っている。

「淳さん、もうひと頑張りお願い」

沙千花がワイドパンツの裾を絞りながら言った。淳は「もちろん」と宗作の胴に手を回す。遠藤親子と霊子が階段から、心配そうにこちらを見下ろしていた。

午前十時半。

宗作は部屋の布団の上で眠っていた。いや、死にかけているといった方がいいのかもしれない。閉じた目、乾いた唇。額の右側にガーゼ。ここへ戻ってからも何度か呼びかけたが、目覚める気配はない。呼吸は弱々しく、今にも止まってしまいそうだ。

顔色だけは少しだけ良くなっていた。沙千花が風呂に入れたからだ。彼女は一人で宗作の服を脱がせ、髪も顔も身体も入念に洗って服を着せた。淳に出来たのは宗作のドラムバッグから彼の下着と衣服を探し出し、脱衣所に持っていったこと。あとは脱衣所からこの部屋に運び込んだことだけだった。それ以外は全て沙千花に任せきりだった。

当の沙千花は宗作の枕元に座り込んでいた。色あせたピンクのＴシャツと、臙脂《えんじ》色のジャージに着替えている。部屋着か寝間着だろう。風呂上がりで頬は赤いが、表情は冷酷に見えるほど真剣で、唇を引き結んで宗作を見つめている。

「どう？」

沙千花のすすめで風呂に入ってきた淳が訊ねた。宗作を挟んで向かいに腰を下ろす。

彼女は顔を曇らせて、

「分からない。やれることは全部やったけど」

と言った。

宗作が何故気絶しているのか。何故目覚めないのか。沙千花に訊いたがはっきりした答えは返ってこなかった。彼女にも分からないのだろう。怪我は額の切り傷くらいしか見当たらず、瘤《こぶ》や打ち身もない。骨にも損傷は見当たらない。

途方に暮れながら座卓の五目お握りを手に取った。麻生が部屋まで持ってきてくれたものだ。座卓にはお握りの他に、数種の漬物と麦茶が置いてあった。

麻生には感謝していた。ルームサービスは完全に彼の善意によるもので、心からありがたいと思っていた。だが舌が味を感じてくれない。軽く風呂を浴びて寒気は取れたものの、心身は緊張したままだ。

「無理に召し上がらなくていいですよ」

部屋の隅で麻生が言った。エアコンの送風口に手をかざし、リモコンを操作している。

「暑いですか、寒いですか。大丈夫ですかね」

「お気遣いなく」

「いや、ここが気の遣いどころですので」と麻生は曖昧《あいまい》に笑う。

「そうよ、何かできることはない？」

広縁の椅子から身体を起こして、遠藤晶子が言った。目には不安の色が宿っている。すぐ側の板張りに伸太郎が体育座りして、心配そうに宗作を見つめていた。

「大丈夫です」

「遠慮しないで、そうだ、こういうときは気晴らしにお酒なんてどう？」

「え？」淳は思わず訊いた。晶子は作り笑顔で、

「気分転換。わたしは飲めないけどストレス解消になるんでしょ？　下で買って来てあげるわ。何がいい？　ビール？」

「ママ」

「そうだ伸太郎、買って来てあげて。わたしお酒の種類に詳しくないから」

大げさな身振りで階下を示す。伸太郎は困惑の表情で母親を、次いで淳を見る。晶子が再び口を開きかけたところで、

「お兄さん、あんたのママは怖がってはるんよ」

霊子が教え諭すように言った。床の間の壁に立ったまま寄りかかって、腕を組んでいる。蛍光灯の光に照らされて、顔の陰影が青黒く強調されていた。

晶子が霊子を睨《にら》み付ける。霊子は上体をしならせて壁から離れると、

「ママだけちゃうよ。ここにおる人はみんな怖がっとうねん。冷静なんは厨房《ちゅうぼう》の奥さんだけや。粛々と自分の仕事やってはる」

「ええ、手前味噌ですが自慢の妻で」

「惚気《のろけ》は後にして」

冷徹に遮る。

「みんな気付いとうやろ。人が二人も死んで一人が意識不明で、島の人らは全員引きこもり。どう考えてもおかしい」

一同を順繰りに見据える。

皆が自然とここに集ってから今に至るまで、沙千花と二人で途切れ途切れではあるが、事の次第を語って聞かせていた。不可解な死、橘の謎めいた振る舞いと〝くろむし〟。宗作からの電話、そして古畑老人の言動。

話し終わると麻生が口を開いた。島の幾人かに電話したが誰も出ず、隣家の戸を叩いても応答がないという。

「空元気出しても何の解決にもならへんよ。現実を見て対策せなあかん」

至極真っ当なことを言う霊子だが、その顔は陰鬱《いんうつ》だった。声も沈んでいる。彼女もまた恐れているのだ。異様なことが起こっているこの島で、取り残されているという事実に怯えている。

沙千花がそっと宗作の喉に手を当てた。脈を測っている。

「現実ってなあに？　対策って？」

訊いたのは晶子だった。「犯人を捜すってこと？　それとも占いで当てるの？」と皮肉をこめて続ける。

霊子は組んでいた腕を解《ほど》くと、

「ママさん、テレビ観すぎとちゃいます？　おおかたジョー・マクモニーグルとかナンシー・マイヤーみたいなんを真に受けてはるんやろけどね。ＦＢＩからお墨付き貰った超能力捜査官みたいな連中のことを」

嘲《あざけ》るように言った。晶子が反論する前に、

「あんなん全部インチキやで。やってることは初歩的な詐術ばっかりや。ショットガンニングとマルチプルアウトとバーナム効果。真に受けるんは何も知らん無邪気でおめでたい人だけ」

耳慣れない言葉が多い。しかも話が横道に逸れている。戸惑っていると、

「ママを悪く言うな、ブス！」

伸太郎が叫んで立ち上がった。肩をいからせ霊子を睨みつける。華奢《きゃしゃ》な身体がぶるぶると震えている。

晶子は驚いた顔で息子を見上げていた。その顔が徐々に歪み、目が潤む。

霊子は眉間《みけん》に皺《しわ》を寄せて遠藤親子を見ていたが、やがて、

「ボクはママが大好きなんやね」

と、憐《あわ》れむような目で言った。完全に子供に対する口調になっていた。

「そうだよ」鼻息も荒く伸太郎が答える。

霊子は両手を控えめに上げて〝降参〟の仕草をしてみせた。

「悪かったわ。何かあったらママのこと守ってあげ」

床の間から軽やかに降り立つ。

「話を戻すわ。正直うちも気が立っとうねん。でも冷静にならなあかん」

「そうね」

晶子が静かに言った。伸太郎がゆっくりと全身の力を抜く。部屋の空気が穏やかになったのを見計らって、霊子が口を開いた。

「犯人捜しは警察の仕事や。うちらの手には余る。あの調子のええお兄ちゃん、ええと」

「春夫や。岬春夫」

「春夫くんにしよか。あの春夫くんが亡くなった件だけでも謎が多すぎる。理由はもちろんやけど、何で夜中に外出したんかも分からん」

「そこはジュースとちゃうの？」

問いかけると彼女は片眉《まゆ》を上げた。淳はつっかえながら、「橘さん言うてはったよ。海に落ちたんは絶対嘘やろけど、外出したんはほんまにジュース買いに行っただけかも分からん」と説明する。

「ほら」霊子はつまらなそうに言った。「素人が探偵ごっこやるとね、こんなどうでもええ可能性やら何やらの話ばっかりになるんよ。あと動機がどうとか。ジュース買いに行ったから何なん？　そっから話広がるわけでもないやろ」

「話し合うたら何か分かるかもしれへんやん」

「分かる〝かもしれへん〟ってことはそれも可能性やないですか。しかも他人任せの心許ない可能性や。ええ機会やからみんなに言うとくけどね」

霊子は茶色い髪を搔き上げると、

「この手の話し合いが役に立つことなんかないよ。見聞きしたこと言うたこと思ったことが、直接にしろ間接にしろたった一つの真相解明の手がかりになる――そんな都合のええ偶然は現実には起こらん。推理小説なんかみんな天文学的な偶然に乗っかった法螺《ほら》話、作者都合の御伽噺《おとぎばなし》や。そんな代物をフェアだのアンフェアだの、リアリティがどうのと真顔で唾飛ばしながら語る輩《やから》の方が、うちに言わせたらよっぽど新興宗教じみた通俗オカルト信奉者や。気色悪い」

早口でまくしたてる。途中から明らかに不機嫌になっていたし私怨《しえん》が混じっているようでもあったが、話の内容は何とか理解できた。素人に真相究明などできない、非現実的だと言いたいのだろう。

「じゃあ、対策って何をしたらいいんですか」

麻生が端的に訊いた。霊子は大げさに両手を広げて、

「決まってるやないの。予言が外れるようにお祈りするんよ」

と言った。

部屋が一瞬で静まり返った。音を立てるのも気まずい。そんな雰囲気が漂っている。

仲太郎だけが目を丸くしていた。

　霊子がフッと小さく笑う。

「これは寝言ちゃうよ。幽子様の予言どおりになってるんは事実やろ？　昨日でも一昨日《おととい》でもなく、今日になってこの島で人が死んでる。それも予言に書かれたんとそっくりに、書かれた順番どおりに。雨で警察らが来られへんことも当ててはる。偶然では有り得へん」

　自信に満ちた表情で告げる。

「明朝までにあと四人死ぬ。それは何としても――」

「あの、やめてください」

　口を挟んだのは麻生だった。霊子と目を合わせないようにしながら、「お、お客さまに失礼かもしれませんけど、霊能力だの予言だのは馬鹿げています。それこそさっき仰ってたとおりインチキですよ」

「幽子様は本物やよ。証拠はまず予言の精度や。あの御方は自分の死すら言い当てはった。9・11も尼崎《あまがさき》の鉄道事故も、中越《ちゅうえつ》大震災も3・11も」

「そんなもの」

　霊子は麻生を一睨みで黙らせると、

「予言だけちゃう、霊能力もや。試しにうちのを軽く見せたろか。例えば麻生さん、あんた若い頃ヤンチャしとったやろ？」

断定口調で訊いた。

麻生は一瞬ぎょっとしたが、すぐに作り笑いを浮かべた。

「これのことですよね？」

と、左の手首を示す。うっすらと白く丸い痕《あと》があった。直径は一センチに満たない。

煙草を押し付けられた痕、不良たちのよくやる根性焼きの痕に見えた。

「これは単なる火傷の痕ですょ。幼稚園の時お袋が揚げ物をしてるの横で見てたら、油が思いっきり撥ねたんです。残念ながら不良とは関係ない」

霊子はまったく動じた様子もなく、

「うちが言うてるんは背中にある白斑《はくはん》みたいなやつのことや。左の肩甲骨の辺り。それ、タトゥー消した痕やろ？　絵柄はそう……目玉、鱗《うろこ》、波、髭」

目を細め、探るように言葉を吐き出す。麻生の顔に狼狽《ろうばい》の表情が浮かぶ。

「それと鰭《ひれ》……ああ、鯉か。ベタなモチーフやね」

と言い切った。

麻生は真っ青になった。それこそ鯉のように口をぱくぱくさせる。

霊子が勝ち誇った笑みを浮かべた。

「続いてママさん――この旅が終わったら、働きはるつもりですよね？」

「えっ」晶子が椅子から飛び上がった。「そうなの？」と伸太郎も驚く。

「そんなこと初めて聞いたよ、本当？」

「……うん」

晶子は力なくうなずいた。「誰にも言ってなかったのに」

「どうしてママ？　何でなの？　お金ならまだ残ってるって言ってたのに」

「ボク、こういうんは人前で言うこととちゃう。うちも詮索《せんさく》するつもりはあらへん。答え合わせは済んだし」

半べそをかいて母親に縋《すが》り付く伸太郎にそっと声をかけると、霊子は淳を見た。目を細め、しばらく黙り込んでから、

「死別、いや、離婚やね。淳くんはお父さんが恋しい。昔を懐かしく思い出すこともあるやろ」

「ごめん。それは外れや」

半笑いで即答した。おそらく〝霊視〟と呼ぶのだろうが、ここへ来てその精度が見事に落ちた。霊子は事実と正反対のことを口にしている。淳は申し訳なさそうに肩を竦めてみせた。

昔を思い出していた。思い出したくもないあの男のことを思い返していた。気弱で頼りなく仕事は長続きせず、休日は朝から釣りに出て遅くまで帰って来ない。たまに酔えば暴れて自分たち母子を殴り付ける――そんな人間に父親の資格などない。出て行って心底せいせいしていた。今はどこにいるかも知らないし知りたくもない。だから〝恋しい〟とも思わない。思うわけがない。

淳にとってあの男は間違いなく、軽蔑《けいべつ》と憎悪の対象だった。

「あらあらそうですか、残念」

霊子は思わせぶりな仕草で髪を振ると、

「最大の証拠をお見せしよか。そこにおわす御孫さん、江原数美改め宇津木沙千花様を」

両手で沙千花を指し示した。

麻生と遠藤親子がぽかんと口を開ける。沙千花は宗作の様子を見ている。

「今この瞬間、御孫さんがこの場にいらっしゃる。おまけに看護師であらせられる。これも絶対に偶然とちゃう。神界、いや菩薩界におわす大いなる幽子様のお導きや。沙千花様は幽子様に遣わされたんや」

陶酔した目で皆を見つめて、霊子は高らかに言った。

「惨劇を防ぐために。直近ではそのお兄さん——宗作くんが三人目の犠牲者にならへんように。せやからうちらも幽子様のご意志を無下にしたらあかんの」

しん、と部屋が沈黙に包まれた。

先刻の気詰まりな沈黙ではなく、緊張を帯びている。

霊子の話は非論理的だ。菩薩界だのお導きだのと、胡散臭いことこのうえない。だが受け入れざるを得ないこともある。

宗作が死ぬかも知れない。三人目の犠牲者になるかもしれない。

この点だけは有り得ないとは言い切れない。昏睡《こんすい》している原因が分からないのが、いっそう不安を煽《あお》る。だから何かに頼りたくなっている。祈りたくなっている。看護師の沙千花がこの場にいるだけでは安心できない。

天や神仏に縋りたい気持ちは確実にあった。それを宇津木幽子に鞍替《くらが》えしたところで、何の違いがあるだろうか。前二者が真っ当で後者がインチキだ、そう考える根拠はどこにあるだろうか。天や神仏なら願いを叶《かな》えてくれて、宇津木幽子なら叶えてくれないのか。

「そうね」と晶子が言った。

「宗作さんに死んでほしくない。赤の他人だけど、わたしもそう思うわ」

麻生が「ええ、はい。そこは。お客さんにご不幸があってはいけない」と小刻みにうなずく。

「ええ心がけです。お二人とも、先程までの失礼をお許しください」

霊子が慇懃《いんぎん》に答えた。どこか崇高な雰囲気が、派手な容姿から漂っている。

「祈りましょう」

彼女が静かに呼びかけた。淳は正座して背筋を伸ばす。

「手を合わせて。菩薩界に魂の手を伸ばし、アカシックレコードの記述を――」

「馬鹿馬鹿しい」

鋭い声が部屋に響いた。

沙千花が宗作の枕元で、立て膝《ひざ》で霊子を見上げていた。

「予言なんか当たるわけない。わたしまでダシにしてみんなを巻き込むのも勘弁して」

霊子は束の間怯《ひる》んでいたが、すぐ態勢を立て直して、

「いえ、もちろん沙千花様のご意志は尊重しますが、これも菩薩界におわすお祖母様のお導きです」

「宇津木幽子はただのババアよ」

「まあっ」霊子は目を剝いて絶句した。

沙千花はゆっくり立ち上がると、

「あの人は苦しむ人に真摯《しんし》に向き合って、少なくない人を救ったと思う。服のセンスは酷かったし誇大妄想気味だったけど、世間的にはいい人の部類に入る。でもただの人間なの。特別な力なんてない。自分には霊が見えると思い込んでただけで霊感なんかないし、予知できると信じていただけで予知能力もない」

「何を言うてるの！」

霊子が叫んだ。広縁と和室の間の障子がカタカタ震え、仲太郎が身を竦める。

「いくら幽子様の御孫さんでも、言うてええことと悪いことがあるよ。あのお方は生前何百、いやたくさんの予言を」

「八千二百三十七個」

沙千花はさらりと言ってのけた。

「詩だから〝篇《へん》〟で数えた方がいいかもね。単著にまとまってない、雑誌やテレビに寄

稿したものを含めると九千二十七篇。要するに多すぎる。これだけ残せばどれかは当たるに決まってる。典型的なショットガンニングよ。数打ちゃ当たる方式」

霊子に一歩近づく。

「そもそも予言が〝当たった〟ってどういう意味か分かる？　〝現実の出来事に上手《うま》くこじつけられた〟って意味よ。推理小説が作者都合の御伽噺なら、予言はさしずめ読者都合の暗号ね。読み手の匙《さじ》加減でどうとでも解釈できる代物だから」

「そんなことあらへん、幽子様は御自分の死すら」

「霊子さん、それもこじつけなの」

沙千花はきっぱりと言った。真正面から霊子と向かい合う。

突然のことに淳たちは何も言えなくなっていた。

「覚えてる？　その詩がどんなものか。どの本のどこに載ってるか」

「あ、当たり前やないの」

霊子は声を張って、

彼方《かなた》の水に関わりし土地　六、九、一、の数字が見える
我が死は既に定められし　我が身体は彼の地で倒れ伏す
同時に人々は地の底深く　鳥たちの霧にて息絶えたりし

「……一九八九年刊『宇津木幽子の大予言2』七十一ページ、まだ三行詩のスタイルやった頃や。一行ずつ精査してみよか」

照明を見上げながら、

「一行目冒頭は明らかに島のこと言うてるし、数字はム、ク、イって読める。つまりここ、霧久井島のことや。二行目は自分が死ぬって言うてはる。そんで最後——はい、ママさん」

唐突に晶子を指名する。彼女は少しだけ狼狽したが、

「えっと、地の底深く、鳥たちの霧……まさか地下鉄サリン事件？」

「そのとおり」

霊子は自分の手柄かのように誇らしげに胸を張ると、

「自分は霧久井島で倒れる。それがもとで死ぬ。同じ年に地下鉄サリン事件が起こる。幽子様はこれだけ精度の高い予言を残してはるの。これのどこがこじつけなん？」

と沙千花を睨む。

沙千花は口元の後れ毛を指で払いのけると、静かに語り始めた。

「水って単語はこの手の予言の常套《じょうとう》句よ。海、川、湖、池、水道、井戸、雨、洪水。何にでも当てはめられる。水が関わらない土地の方が珍しい。数字もそう。住所に電話番号に車のナンバー、緯度経度、旧暦新暦、海抜に標高。霊子さんみたいに語呂を使えば、任意の言語の任意の言葉に読み替えることもできる」

淀みなく続ける。

「二行目は霊子さんの読み方にバイアスが掛かりすぎてる。素直に読むと『私には寿命がある』『私はあの場所で倒れる』――つまり当たり前のこと、絶対に外れないことしか書かれていない。『死ぬまで命は保障します』ってジョーク系のお御籤《みくじ》があるけど、あれと一緒」

「せ、せやかて三行目は」

「これはただの偶然。まあ地の底も鳥も霧も、どうとでも意味づけられる曖昧な言葉だから」

沙千花は憐れみの表情を浮かべて、

「他の〝当たった〟予言も全部こんな調子よ。9・11も3・11もそれ以外も、霊子さんが現実の出来事に上手くこじつけられたってだけ。一篇ずつ証明してもいいけど、あんまり趣味のいいことじゃないから正直やりたくない」

と言った。霊子の痙攣する頬に、一筋の汗が伝う。

「でも、でも霊感は、霊視はどうなんよ。あの御方だけやない、うちも今さっき」

「その程度ならわたしにもできる」

言い切ると、沙千花は殊更に目を細めてみせた。こめかみを指で突《つつ》く。

「霊子さん、身体を悪くしてるのね。お腹、違うな、腰……それか足の付け根の辺り」

「な、何を」

「去年の秋からでしょう？　十月の頭くらい」

「…………」

霊子は完全に黙り込んだ。

「原因はわたしには分からない。でも仕事に支障が出てる。ウェブでの占いは問題ないけど、対面での占いは難しくなってる。ここに来たのは予言のためだけじゃない。宇津木幽子ゆかりの地だから。あなたにとっていわばパワースポットで、病気が治るんじゃないかと期待したから」

沙千花の童顔には一抹の疑問も浮かんでいなかった。確信している。完璧《かんぺき》に言い当てたと信じて疑っていない。

霊子がぐらりとよろめいた。床の間の柱に背をぶつける。驚きと陶酔がない交ぜになった表情で、彼女は囁《ささや》いた。

「や……やっぱり幽子様の御孫さんや。とんでもない霊感や」

「違う」

面倒くさそうに沙千花は言った。小さく溜息を吐くと、

「そっか、やっぱり霊子さんは無意識にやってるのね。それを霊感だと自分で信じてるパターン。要するに宇津木幽子と一緒だ」

「一緒？」霊子が嬉《うれ》しそうな顔をするのを冷ややかに眺めながら、

「種明かしすると、観察して推理しただけなの。占い師や手品師がコールドリーディン

グって呼ぶ手法ね。言動、表情、こちらが話しかけた時のわずかな反応。推理の材料は膨大にあるけど、霊子さんの場合は決定的に不自然な行動が一つある。正確に言うと、特定の行動だけ頑《かたく》なに取らないでいる」

「な、何なん？」思わず問いかけると、沙千花は一呼吸置いて、

「わたしたちの前で一度も座っていないの。船でもそうだったし、食堂でも座るのを避けた。今もそう。座るところなんかいくらでもあるのに」

「分かった！　痔《じ》だね！」

伸太郎が嬉しそうに言った。「知ってるよ、座ると痛いんでしょ？」

霊子の顔が一瞬で紅潮する。「こら」と晶子が息子の手を叩いた。

「ごめんなさい、霊子さん」

沙千花が詫びた。「こういう反応は予想してなかった」

霊子はしばらく黙っていたが、やがて溜息交じりに言った。

「痔とちゃうよ。この流れやったら絶対信じて貰われへんやろけど、椎間板《ついかんばん》ヘルニアや。中腰になっただけでも激痛が走るんよ……でも何で時期まで分かったん？　見てて気付くもんちゃうでしょ」

「調べたから」

沙千花が簡潔に答えた。ポケットから携帯を取り出す。

「名義で検索したら、動画配信サイトで占いしてる霊子さんを見つけたの。去年の九月

末から新規の投稿がない。動画は椅子に座ってるのがはっきり分かる構図だった。時期はそこから推測したものよ。こういうリサーチはホットリーディングっていうの。霊子さんもこの二つを使って、直接聞かされていない情報を読み取ってるはず。自分には霊感があるって思い込みが強すぎて自覚してないだけ。意識に上ってこないだけ」

お終い、と言わんばかりに黙り込む。

麻生がいつの間にか、控えめに手を挙げていた。おずおずと話し出す。

「うち、サイト運営してまして、そこにこの宿を自分でリノベした写真を載せてるんです。上半身裸でニス塗ってるのもあったかもしれません。いや、きっとあります」

部屋が三度沈黙に包まれた。今度は感心と戸惑いに満ちた沈黙だった。

決着が付いた。

沙千花が霊子を打ち負かした。そこは理解できる。

だが気になったのは、なぜ急に沙千花が霊子に突っかかったのか、という点だった。

彼女は明らかに感情的になっていた。声を荒らげたり蔑《さげす》んだりこそしなかったが、霊子――というより、心霊や霊感といった概念を否定することに躍起になっていた。高名な霊能者、宇津木幽子の孫娘である彼女が。

「……ごめんなさい」

ばつが悪そうに沙千花が言った。団子頭を撫でながら、

「ごめんなさい霊子さん、皆さんも。宗作さんが大変なのに、全然関係ないことでムキ

になっちゃって」

口調も仕草も先程よりずっと幼く頼りなげになっていた。身長すら縮んで見える。

霊子は心ここにあらずといった顔で沙千花を見つめていた。

「ま、まあお気になさらず。ね？　皆さん」

淳は不自然に明るい声で言って、座卓のお握りを勧めた。

六

正午を回っても宗作は目覚めなかった。

淳はそわそわと室内を歩き回っていた。広縁の椅子に座り、すぐまた立ち上がる。麻生も沙千花も、遠藤親子も霊子も、既に部屋を後にしていた。

テレビから流れるニュース番組の音だけを聞く。台風は進路を変えて四国を縦断し、瀬戸内海を北東に進んでいる、という。

画面に目を向けると衛星写真が大写しになっていた。真白い渦のような巨大な台風。その目がまさに今いる辺り、霧久井島周辺に到達している。つい一時間前の写真らしい。気付いて外を見ると、雨が上がっていた。

淳は慌てて携帯を取り出し、H——警察署に電話した。

「もしもし、あの、霧久井島で人が死んでまして……ええ、ええ……」

電話口から聞こえる警察官の声に、突き放すような冷酷さを感じ取ってしまう。失望が胸に広がっていく。

「じゃあ、海が穏やかになり次第、すぐに。はい、よろしくおねがいします」

通話を切ると淳はがっくりと肩を落とした。

「そらそうやな、荒れてないんはここだけや」

力なく宗作を見る。死人のような顔に不安を覚えるが、布団がわずかに上下するのが分かって胸をなで下ろす。皆がいなくなってから、淳は何度もこの〝確認作業〟を繰り返し、その度に神経を磨《す》り減らしていた。

楽しいはずの旅行がこんなことになってしまった。慰安されるはずの宗作は錯乱した挙げ句に意識不明になってしまい、発起人の春夫は死んでしまった。いや――殺されたらしい。淳にとって大事な友人二人が、たった一日で。有り得ない。おかしい。だがこれはまごう事なき現実だ。

淳は立ち上がって部屋を出ると、トイレに向かった。

共用のトイレは使用中だった。廊下で待っていると水の流れる音がし、ややあってドアが開いた。

沙千花だった。

黒いナイロンジャージに着替えて、ボディバッグを襷《たすき》掛けにしている。左手首にはターコイズブルーの数珠が二重に巻かれていた。

「出かけるん？」

問いかけると、彼女は小さくうなずいた。

「雨が上がったから、もう一度疋田山に行きます」

「危ないよ」

淳は言った。

「そうや。普通に足元悪いし、何があるか分からん。下手したら死――」

出かかった言葉を飲み込んで、

「大変なことになるかもしれん。この島は変や。変なことが起こってんねんで」

「分かってます」

沙千花が答えた。淳を見つめながら、

「でも今に始まったことじゃない。二十二年前も変なことが起こった。宇津木幽子が宗作さんみたいに倒れたの。関係があるかもしれない。いえ、きっとある。だから調べに行く」

「いやいや、結び付けたらあかんよ」

「それも分かってます」

彼女の顔が歪んだ。

「原因は常に同じ、真実はいつも一つ――そういう原始的な考え方が、あの人や霊子さんみたいな人たちを蔓延《はびこ》らせる土壌なの。心霊スポットがいい例よ。あれは霊がいるんじゃない。霊が怪現象を起こしてるんじゃない。複数の妙な体験談をたった一つの原因、たった一つの理由で説明しようとしたら、もう超自然的な意志や存在を持ち出すしかないの。大昔の人が天変地異も政治の混乱も、ぜんぶ神様や天命のせいにしたみたいに。だから祈りましょうなんて対策も原始的で、それで」

「あの、沙千花さん？」

淳がどうにか口を挟むと、彼女は目を逸らして黙り込んだ。

「どないしたん。霊子さんの時もそうやったけど」

おずおずと淳は訊ねる。

「……嫌いなの」沙千花が口を開いた。「霊とか霊能力とか霊感が、本当に嫌いなの。そういう言葉を安易に使う人たちも」

「そんな」

淳はそこで黙った。しばらく考えてから、

「何でなん」

と、問いかける。

寂しげな微笑を浮かべて、沙千花は答えた。

「お祖母ちゃん、大嫌いだから」

手首の数珠が、窓からの弱々しい光を反射している。その房をそっと摘むと、

「今から撮影だ講演会だお前も来いって、しょっちゅう学校から連れ出されて、持ち物

も服も髪型も全部あの人の趣味で、たまに友達ができても『あの子は悪い霊が取り憑《つ》いてる』『前世は悪人だった、今生でもきっと何かやる』って引き離された。小さい頃からずっとあのババアに束縛されてたの。ちょうど……」

途中で気まずそうに黙り込む。ややあって、彼女は淳をしっかりと見つめて言った。

「でも調べないといけないの。宇津木幽子が倒れたのは、死んだのは怨霊のせいなんかじゃない。祟りなんかじゃない。そんな馬鹿みたいな理由で人は死なない。わたしはそれを証明する」

すぐ側を通り過ぎ、階段へと足を進める。

その背中に淳は声をかけた。

「待って、俺も行くわ」

彼女一人で出歩かせるのは危険だ。確証はないが本能がそう告げている。

嫌な予感が膨らんでいた。

「駄目。宗作さんを見てて」

「そんな俺がおらんでも」

「側にいて、時々呼びかけてあげて。それだけでだいぶ違うから」

「でも」

「お願い」

沙千花は強ばった顔を少しだけ弛《ゆる》め、

「気持ちは嬉しい。でもこれはわたしの問題なの」

決意のこもった声で言った。有無を言わせない気迫が全身から漂っていた。黙っていると、彼女はボディバッグのジッパーを引き開け、指を突っ込んだ。

中から摘み出したのは幾つもの飴玉だった。

「……駄々捏《こ》ねてるんとちゃうねんけど」

淳が言うと、沙千花はわずかに口角を上げて、

「お礼の印。心配してくれてありがとう」

と言った。

飴玉を淳に手渡すと、彼女は階段に足を踏み出した。大きな団子頭が少しずつ低くなって、視界から消える。

部屋に戻ろうとしたところで、階下からガサガサとナイロン地が擦《こす》れる音がした。続けてドスンと大きな音が響き、床がかすかに振動する。

淳は即座に駆け出し、手摺りから見下ろした。

一階の床に沙千花が尻餅をついていた。

「どないしたん！」

淳が声を掛けると、彼女は涙目でこちらを見上げて、

「痛たた……こ、こけた」

と言った。

下から一段目で足を滑らせ尻を打ち付けただけで、大事には至っていない――沙千花はそう説明して、民宿あそうを出て行った。淳が一緒に行くと何度提案しても、頑なに断って。

玄関で彼女を見送って、その場に佇《たたず》んでいた。酒類しか入っていない小さな自販機を眺める。淳は沙千花に貰ったミルキーを口に放り込んだ。

背後で音がして振り向くと、カウンターから麻生が顔を覗かせていた。

「お昼如何《いかが》ですか。お気持ちだけいただければすぐ作りますよ。お握りか冷凍うどんしかありませんが……」

「いえ、結構です」

部屋にお握りが少し残っている。そうでなかったとしても食事をする気にはなれない。

「この島、他に食事するところあるんですか」

ふと気になって訊ねると、麻生は難しい顔をして、

「飲食店はありません。前は営業してたそうですけど。連絡所にはパンやカップ麺《めん》も売ってますが、台風でコズエさんも来られないでしょう。黙って取ってくるわけにもいかないし」

「来たら大騒ぎでしょうね、開けたら死体があるから」

「そう、ですね」

麻生は黙り込んだ。

旅行のことを春夫に任せっきりだったことに改めて思い至る。きっとプランも立てていただろう。坊勢島か家島に行くつもりだったのかもしれない。春夫の面倒見の良さに甘えていた。謝りたくても彼とはもう二度と会えない。話せない。

連絡所に横たわる彼のことを思い出し、胸が張り裂けそうになっていた。

「あのう」

麻生に呼びかけられて顔を上げる。彼は手拭いを巻いた頭を撫でると、

「霊子さん仰ってましたよね、素人が探偵の真似事をしても無意味だって」

「ええ」

「祈るのもまあ、姿勢としては大切ですよ。予言とか関係なしに、これ以上お客様にトラブルに巻き込まれてほしくない。それは心底願ってますし、やれることはやります」

ここで息を継ぐと、

「でも、やっぱり推理はしてしまいますね。この状況を理解したいって気持ちはありますから。あと推理小説も好きなので、どうしても」

声が少しずつ小さくなっていた。遠回しな言葉にも含みが感じられる。

淳は周囲を確認した。誰もいない。二階から物音もしない。

「……何か考えてはるんですか」

麻生も辺りを見回すと、

「皆さんが戻って来られて事情を聞いて、まず最初に考えたんです。春夫さんは島の禁忌を破ったせいで殺されたんじゃないかと。橘さんの振る舞いはそれを仄めかしています。あの人が殺したんじゃないにせよ、島民の仕業だとすぐに分かった、だから嘘を吐いて庇《かば》ったんです」

「ちょっと、ちょっと待って」

慌てて彼を制止する。

「島の禁忌って何ですか？」

「ヒキタの怨霊に決まってるじゃないですか」

麻生は大真面目に答えた。

「もちろん怨霊なんかいませんよ。正確に言うと、春夫さんは疋田山に入ったから殺されたんです。昨夜の橘さんの話を思い出してください。怨霊の棲まう山に分け入る愚かな余所《よそ》者を、島民の誰かが」

「待って待って」

再び彼を黙らせてから、

「このご時世にそんなんあるわけないやん。いや、昔もないですよ。山に入ったくらいで殺すなんて」

地方を何だと思っているのか。東京出身者にとって地方は秘境と同義なのか。目の前の受け口の男に、軽い憤りすら覚えてしまう。

「余所ではないでしょう。でも、この島ではあるんです。信じ難いことですが、民俗土俗とはそういうものですよ。狭い共同体で醸成された独自の作法、しきたり、信仰、そしてそれらを表象する言葉の数々。個人より共同体の存続が優先され、そのためには現代の倫理観では受け入れがたい野蛮なことも平然と行われる。行われ続ける」

麻生の目は爛々《らんらん》と光っていた。

「宇津木幽子が疋田山で倒れたのも、おそらく島民の仕業です。こっそり茂みに隠れて背後から首を絞めたか、予《あらかじ》め毒を飲ませたか。スタッフも被害に遭ってるところをみると、どうも後者じゃないかって気がします。宗作さんも同様ですね。彼に関しては状況から見て、古畑さんがやったんだと思います」

ひそひそと囁き声で語る。

首筋がひやりと冷たくなっていた。腹の辺りが浮き上がり、足が竦んでいる。ロビーに立っている、カウンターを挟んで麻生と向き合っている。その事実に現実感がまるで伴わない。夢を夢だと気付く直前によく似た、突き放されたような感覚に苛まれていた。

「山に何があるんですか」

淳はそっと訊ねた。

「さあ。でもきっと何もありませんよ。財宝が眠ってるわけでも、独自に発展した宗教のご神体があるわけでもないでしょう。ルールの意義や目的は時の流れとともに忘れ去られ、ルールだけが受け継がれていく——これもまた民俗土俗の形です。日本的でおどろおどろしい、土俗の息づく土地がこの霧久井島なんです。僕はこんな場所に憧れていた。まさに三津田《みつだ》、まさに京極《きょうごく》、まさに横溝獄門島」

「え？」

「失礼、こっちの話です」

　麻生は顔の前で手を小刻みに振ると、

「もちろん今話したのは推測です。でも根拠もちゃんとありますよ。今朝から島の人がみんな家に籠もってますよね。実は伊豆《いず》諸島の一つ、神津島《こうづしま》に似たような因習が今もあるんです。旧暦一月二十四日の夜は働いてはならない、家から一歩も出ちゃいけない。口を利いてもいけない。なぜなら〝二十五日様〟なる海神様が島に上陸して徘徊《はいかい》するから。その姿を見た者は死んでしまうから」

　怨霊ではなく海神が。

　山から下りてくるのではなく、海から上がってくる。

「当然、海神様だの何だのは建前です。実態は漁師が公然と仕事を休むための方便じゃないかって説がある。祝日がない時代の島民が、島の土着信仰と矛盾しないように編み出した、いわば公休日ですね。霧久井島の因習はどのような理屈かは分かりませんが、僕の推測では、おそらく台風か暴風雨と関係があると思います。島の皆さんがこんなことをするのを見るのは今回が初めてです。こんなに強い雨風が吹くのもね」

「ううん……」

それなりに筋は通っているが具体的な根拠に乏しいうえ、やはり殺人だけは納得できない。島ぐるみで殺人を遂行できるほど強固で非人道的な因習が、これほど情報が溢《あふ》れ法整備された二十一世紀の日本に残っているはずもない。それに——

「橘さんが殺されたんは何でですか」

「そこなんですよ」

残念そうに麻生が溜息を吐いた。

「分かりません。橘さんだけハマらない。悔しいなあ」

苛立《いらだ》たしげに手拭いを剝ぎ取った。スキンヘッドの丸い頭が現れる。

「お、お二人には申し訳ないですけど、気持ち的には橘さん殺しの真相を一番突き止めたいんですよ。あの人は本当に優しかった。僕みたいな余所者にも分け隔て無く接してくださったし、コーヒーも美味《おい》しいって言ってくださって……だから春夫さんの死因を誤魔化したって話も、本音のところでは信じたくないです。まして春夫さんを殺したなんて考えたくもない」

カウンターに置いた拳が震えている。

「ええ人やったんですね」

淳はぼそりと言った。麻生は唇を嚙んでいたが、不意に手拭いで顔を覆った。

うう、と嗚咽を嚙み殺す音が、かすかに漏れ聞こえた。

彼が泣いている間、淳は黙ってカウンターの前で立ち尽くしていた。薄暗いロビーにしゃくり上げる声だけが響く。

落ち着いたのを見計らって、淳は手にした飴をカウンターに置いた。

手拭いで鼻を擦りながら、麻生が視線だけで疑問を示す。

「沙千花さんから貰いました。たぶん病院に見舞いに来た子供とか、入院中の子供にこっそりあげてるんちゃいますか。悪い看護師ですよ」

淳が言うと、麻生は小さく笑った。

パインアメを口に放り込み、しばらく味わってから、彼は静かに話し始めた。

「橘さんの件は謎のままです。でも、僕らにできることはあります」

黙って先を促すと、

「とりあえず山に入らない。殺されると決まったわけではないですが、それが身のためです。君子危うきに近寄らずですよ」

えっ、と淳は時計を見上げた。

「せや、沙千花さん山行ったわ。十五分、いや二十分くらい前かな」

麻生が手拭いを放り出した。

「危ないですよ。たぶん、いや絶対危ないですって」

宿帳を引っ張り出してぱらぱらと捲りながら、もう片方の手で固定電話の子機を摑む。

「宇津木、宇津木……あれ、どこだ」

「江原数美ちゃうの？」

「あっ」

麻生が大袈裟《おおげさ》に天を仰いだその瞬間、ガラガラと玄関の戸が乱暴に引き開けられた。

浅黒い顔の老人たちが、険しい顔をして立っていた。

第四章　怨　霊

一

「須永さん」

麻生が緊張の面持ちで言った。中央のレインコートを着た老人が、それに答えるように土間に入ってくる。ゆっくりと長靴を脱ぎ、「ああ、よっこらせ」と勿体《もったい》を付けた動作で上がり込む。

長身で目の大きな、禿頭《とくとう》の老人だった。首から上が全て黒光りしている。

もともと泊まる予定だった旅館「むくい荘」の館主だ。港での春夫の言葉を思い出す。この男こそが淳たちの宿泊を拒否した当人だ。その理由はたしか――

もうすぐ怨霊が下りてくるから。

須永はニッと気味の悪い笑みを浮かべると、

「麻生さん、ムラマツキャップが今朝殺されよったわ。知っとうやろ？」と訊《き》いた。首を傾げる麻生に、淳は小声で「橘さんのことです。特撮ネタですよ」と説明する。

「なんや朝も早よから此処《ここ》にお泊りの皆さんが、あっちゃこっちゃの玄関叩《たた》いて騒いどったみたいやしなあ」

須永は嫌味ったらしく言った。部分入れ歯の銀色のバネが、笑みを保った口のそこかしこで光っている。

「つまりここのお客の中に容疑者がおる」

「と、仰《おつしや》いますと……」麻生が首を傾げる。

「無精髭《ひげ》の兄ちゃんや。いっちゃん港に近い石段を駆け上っとったん、何人も見とうで。足音聞いとうだけやったらもっと多い。向かった先は巡査の家や」

宗作のことだ。宗作が橘殺しの犯人だと疑われているのだ。いや——須永の話しぶりから察するに、ほとんど決め付けられている。淳の全身が緊張で強《こわ》ばった。

他の島民たちが次々と上がり込んだ。彼を合わせて五人。すべて年老いた男性だった。

須永の右後ろにいるのは、H——港で霊子に怒声を浴びせていた老人だった。

「伊庭《いば》ちゃん。一応確認するけど、この兄ちゃんとは別人やろ?」

須永がその老人に問いかけた。老人——伊庭はしかめっ面で、

「ちゃうな。もっと神経質そうな兄ちゃんやった。たしか船で一緒におったわ」

「ほお」

須永がじろじろと淳を眺め回した。二人の老人が「どっこいせ」と自販機の傍らの椅子に腰掛け、ポケットから煙草とライターを取り出した。

「すみません、ここ禁煙なんです」

麻生が口を開いた。作り笑顔が引き攣《つ》っている。座った老人たちは「固いこと言いなや」「殺生やわ」とわざとらしく笑いながら煙草を咥《くわ》え、ライターを鳴らした。

「おい」

伊庭が低い声で二人に言った。獣のように歯を剝《む》く。

「今どういう状況か分かってんのか」

二人はしばらく固まっていたが、やがて黙って煙草とライターを仕舞った。

「ご理解ご協力ありがとうござい……」

「それはええねん」須永は笑顔のまま、「お客さん呼んできて。内線でもええし、そのお連れさんに呼んできてもろても構わん」

「いえ」

麻生は手《て》拭《ぬぐ》いを握りしめると、

「お客様は只今《ただいま》、体調を崩してお休みになっています。気絶というのか昏睡《こんすい》というのか、とにかく会って話せる状態じゃありません」

真っ直ぐに須永を見返す。

「気絶てどういうことや」

須永が訊く。麻生が春夫の死も含めて簡単に説明すると、その黒い顔がみるみる青黒くなった。唇がへの字になる。他の老人たちも小声で呻《うめ》き、表情を曇らせた。

「……だから、古畑さんに訊くのが先じゃないでしょうか。お客様はむしろ被害者ではないかと思います」

麻生が意見を述べて説明を締め括《くく》った。

黙り込む須永の背後から、伊庭が言った。

「訊くいうても、あいつどっか行ってもうたからな。携帯持ってへんし」

「前から持て言うてたのに」と、座っている老人の一人が零《こぼ》す。「しゃあないやっちゃ」「身も心も仙人様やで。気の毒にな」「〝くろむし〟作りもますます熱心やしなあ」と、他の老人も口々に言う。どこか悲しげに、心配そうに。

敬っているわけではなさそうだった。それでいて距離は近い。心配はしているが、目上の者の身を案じているのとはまた違う――古畑への奇妙な距離感が、言葉の端々から滲《にじ》み出ている。ざわつくロビーに「すみません」と麻生の声が響いた。

「単刀直入に訊きます。何が起こってるんですか」

「さあな」

須永が冷淡に答えた。伊庭が彼に耳打ちする。大きな目がギョロギョロと動いたかと思うと、「ええて。わざわざ言うことでもないやろ」と、聞こえよがしに返す。

「何のことですか」と麻生。

「こっちの話や。関係あらへん。さっさとその宗作いうやつに会わせてもらおか」

「し、質問に答えてください」

「やかましいわ」

須永が一喝した。決して大きな声ではないのに頭の中で轟《とどろ》き、館内に響く。麻生の目が一瞬で潤み、真っ赤に充血した。唇をわなわなと震わせる。

フロントの奥から「どうしたの」と女性の声がした。

「大丈夫。何でもないよ」

麻生が上ずった声で返す。視線は須永から離さない。いや、警戒のあまり離せなくなっていると言うべきか。

「ケツのでかい嫁さんやろ」

立ちっぱなしの一人が、麻生の背後を覗《のぞ》き込むようにして言った。歯のない口を開きっぱなしにしている。座っている二人も楽しそうに「せやせや」「乳は無いけどな」と笑い合う。麻生は黙って耐えていた。

淳はいつの間にか、両方の拳《こぶし》を握りしめていた。

目の前にいる老人たちの下品な様に、呆《あき》れと怒りを覚えていた。野蛮人だと蔑《さげす》みたくなる。伊丹を都会だと言うつもりはさらさらないが、この島よりはましだ。住む人もこの連中よりは洗練されている。

怒りが膨れ上がった瞬間、

「……殺したんやろ」

無意識にそんな言葉が漏れた。

「は？　どないした」

「あんたらが春夫を殺して、宗作を昏倒させたんとちゃいますか。怨霊《おんりょう》だの祟《たた》りだの、古くから伝わる慣わしを守って、山に入った人間を抹殺してんねやろ。ここに来たんは仕留め損なった宗作を完全に殺すためや」

勢いに任せて精一杯の嫌みを言っていた。麻生の無茶な仮説の受け売りだ、と言い終わってから気付く。同時に激しい後悔に苛《さいな》まれる。子供じみた真似をしてしまったと恥ずかしくなる。

淳は首を肩に埋めて縮こまっていた。

麻生はぽかんと口を開けていた。

老人たちは黙りこくっていた。顔から表情が消えている。伊庭の鋭い視線が痛い。

須永が顎《あご》を掻《か》きながら言った。

「まあ、大体そんなところやな」

黒く光る顔に、張り付いたような笑みがまた浮かんだ。

二

「分かってんねやったら話は早いな」

伊庭が不機嫌そうな顔のままで言った。風がガタガタと戸を鳴らす。

「せやな」と座っていた二人が腰を浮かした。下卑た笑みは消え失せ、刺すような目でこちらを見つめている。

「祟りは怖い」

歯のない一人が真顔でつぶやいた。「怖い。怖い。ほんま怖いからな」

「う、嘘やん」

淳は後じさった。

「ほんまにそんな、アホみたいな因習が」

「因習か」

ししし、と須永が笑い声をもらした。

「わしらには日常や。ヒキタの怨霊と暮らすんがわしらの生活で、祟りに怯《おび》えるのがこの島で暮らすっちゅうことや。そうなってもうたんや。厭《いや》や逃げたい思うこともあったけど――」

ゆっくりと間合いを詰め、カウンターにどんと手を置いて、

「気ぃ付いたらもうジジイやった。わしも、こいつらもみんな。今さらどうにもならん」

ししし、とまた笑う。煙草の脂《やに》のにおいが鼻を突いた。

麻生が奇妙な表情を浮かべていた。恐ろしいのに嬉《うれ》しい。嫌なのに楽しい。相反する感情が顔に出ている。

「ど……土俗」

この場に相応《ふさわ》しいようで不自然な言葉をつぶやく。

「麻生さんもそういうん好きでここに来た口やろ？　分かってくれるわな？」

伊庭が小馬鹿にするような口調で訊《たず》ねた。

それを合図にするかのように、老人たち五人が階段に向かって歩き出した。淳は床を蹴《け》って彼らの前に立ちはだかった。控えめに通せんぼの仕草をする。

麻生がカウンターから姿を消し、廊下に現れた。淳の傍らに立って老人たちを睨《にら》み返す。足が激しく震えているのが分かった。

老人の一人がくすくすと失笑するのが聞こえた。

「春夫は山に入ったんですか。それで殺されたってことですか」

淳が青い顔で訊いた。

「こん中の誰かが殺したってことですか」

「誰でもええ」

伊庭が一蹴《いっしゅう》する。

「宗作は」

「それも誰でもええ。わしらが気にしてるんはそいつが橘さんを殺《や》ったか否かや。状況から察するに殺したとしか思えん。ツレのあんたらも気付いてへんわけないよな？」

「それは」

言葉に詰まってしまう。

「なになに、何が起こってんの？」

甲高い声と足音がして振り返った。

霊子が階段から下りてきたところだった。二階から遠藤親子が抱き合って、こちらを見下ろしている。

おや、と霊子が目を細めて、

「オーラが黒い……そちらの皆さん、いま暴力的な欲求を抱えてはります？」

またしても辺りが沈黙に包まれた。今度の沈黙には苛立《いらだ》ちと呆れが込められていた。

「けったいな客ばっかりやな」

須永が吐き捨て、「さ、通してんか」と再び歩き出したその時。

　うぅわあああああああああああ……

甲高く機械的な女性の悲鳴が外から聞こえた。

いや、悲鳴ではない。サイレンだ。

港の方から聞こえてくる。廃校のスピーカーを使っているのか。

麻生が「え？　え？」と慌てふためいている。彼も初めて聞くらしい。伸太郎が顔をしかめながら、両手で耳を塞《ふさ》いだ。

ああああああああああ……おううんん

サイレンが鳴り止んだ。

ぶぶぶ、ぶぶぶと振動音が廊下に響く。老人たちが一斉にポケットから携帯を引っ張りだし、無言で覗き込む。

液晶画面から顔を上げた彼らは、一様に顔色を失っていた。目は泳ぎ表情は曖昧で息を殺している。

周囲の様子をうかがっているように見えた。どこからかの視線を探っているようにも、聞き耳を立てているようにも見えた。誰かに、いや——何かに気付かれまいとしている。そんな仕草。

「そうか、来るんか」

須永が天井を見上げながら言った。

「まあ、ちょうどええかも分からんな、はは」

笑い声を上げたが、顔は全く笑っていなかった。

「邪魔したな」

言うなり踵《きびす》を返し、早足で玄関に向かい乱暴に長靴を履く。伊庭たちもそれに続く。「大丈夫なんか」「間違いはせんやろ」「慎重すぎるくらいで丁度ええわ」と早口で囁《ささや》き合いながら、先を争うように外へ出て行く。

外は再び雨が降っていた。冷たい雨粒を含んだ風が廊下に流れ込む。

引き戸に手を掛けた伊庭が一瞬、憐《あわ》れむような視線をこちらに向けて、ぴしゃりと戸を閉めた。

足音が遠ざかって消え、完全に静かになっても、しばらくの間、誰も何も言わなかった。動こうともしなかった。遠藤親子が抱き合ったまま震えている。

「失礼なおじいちゃんたちやったね」

口を開いたのは霊子だった。

「気にする必要ないよ。仲睦《むつ》まじいママさんと息子さん」

淳は無視してそのまま階段を上った。

部屋に戻ると、淳は二歩で宗作の枕元に座り込んだ。切迫した状況だったとはいえ、倒れている友人から目を離していたのは事実だ。

「すまんな」

淳は詫《わ》びの言葉をかけた。やはりというべきか返事はなく、反応もなかった。青い顔をした宗作は昏々と眠り続けている。激しい風で窓が鳴っている。

この島で何が起こっているのか。宗作はどうなってしまうのか。途方に暮れていると携帯の鳴る音がした。淳の携帯、ショートメールの着信音だ。

淳は尻ポケットから携帯を引っ張り出した。

液晶を覗き込むと〈江原数美さんからショートメールが届いています〉と中央に表示

されていた。

素早く画面を撫《な》でて操作する淳。画面が切り替わると、一枚の画像が大写しになった。上半分は白く、下半分は黒い画像。

山の高い位置から、切り立った斜面を見下ろしたものだ、と遅れて気付く。白い部分は空を覆う雲で、黒いのは山肌だ。

山肌は黒い岩と土ばかりで、草木の一本も生えていなかった。土のそこかしこから灰色や白の物体が覗いている。遠くに見える青い布切れはブルーシートだろうか。

「何や、これ」

淳はつぶやいた。

「分からん」

携帯を摑んで首を捻る。おそらく疋田山の西側か北側を撮ったものだろう。そこまでは分かる。だがその意味は摑《つか》めない。沙千花が淳にこれを送り付ける意図が。訝《いぶか》っていると再び彼女からショートメールが届いた。今度はテキストだった。慌てたのか手が滑ったのか、途中で切れていた。

〈みんな逃げて怨霊〉

三

何通ショートメールを送っても返事はなく、何度電話をかけてみても繋《つな》がらない。

「どないなってんねん……」

無意識に口にしていた。胸の内で不安と焦りが渦を巻いている。

今は宗作のことだけ考えよう、淳の親友の回復だけを祈ろう。そう意識してもつい考えてしまう。あれこれ結びつけて妄想してしまう。

宗作は人殺しなのか。

薄暗い橘邸が頭に浮かんだ。無数の〝くろむし〟が取り囲む中、橘が拳銃《けんじゅう》をホルスターから抜こうとする。

それより素早く、太い〝くろむし〟が彼の頭を殴打する。悲鳴を上げながら橘は廊下に逃げようとして、さらに後頭部に一撃を食らい、倒れる。

呻く彼に覆い被《かぶ》さるようにして、

（春夫の仇《かたき》だっ）

血走った目の宗作が叫んで、〝くろむし〟を振り上げた。今まで考えまいとしていた光景が頭の中に広がっていた。何とか振り払うと今度は別のことが頭に浮かんだ。

因習に縛られた島民たち。山に入った春夫を手に掛け、宗作をこんな風にした。

「大体そんなところや」と須永は言っていた。因習だから。それが島の日常だから。

（霊とか霊能力とか霊感が、本当に嫌いなの。そういう言葉を安易に使う人たちも）

沙千花の言葉が甦《よみがえ》る。

（怨霊なんているわけない）

麻生が言っていた。

（怨霊の仕業や）（ヒキタの怨霊の祟《たた》りじゃ）

古畑老人の声。

（完全に与太やけど）

春夫の声。

〈逃げて怨霊〉

彼女のショートメール。

（じきに怨霊が下りてきよるから、その対策でお客さんにはサービスできませんって）

再び春夫の言葉。

サイレンの音。おののく須永や伊庭ら老人たち。

有り得ない。だが信じてしまいそうになる。受け入れてしまいそうになっている。

疑念が確信に変わりつつあった。

この島には、霧久井島には本当に――

どどん、と階下で大きな音がした。続けてどたどたと足音が続き、畳がわずかに振動する。

足音は次第に大きくなっていた。階段を上り切って二階の廊下に至る。よろよろと蛇行しながら、この部屋に近づき、ドアの前に迫る。

瞬間、ドアが乱暴に開いた。

ずぶ濡れの沙千花が入ってくるなり、ばったりと畳に倒れた。顔は真っ赤でぜいぜいと荒い息をしている。

「なんで、なんで逃げない、の」

恨みがましく淳を睨《ね》め上げ、切れ切れの声で言った。

「メール、したよね」

「いや、途中で切れてたし、何回電話しても……」

「うるさい！　落としたの！」

沙千花は怒鳴った。大きな声が耳をつんざき、脳を震わせる。ガタンと障子が激しく鳴り、照明のスイッチ紐《ひも》が揺れる。あまりのことに思考が止まり、何も言い返せなくなった。

淳は呆然《ぼうぜん》と沙千花を見返していた。彼女は苦しい息の間から、

「怨霊が下りてくる。早く逃げないと死ぬ。島の人たちも避難してるの、してる最中なの。ここにいるみんなは見殺しにされかけてる」

そう言うと肘《ひじ》を突いて身体を起こす。

にわかには信じがたい言葉だった。まして沙千花が、心霊や霊感を忌み嫌っている彼女が、口にするとは思えない。

廊下から麻生が覗き込んでいた。開いたままのドアの隙間から、「だ、大丈夫ですか」と心配そうにこちらをうかがっている。その後ろには霊子や遠藤親子の姿も見えた。

「説明は後で」

沙千花は濡《ぬ》れた顔を乱暴に拭って、

「淳さん、宗作さんを背負って」

と言った。

宗作を背負った淳は、沙千花に導かれるまま表に出た。他の宿泊客がその後に続く。遅れて麻生が鍵《かぎ》を手にして現れ、最後にこけしのような顔をした女性が引き戸をくぐる。ずっと厨房《ちゅうぼう》にいた麻生の妻・栞《しおり》だった。妊婦用のゆったりした服を着て、膨らんだ腹を心配そうに両手で抱えている。

「何だ、これ……」

声を上げたのは麻生だった。他の面々も呆然と、目の前の光景を眺めている。

レインコートを着た老人たちが、川を渡っていた。

曲がった腰を押さえながら辛《つら》そうに歩く者、他の老人の手を引く者、杖《つえ》を突いている者。二十人近い老爺《ろうや》老婆が、必死の形相で一メートル足らずの傾斜を滑り降り、そのまま浅い川を踏み越える。昨日からの雨で川幅は三倍ほどになっているが、深さはさほど変わっていないらしい。川を渡り切った老人たちは次々に、向こう岸の獣道へ入っていく。よたよたと木々の奥へ消えていく。

沙千花の言ったとおりだった。

島民たちが今まさに避難している。向かう先は東にある「高い方の山」だ。

「沙千花様」

切迫した口調で霊子が呼んだ。

「申し訳ありません、こんな恐ろしい霊がこの島におるとは、まるで察知できませんでした。恥ずかしながら今も全く分かりません」

悔しそうに唇を歪《ゆが》めて、

「この虚霊子、幽子様ゆかりの地に足を踏み入れたことで舞い上がってしもたんです。その不純で浅薄な姿勢がオーラに曇りを」

「いいから行って」

「はい」

霊子はすぐさま駆け出したが、早々に「あ痛たた」と腰を押さえ、速度を落とした。ルイ・ヴィトンのモノグラムが全面にあしらわれた傘を差し、プラダのリュックを揺らし、早歩きで老人たちの後を追う。

「さあ、皆さんも早く」

沙千花がこちらを振り返って言った。

先程までとは打って変わって、冷静な口調と表情だった。

「でないと死にます。怨霊に命を奪われる。今度のは〝くろむし〟でも防げない」

表情ひとつ変えずに続ける。歴然たる事実のように、それ以上の説明は要らないと言わんばかりに。左手首の数珠《じゅず》が雨に濡れて光っていた。

誰も反論しなかった。

沙千花の全身から放たれる気迫と威厳に圧倒されていた。振り返りもせず歩き出す彼女を、黙って見つめている。付いてくるのが当然だと言わんばかりの自信が、小さく丸い背中から感じられた。

彼女に引っ張られるように、いや――吸い寄せられるように淳は足を踏み出した。

背後から足音が聞こえた。振り返ると遠藤親子が手を繋いで歩いている。その向こうで麻生が妻と何事か言い合っていたが、やがて二人とも後に続いた。

「訳が分からない」

晶子がぼそりと言った。「でも沙千花さんの言うことを聞いたほうがいい気がする。根拠はないけど」

「持ってかれたんだよ、僕たち」伸太郎が答える。「お祖母《ばあ》ちゃんが凄《すご》い人なんでしょ？　カリスマ性って遺伝するんだね」

「そうみたいね」

この状況でもどこか平和な親子の会話を聞きながら、川に足を踏み入れた。生温《なまぬる》い水が瞬時に靴の中に染み込み、足を濡らす。

「くそっ」

ずり落ちる宗作を背負い直しながら、淳は毒づいた。

川を渡り斜面を乗り越え、獣道に入ったところで、

「宇津木さん、やっぱり説明してください」

最後尾の麻生が訊ねた。歩調を弛《ゆる》める。

沙千花が振り返りながら「立ち止まらないで」と厳しい声で言ったが、彼は完全に足を止めた。栞が戸惑いながらそれに倣う。

「これも因習ですよね。この島独自の決めごとですよね。今は島の人だけじゃなくて、僕らもそれに合わせた方がいいってことですよね。でもそうしなきゃいけない理由は分からない」

ずっと前を歩いている老婆の背中が、茂みの陰に隠れて見えなくなる。沙千花が立ち止まった。淳もそれに続く。集落から吹き下ろす風が頬を撫で、木々を鳴らした。

「いいじゃない。後で訊けば」と晶子が言った。早くも息を切らしているが、どこか楽しげだ。

「冗談で言ってるんじゃないのは分かるし、今は付いていきましょ」

「そうだよ、ママの言うとおりだ」

麻生は何か言おうとした妻を手で制すると、

「僕らは無知じゃない。怪しげな慣わしやまじないを鵜呑《うの》みにはできない。まして妻はこんな身体なんです。さっきはつい勢いというかノリに圧《お》されてしまったけど、やっぱり納得のいく説明がほしい」

「そんなの」

沙千花が苛立たしげに答えた、次の瞬間。

彼女の目が大きく見開かれた。唇まで血の気が引いていく。

視線を追って振り返ると、一人の老人が川の真ん中で倒れ伏していた。

泥まみれの顔を持ち上げ、歯のない口を開く。立ち上がろうと地面を掴むが、泥と砂利をかき混ぜるだけで上体を起こすことすらできない。

声を出そうとしているのに出せない。そんな風にも見えた。

そのすぐ後ろで水音を立てて、老婆が両膝《ひざ》を突いた。傘を取り落とし、両手で胸を押さえる。昨日、石垣で出会ったサナエだった。

二人の老人がずぶ濡れになって、声もなくもがき苦しんでいた。皺《しわ》だらけの歪んだ顔が、みるみる紫色に変色していく。げええ、とサナエが嘔吐《おうと》して、川に手を突いた。

空気が一変していた。

邪悪で禍々《まがまが》しい雰囲気が辺りに立ち籠《こ》めていた。

伸太郎が小さな悲鳴を上げて、晶子に抱きついた。

「ほ、ほんとに……？」

麻生が唖然《あぜん》としてつぶやく。慄《おのの》く妻の肩を抱いて、「まさか、そんな」

「怨霊です」

沙千花が静かに言った。

「分かったでしょう？　祀《まつ》らないでいると怨霊は祟る。鎮めないでいると人を殺す」

淡々と、それでいて張り詰めた声で続ける。

「急いで。今は山頂へ逃げるしかないの。あの人たちを助けてもいけない。巻き添えで死ぬからです」

冷酷に言い切ると再び歩き出す。早足で獣道を上っていく。

二人の老人は川に倒れ伏し、小さく痙攣《けいれん》し始めていた。

怨霊の姿が目に見えるわけではない。声が聞こえることもない。だがその気配は濃厚に感じられた。硫黄《いおう》のような異臭が鼻先をかすめる。

ぞくり、と悪寒が身体を走り抜けた。

山の上の方から声がした。しわがれた男女の叫びが飛び交っている。

下りてきたぞおお

サナエがたおれたああ

ヨシロウもやああ、おおおお

悲しみと怒りと諦《あきら》めがない交ぜになった、苦しげな声だった。慟哭《どうこく》も混じっている。

「行きましょう」

淳は皆に言うと、沙千花の後に続いた。

四

尖《とが》った岩があちこちに露出し、大きな羊歯《しだ》が左右に茂る急な獣道を、一同は無言で登った。遠藤親子も麻生夫妻も一列になって、注意深く足を進めている。傘を差しているせいで視界は悪く歩きにくい。

遠くに老婆の丸まった背中が見えた。岩や脇に生えた木を掴んで、よたよたと坂を登っている。その更に向こうにも一人。泥の付いた黒い長靴が目に焼き付く。

すぐ後ろで伸太郎が母親の手を引いていた。さらに後ろで麻生が栞を支えながら、慎重に足を進めている。栞はふうふうと苦しそうに息をしていた。

沙千花はしばしば振り返って一同の様子を確認していた。表情も仕草も冷静だったが、視線には不安がうかがえた。老いた晶子と、身重の栞を特に心配している。宗作の顔も時折覗き込んでは、わずかな変化を読み取ろうとする。

そして来た道に何度も目を向けている。ひくひくと鼻を動かし、においを嗅《か》いでもいる。その仕草を目にする度に全身が粟立《あわだ》った。下半身が浮いて足を滑らせそうになった。

ついさっき川で倒れた二人、サナエとヨシロウの姿が脳裏に浮かぶ。振り払おうとしても消えてくれない。立ち上がれずに泥を掻き回す様、紫色に変色した顔。

その周りを黒い霧か靄《もや》のようなものが取り囲んでいる。二人に縋《すが》り付いている。もちろんこれは記憶ではない。現実に観た景色ではない。見えないはずのヒキタの怨霊の姿を、頭が勝手に思い描いているのだ。

「お姉さん、登ってきてる？　追いかけてきてる？」

伸太郎が沙千花に問いかけた。表情は真剣でカチカチと歯を鳴らしている。怨霊という言葉を口にすることすら恐れているのが分かる。

「ええ」

沙千花は当然のように答えた。

「もたもたしてると追い付かれる」

きっぱりと言う。伸太郎だけでなく、この場の全員に向けた言葉なのはすぐに分かった。伸太郎が晶子の手を力強く握り締める。栞が麻生に向かって「頑張る」と囁くのが聞こえた。

転びそうになるのを何とか踏ん張って耐え、宗作が濡れないように傘の位置を調整し、ひたすら沙千花の後を追った。

三十分近く登り続けただろうか。足先の感覚が麻痺《まひ》した頃、坂が緩やかになった。そう思ってすぐ視界が開けた。

山頂は二百平米ほどの草地だった。あちこちに岩と切り株が見える。

中央に小さなお堂が、その隣に大きな真新しい建物が建っていた。灰色の四角い外観は島の雰囲気にまるでそぐわない。手前の三つ並んだ窓の向こうに人影が見える。三十平米ほどの部屋に大勢がひしめき合っている。

大きな玄関ドアの前に伊庭が立っていた。驚いた顔でこちらを見つめ、レインコートのフードを下ろす。その隣で霊子がぐったりした顔で腰を押さえている。

木々に遮られることがないせいか、激しい雨風の音が辺りにこだましていた。

「お前ら無事やったんか」

伊庭が大声で訊ねた。沙千花が大声で返す。

「ええ、怨霊から逃げてきました。わたしたちの後は誰もいません」

伊庭たちの方へ向かう。淳たちはほとんど反射的に彼女の後を追う。

「目の前で島の方がお二人亡くなりました。川のところです」

「ああ、チャットで大体のことは把握してる」と彼は携帯をかざす。探るように沙千花を眺め回しながら、

「……姉ちゃんは気付いてるみたいやな」

「もちろん。疋田山の向こうを見てきたので」

沙千花が答えると、伊庭の顔が曇った。握り締めた手に力が籠もっている。険悪な雰囲気を察した霊子が「どうかされましたか」と訊ねたが、沙千花は無視してドアを指した。

「皆さんお疲れです。中に入れて。特に麻生さんの奥さんが心配です」

「あかんな」

伊庭は即座に断った。顎でお堂を指すと、

「雨宿りやったらあっこでやったらええ。中に一人か二人は入れるやろ」

「そんな」麻生が泣きそうな顔で足を踏み出したが、すぐへなへなとくずおれた。限界まで疲労しているらしい。栞に「大丈夫？」と肩を揺すられても、返事すらできないでいる。

「責任者は誰なの？」

「誰に訊いても一緒や。この避難所は島民専用やねん。あんたら余所《よそ》もんに来られたら迷惑――」

「みんなを中に入れなさい」

沙千花が繰り返した。

先程より声は低く凄みがあった。ピンと空気が張り詰め、一瞬、雨音さえ聞こえなくなった気がした。彼女に見つめられた伊庭が、ぽかんと放心する。

「あん時の子ぉか？　ひらひらしたお姫様みたいなカッコした……」

「そう」沙千花は不本意そうにうなずいた。すぐに、「今更隠しても無駄よ。犠牲者を出してまで、この島を守る意味なんてない」

眼下の集落を見下ろすと、沙千花は伊庭に顔を近付け、

「だから通して」
と言った。
伊庭は何か言い返そうとしたが、やがて観念した表情でドアの前から退いた。

五

建物の中は静かで清潔だった。空調の設定も申し分なく、台風であることを忘れてしまうほど快適だ。廊下の手摺《てす》りを摑みながら一行は手前の部屋に向かった。敷き詰められた筵《むしろ》やタオルケットの上に、島民たちが肩を寄せ合って座り込んでいる。何人かはスマートフォンやタブレットを覗き込み、何人かはうとうとと船を漕《こ》いでいる。疲れ切った様子の彼ら彼女らはほとんど何も喋《しゃべ》らず、どうどうと雨風が屋根と壁を打つ音だけが響いていた。

上手で須永が胡坐《あぐら》をかき、壁にもたれ掛かっていた。

靴を脱ぎ、たくさんの長靴を跨《また》ぎ越えると、沙千花は近くにいた何人かに声を掛け、スペースを空けるよう頼んだ。老人たちは面倒くさそうに腰を浮かせる。

麻生夫妻がまず壁際に腰を下ろした。仲太郎に手を引かれた晶子が大きく息を吐いて二人の前に座り込む。宗作を注意深く寝かせると、淳は呻き声を上げてその傍らに転がった。近くの老婆を蹴りそうになって慌てて身体を丸める。

「大丈夫やった？」

腰に手を当てた霊子がよろよろとやって来た。化粧が雨で流れ落ちている。付け睫毛《まつげ》は両方とも取れ、素朴な顔が露《あらわ》になっていた。

「ごめん、全然気付かんかった。まあうち腰いわしてるから、仮に気付いても助けられ……」

気まずそうに黙り込む。不自然なまでの沈黙が耳に障る。

振り返ると島民たちが、冷たい視線をこちらに投げかけていた。顔は暗くてよく見えないが、険しい表情をしているのは分かる。

息苦しさを覚えていた。無数の視線の重みが身体に伸《の》し掛かる。栞が麻生の手を両手で握り締めていた。

伊庭と須永がひそひそと話し合っていたが、やがて、

「お嬢ちゃん。宇津木幽子のお孫さん」

須永が呼んだ。よっこらせ、と緩慢な動作で立ち上がり、小型扇風機を止める。

栞の様子を見ていた沙千花が顔を上げた。

「何をどこまで知ってるんや」

「ヒキタの怨霊の正体を、その誕生から発生プロセスまで」

わざとらしく丁寧に答えると、素早く立ち上がる。

「推測の域を出ない部分もあるけど、皆さんがどういう状況かは分かる。ここにいるの

は島から出られなくなった人たちよ。いくばくかのお金と引き換えに不合理を受け入れ、上手《うま》く折り合いを付けたつもりで雁字《がんじ》搦《がら》めになった人たち……」

部屋のあちこちから呻き声と舌打ちが聞こえた。がさがさと布の擦《こす》れる音、床を指で叩く音もする。驚きと敵意、それら全てがこちらに、特に沙千花に向けられているのを感じる。

「言うたな。まあ聞いたろやないか」

須永がにたりと笑った。暗い中に大きな目と黄色い歯が浮き上がる。

「正体……？」

小声で問いかける麻生に、沙千花はうなずいて返した。その目は鋭く力に満ち溢《あふ》れている。Ｈ――港で会った時とはまるで別人に見えた。

小さく深呼吸をすると、彼女は話し始めた。

「二十二年前の夏、この島にある女性が来た。宇津木幽子――いわゆる霊能者、霊能力者と呼ばれていた人です。本人は心霊鑑定家を自称してたけど、それはどうでもいい。大事なのは彼女と撮影班があの日ここに来たこと。心霊番組の撮影をしたいと島の人たちに頼んだこと」

大勢の視線に動じる様子もなく、

「島の人たちは撮影を渋った。いま葬式が終わったところで喪が明けていない、いきなり来られても困る。皆さんそんなことを言っていた。そういえば、そちらのお二人も港にいらっしゃってましたね。撮影班と言い合いになっていた」

沙千花は須永と伊庭を見据えた。

「おお」答えたのは伊庭だった。「実際バタバタしとったし、テレビの連中は偉そうやったしで、喧嘩《けんか》みたいになってな。あん時の面子《メンツ》、わしら二人以外はとっくに死んでもうたわ」

「そんな時、宇津木幽子がいきなり言った。覚えているはずよ」

芝居がかった動作で窓の外を指す。

「低い方の山に怨霊がいますね、たまに下りてくることもあるんじゃないですか――ってね」

数時間前に聞いた話だ。宗作を追いかけて、石段を上っている最中のことだ。

部屋の一角で咳払《せきばら》いがする。別のところからは喉《のど》に絡んだ痰《たん》を吐こうとする音。ビニール袋が殊更に鳴る音。どれも野次に聞こえる。老いて疲れ果てた島民たちの、無言の抗議だと受け取ってしまう。

淳は首に吹き出した汗を拭った。沙千花が数珠にそっと触れる。

「生まれてすぐ宇津木幽子に引き取られてずっと側にいたわたしは、大の大人が不安に怯え、不幸を恐れる様をたくさん見てきた。相次ぐ身内の死は地縛霊の仕業じゃないか、息子の病気は夫の前妻の生霊のせいじゃないか……」

一同を見回すと、

「そういう人たちに彼女はどうしたか。事前調査や話術で依頼人や関係者の情報を引き出し、さも今この瞬間に霊視で知ったかのように指摘してみせたの。そうするとみんなとても驚いて怖がって、それから安心した。宇津木幽子を信頼するようになった。より強大で恐ろしいモノが目の前にいて、しかも味方になってくれると思えたから。人間は大昔からそうやって、見えないモノに対する不安や恐怖を乗り越えようとしてきたの」

宿での霊子を思い出していた。コールドリーディングとホットリーディングの組み合わせ。つまり霊感でも何でもない。だが霊子の言葉に一同は衝撃を受け、彼女を恐れた。そのあまり彼女を信頼しそうになった。祈れば何とかなるかもしれないとさえ思うようになっていた。

「宇津木幽子は無意識にそれが出来る人だった。そうやって大勢の信用を集めてきた。だから怨霊がどうとか言い出した時、わたしはすぐに気付いた。始まったな、今のはいわばカマシで、ここから得意の〝霊視〟が始まるんだなって。おおかた先日島で亡くなった人の情報を集め、上手くこじつけて怨霊の仕業にするんだろう、そうやって島の人たちを怖がらせて、自分を信用させるつもりだろう——そんなシナリオも予想できた。葬儀をしたばかり、つまり不幸が起こって間もない。こんな美味《おい》しい状況をあの人が無駄にするはずがないもの。それに狭い集落なら故人について誰もが詳しく知ってるはずだから、〝霊視〟の精度も上がる」

どおお、と雨が窓を叩いた。

「でも予想は外れた。皆さんはカマシだけで驚き、恐怖した。気持ち悪いものを見るような目で宇津木幽子を見て、すぐ連絡所に籠もって会議を始めた。わたしもびっくりしたけど、あの人はもっと驚いてた。もっともあの人の場合は嬉しさもあっただろうけど。霊視が大当たりした、この島の人たちは本当に怨霊に悩まされてるって」

　ちらりと宗作と栞の様子をうかがうと、

「撮影が許可されてからも皆さんの言動は妙だった。島のことについてはほとんど何も話さず、逆に宇津木幽子から聞きたがっていた。何者なのか、山に何が見えるのか、何を知っているのか。撮影班にも似たようなことを聞いてた。下見の最中、疋田山に入っている時でさえもね」

「え……？」

　疑問の声を上げたのは麻生だった。妻の肩を抱きながら、

「山に入れてもらえたんですか？」

「ええ、あんな看板もなかったし、子供も普通に入ってた。ヒロくんっていう十歳の男の子が、撮影に付いてきてたの。霧久井小学校最後の児童だって言ってた」

　当時と今では随分異なっているらしい。二十二年の間に変化が起こったのだろう。拙いゆえに禍々しい、看板の文字を思い出した。

「夜になって撮影が始まった。あの人は山へ入って、霊視をしている最中に倒れた。少し登ったところにある、窪地《くぼち》になったお墓でね。スタッフの人……たしかカメラマンと

録音さんも」

「あそこで？」淳はとっさに訊いていた。気絶した宗作が古畑老人に掴まれていた、まさにあの場所で宇津木幽子も。

「そう」沙千花はうなずくと、「同行していた島の人たちに引きずられて、宇津木幽子と撮影班はむくい荘に戻ってきた。顔は紫色になってた。手足の先もね。スタッフさんも似たような状態だった。意識のある人も眩暈《めまい》がするとか、頭痛がするとか吐いたりとか、涙をボロボロ流してたりとかで、無事な人は誰もいなかった」

川で倒れた二人がまたしても頭に浮かんだ。似ている。そっくりだ。

「島の人たちには怨霊のせいだって説明された。つい先日亡くなった人と同じ症状が出ている、やっぱり怨霊はいるんだ。そんな風に言ってた。そうね？」

「おお、ちゃんと覚えとうで」

と、須永はこめかみを指で突《つっ》いた。

「こんなことになるんやったら撮影なんか許可せんかったらよかった。すまん……そう詫びたんも覚えてるわ。さっさと帰った方がええとも言うた。あんたらはわしらを責めるでもなく、翌朝すぐ島を出た」

「ええ、幼かったわたしはもちろん、撮影班も怖がってたから。死にそうな目に遭ったことがただただ恐ろしくて、島の人たちの言葉を鵜呑みにしてしまった。誠実な助言だと受け取ってしまった」

「ということは、違うの？」晶子が訊く。

「違います」沙千花はきっぱりと答える。

「島の人たちはわたしたちに、さっさと帰って欲しかったんです。この怪しげな連中は本当にただの霊能者と、心霊番組のスタッフらしい。そう分かったからです。ドキュメンタリー番組の潜入取材でもなければ環境保護団体でもない、島の内情については何も知らない連中だと」

「え？」淳は疑問の声を上げた。

場違いな言葉が飛び出した。話が脇道に逸《そ》れたのか、それとも聞き漏らしたのか。沙千花は淳を一瞥《いちべつ》して、

「あの人が死んでから少しずつ調べた。仮説も立てた。昨日島に来て、今朝宗作さんがこうなって、疋田山に登って、川で倒れた二人を見て確信した。眩暈、頭痛、嘔吐、流涙、チアノーゼ、呼吸困難、全身痙攣、昏睡。どれも硫化水素を吸った時の症状なの」

「へ？　な、何？」

麻生が間の抜けた声を漏らす。

沙千花は足を踏ん張り、部屋にいる全員に向けて、

「疋田山の西側には、八〇年代の半ば頃から産業廃棄物が不法投棄されている」

と言った。

「来る時に島の反対側から、空の台船が見えたでしょ？　あれは産廃をここに棄てて本

土に戻る船よ。霧久井島の人たちはそれを受け入れているの。おそらく企業からお金を受け取ってるんでしょう。口止め料も込みでね。産業廃棄物にもいろいろあるけど、疋田山に捨てられたものの中には建材に使う石膏《せっこう》ボードが大量に混ざってるはずよ。石膏ボードは水と化学反応を起こして硫化水素を発生させる。雨の日になると大量発生するけど、普段ならほとんど被害は出ない。山の内部を通って東側に漏れ出はする。でもせいぜいが山の墓地に溜《た》まる程度でしょう？　硫化水素は大気より重いから、わざわざ墓地に行かない限り被害は出ない。不快な腐卵臭、いわゆる〝硫黄のにおい〟は木炭が吸着して消してくれる。でも」

　声を張り上げて一気に言った。

「大雨が降った直後に西側から強風が吹くと、硫化水素は疋田山を越えて集落へと下りてくる。霧久井島は特定の条件が揃うと有毒ガスに包まれるの。皆さんはおそらく宇津木幽子が来る少し前から、この事態に悩まされていた。そしてとりあえずの対策を講じた。雨が強い日は出歩かない、西風が強くて有毒ガスが下りてきそうなら、橘巡査がサイレンを鳴らす。そして疋田山より高いこの山に避難してやり過ごす」

　部屋の音が止んでいた。汗が頬を伝う音さえ聞こえそうなほど静まり返っている。

　沈黙の中で沙千花が再び口を開いた。

「そして宇津木幽子の一件が起こった。彼女から根掘り葉掘り聞き出し、それを元に怨霊の言い伝えをでっち上げ、わたしたちを納得させ追い返したのがそちらのお二人です。

つまり怨霊云々《うんぬん》はその場凌《しの》ぎの出任せにすぎなかった。それがいつしか島全体に共有され使われるようになったの。ヒキタの怨霊は古き良き伝承なんかじゃない。タレント霊能者のカマシを流用した、硫化水素とその被害のことを指すこの島の隠語よ。因習に見える行動は不法投棄を隠蔽《いんぺい》してるか、そうでなければ有毒ガスから身を守ってるだけなの。部外者を疋田山に入らせないのも、木炭製の〝くろむし〟を家に置くのも、雨の日に家に籠もるのも今この場にいるのも」

影法師たちは身動き一つせず黙り込んでいた。

「まあ、お嬢ちゃんには分かるわな」

かかか、と須永が笑い、伊庭が不服そうに舌打ちした。

当たっているということか。沙千花の言ったとおりなのか。

「お、怨霊やないってこと？」

霊子が立ったまま、ぽかんと口を開いて沙千花を見つめていた。

「そう」彼女は申し訳なさそうな表情でこちらを向くと、「さっきは嘘吐いてごめんなさい。一刻を争うし生き死にが懸かってたし、それにいくら事実だからって、有毒ガスが湧いてますっていきなり言っても絶対信じてもらえ――」

「馬鹿な！」

麻生が叫んだ。壁に手を突いて立ち上がると、

「も、もちろん怨霊がいないのは結構なことです。でも産業廃棄物って何ですか？　硫

化水素？　そんな現代的でくだらないモノがこの霧久井島にあるわけがない。地方には土着文化があるべきです。田舎は土俗的でなきゃいけないんです。ヒキタの怨霊はおどろおどろしくも崇高な、この島の誇るべき民俗のはずです！」

一気に言った。

くすくす、ししし、とあちこちで笑い声が漏れ聞こえた。やれやれと言わんばかりの溜息《ためいき》を吐く者もいる。近くにいた丸い顔の老婆が、「兄ちゃん」と幼児のような声で呼びかけた。

「あんた横溝好きやろ？　京極なんちゃらとか、三津田なんちゃらいう作家好きやろ？　あんたみたいなん、たまに来よるで。そんでわしらが適当に怨霊の話して〝くろむし〟見せたったら大喜びや。因習すげぇ、土俗かっけぇ言うて感心して、それだけで満足して帰りよんねん」

「せやせや。こういう話は隠れ蓑にちょうどええ」

隣の老婆がうなずく。斜め後ろの老人が半分だけ振り返って、

「ああいう輩《やから》は霧久井島そのものが見たいんとちゃう。どっかで見聞きした、実際はどこにもない島らしさ田舎らしさを求めてるんや」

一本だけ残った銀の前歯を光らせる。

「せや、わしらは求められてるもんを出したっとうだけや。需要を満たしとうだけや」

「兄ちゃんも一緒やんなあ？　理想の島のいめえじありきで、ここに移住したんやろ？」

「まさか住みたい奴がおるとはなあ」

「会議でもえらい揉《も》めてんて」

「そうかいな」

「おお、そん時はたしか……」

老人たちの話を麻生は泣きそうな顔で聞いていたが、やがてその場にうずくまった。体育座りをして顔を隠す。栞がその頭を悲しげな表情で撫でる様を、淳は黙って見つめていた。

沙千花が再び話し始めた。

「恐れる対象が怨霊なのに、祀っている様子がまるでない。太宰府《だざいふ》や将門塚《しょうもんづか》に見られる御霊《ごりょう》信仰が、ここではまるで見受けられない。改めて霧久井島に来て、その点にも疑問を持った。分かってみれば簡単なことね。祀ろうと祈ろうとH_2S――水素と硫黄の化合物が無害になったりはしない。島民を避けてくれたりもしない」

「そらそうや」

須永が言った。口元から笑みが消えていた。

「そない頻繁に怨霊……ガスが下りてくるわけやない。たまにや。八六年に産廃が島に来るようになってから、そこそこなんが四回、どえらいのが二回。いや、今回を合わせたら三回か。三十一年で大小七回ってことは、四年に一回あるかないかっちゅう計算になるわな」

「オリンピックより少ないで、はは」

島民の誰かが口を挟んだが、誰も笑わなかった。

「……そんな滅多に来ぉへんもん、根こそぎ絶つより受け流した方が楽やろ。被害者やからって抗議するんもしんどいやろ。メーカー、製造工場、廃棄業者、役所、どこから金出とうか、どこの誰が仕切っとうかも正直よう分からんしな」

暗い中に浮かぶ須永の顔は、先程までよりずっと老け込んで見えた。声もどこか弱々しい。

沙千花は肩を竦《すく》めると、

「この島に残ってる人たちは、産廃を出す側棄てる側にとって、ものすごく都合のいい人材ってことね」

憐憫の表情で老人たちを見回した。影法師たちの間に小さなざわめきが起こる。

「何とでも言うたらええわ」

須永は大きな溜息を吐いた。

「で、どないすんねん。今からわしらをお祖母ちゃんの仇や言うてしばき倒すか？　わしはそれでも構へんで。殺意があったわけちゃうけど、墓場にあの人らが行くんを引き止めんかったんは事実や」

「二年後か三年後やろ、亡《の》うなったん。訃報欄に載ってたん覚えとうわ」

と伊庭が引き継ぐ。

「悪いことしたなあとは思うで」

「その話は後回しにします」

沙千花が答えた。いつの間にか無表情になっていて、口調も冷静だった。

「な、何でやの！」

今回叫んだのは霊子だった。腰に響くのか、顔をしかめながら沙千花に向かって、

「幽子様を再起不能にしたん、この人らですよ？　毒ガス出てんのに抗議も何もせんと、誤魔化し誤魔化し過ごしとった島の人らの所為《せい》やないですか。ある意味被害者やから、わざとちゃうからって許されるわけがない」

自分の言葉に興奮しているのか、呼吸が乱れている。

「霊子さん、落ち着いて」

「落ち着いてられへんわ！」

彼女は金切り声で突っぱねた。

「あの御方が生きてはったら、もっと沢山の人が救われとったはずや。死なずに済んだ子が何人も何十人もおったはずや。うちも直接お礼言いに行ってた」

一重瞼《まぶた》の小さな目から涙が溢れた。

「〝バイ菌のタミ江〟が下手糞《くそ》な丸字で書いた、けろけろけろっぴのしょうもない手紙に返事くれはったんよ？　『あなたの霊気はとても澄んでいます』『どうか死なないでください』って、同じけろっぴの便箋《びんせん》に書いて送ってくれはったんよ？　そんな神様みた

いな幽子様を、この人らは……」

筋張った手で顔を覆う。その場に腰を下ろそうとして「あ痛たたたっ」と中腰のまま固まる。

「痛い、もう嫌や、こんなん……ああ、あ……」

不自然な姿勢で泣きじゃくる霊子に、場の全員が同情的な眼差《まなざ》しを向けていた。

沙千花が彼女の肩に手を置いた。わずかに表情を弛め、優しく語りかける。

「霊子さん、わたしは後回しにするって言ったの。もう少し待ってて」

彼女の腰をそっと撫で、時間をかけて真っ直ぐに立たせる。霊子は泣きながら、されるがままになっていた。

沙千花が須永らに向き直った。

「わたしより先に、ヒキタの怨霊の正体に勘付いた人がいる。昨日初めて霧久井島を訪れ、素直に見て聞いて考えて導き出したの。橘さんが見張り役だってこともね」

意外なことを口にする。淳は宿泊客の面々を見た。

この中の誰かが知っているというのか。

「だ、誰なん？」

思わず問いかけると、

「岬春夫さんです」

沙千花は即答した。霊子の泣く声に掻き消されないよう、声を張り上げて、

「春夫さんはそれを確かめに、わざわざ深夜になってから橘さんの自宅に出向いた。この風雨なら寝ずの番をしているんじゃないかって推測してね。結果は大当たり。島の秘密を知られたことに焦った橘さんは、隙をついて春夫さんを殴って、遺体を海に投げ捨てたの。島の皆さんはきっとご存じでしょう。こんな大事だもの、チャットか何かで本人から聞いてるはずです」

六

島民たちが示し合わせたかのように、一斉に硬直した。近くにいる老人たちはこちらと目を合わせようとしない。晶子が霊子にハンカチを手渡していた。

「宇津木幽子の件は皆さんの所為とは言い切れない部分もあるし、四半世紀近くも前の出来事です。でも春夫さんの件は今日起こったばかりの殺人です」

時間にすると十三、四時間ほど前だろうか。沙千花の話に耳を傾けながら、春夫が殺された時刻をぼんやりと考えていた。遺体を目にしたのはつい先刻のような気もするし、はるか昔のような気もする。予想だにしないことが立て続けに起こって、時間の感覚が狂っている。

須永と目で会話していた伊庭が、不機嫌そうに携帯を取り出した。液晶を触りながら、

「本人から連絡が来たんは事実や。夜中の二時、あんたが今言うたとおりのことを送っ

てきよった。旅行客が夜中の一時に来た、産廃について知ってる、せやから殺した……」

　何度か咳払いをして、

「その春夫とかいう人は同情的いうか、善良やったみたいやけどな。訴えた方がええ、自分ができることは何でもする、この島を綺麗《きれい》にする方法がきっとある——そう言うとったらしい」

「えっ」

　淳は声を上げた。

「橘さんはこうも書いてるで。〈騒ぎになったら島のみんなに迷惑がかかる、仕方がなかった。殺すしかなかった〉……」

　晶子が「酷《ひど》い」と顔を歪め、口元を手で隠す。伸太郎は呆然と伊庭を見ている。

　頭の中に春夫の四角い顔が浮かんでいた。

　彼が深夜橘に会いに行ったのは、島の問題に気付いて心を痛めたせいだったのか。島民の力になろうとしたからだったのか。春夫なら有り得る。心を病んだ幼馴染《なじみ》のために、わざわざ地元に戻って慰安旅行を企画する彼なら。

　そんな春夫を橘は背後から殴って殺し、暗く冷たい海に放り込んだのだ。

　みんなに迷惑がかかるから、という訳の分からない理由で。

　宗作から聞いた話を思い出していた。助けに来た父親に怒りを覚えた、邪魔するなと殴りかかった——喫茶店でそう告白する彼を思い返していた。

「お前ら……」

　そう搾り出すと、淳は島民たちを睨み付けた。近くの老人たちが顔を引き攣らせ、腰を浮かせて淳から離れていく。小屋の中は騒然となった。ざざざと筵を擦る音と、囁き声があちこちから響く。

「待って、淳さん」

　立ち上がろうとした淳を沙千花が制した。かざした手の数珠がじゃらりと鳴る。

「いま感情的になると分かるものも分からなくなる。それに春夫さんを殺した当人はもう死んでる」

　冷酷な物言いが耳に障った。一瞬で頭に血が上り、言葉が口を衝《つ》いて出る。

「何言うてんねん、こんなん完全に島ぐるみや。ここにおるもん全員――」

「黙って」

　沙千花が怒鳴って、こちらを睨み付けた。幼い顔で目一杯怒りを表現している。霊子の時とはまるで態度が違う。どういうことかまるで分からない。何度も話に水を差されて苛立っているのか。

　心の中に戸惑いと疑念が広がっていた。

「春夫さん殺しの真相はここにいる島民全員が知ってる、でも橘さんが殺された経緯は把握していない。そういう理解でいいの？」

　沙千花が須永に訊く。須永の表情がにわかに曇った。何かを言おうとして黙る。

「何となく察してはいるのね？」

「まあな。そこの宗作いう兄ちゃんが、絶対にクロやとは思てへん」

「そ、そうなん？」淳が弱腰で言葉を挟む。

沙千花は悲しい表情を作ってみせると、

「あくまで推測よ。情報が少なすぎて、可能性以外のことは何も言えない。あの電話の意味は何か、なぜ墓場に行ったのか。本人に訊ければ一番いいんだけど……」

宗作の意識はまだ戻っていない。今も仰向《あおむ》けで目を閉じている。

「事情を知っているかもしれない人が、もう一人いる」

「誰？」

仲太郎がぼそりとつぶやいた。島民たちも落ち着かない様子で身じろいだ。胡坐をかいた影法師たちがゆらゆらと揺れている。

「古畑さんです。わたしたちが墓場に駆け付けた時、あの人は泣きながら不可解なことを喚《わめ》いていた。宗作さんを墓場から引き上げた」

「どういうことや」

遠くの影法師が言った。周りの島民たちもそれに賛同する。

「まあ、これも本人に訊けたら一番ええんやろな」

須永が言って伊庭がうなずく。

「古畑さんはどこ？」

沙千花が訊いた。つられて淳も部屋を見回す。目を凝らしてもそれらしき姿は見つからない。あの特徴的な、仙人のような風貌《ふうぼう》の老人は。

「来てへん」

暗い声で須永が答えた。雨に煙る窓の外を見ながら、

「サイレンは聞こえたやろけどな」

悲しげにつぶやく。続けて何か言おうとして黙り込む。何を飲み込んだのか、何を言わずにいたのか、あらかた想像が付いてしまう。

「……可哀想やな、あいつも」

島民の誰かがぽつりと言った。途端に老人たちが口々に囁き合う。

「最後まであのままやったな」

「治ったら治ったで大変やったんちゃうか」

「今頃は極楽やろ。親と再会してるわ」

「これで親子揃って怨霊の祟りか」

印象的な言葉を耳が、脳が勝手に拾う。

「あいつがおったから続けてた部分もあるわな」

「今回は三人か」

「三人もや」

「久々に死人が出たな」

「なあ、悲しいわ」

「サイレン鳴らすんが遅かったんや、チャットもな」

「しゃあないやろ、いきなりやれ言われても勝手が分からんわ」

「しかも橘さんの死体がすぐ側に転がってんねんぞ」

「誰もあんたらを責めてへんよ」

古畑のことを思い出していた。

異様でどこか作り物めいた風貌。彼もまたヒキタの怨霊という〝偽装〟を続けるため、あんな格好をしていたのだろうか。それにしては初めて会った時の彼は真剣だった。嘘を吐いているようには見えなかった。

「サナエさん、曾孫《ひまご》生まれたて喜んでたとこやのにな」

「どっちの孫の子や。和歌山やったか、奈良やったか」

「ヨシロウは耳遠くなっとったから、逃げ遅れてもおかしなかったわなあ」

「気の毒なんはヒロや」

「まだ若いのにな」

「ある意味みんなの子供やったな、ヒロ」

「ヒロなあ」

「どこおんねやろ、怨霊が帰ったら、ちゃんと捜して弔ったらなあかんな」

「ヒロよお」

チリチリ、カチカチと硬いものが擦れ合う音がしていた。沙千花の数珠の鳴る音だ、とすぐに気付く。青と白の房が、淳の顔の前で細かく揺れている。

「……あの人が？」

彼女がつぶやいた直後。

遠くの方で一度、爆竹の鳴るような音がした。

七

ピシッ、と硬いものが弾けるような音が続いた。

左端の窓ガラスに、蜘蛛《くも》の巣のような亀裂《きれつ》が走っていた。その中央に小さな穴が開いている。

ひび割れた窓ガラスの向こうに、小さな人影が見えた。灰色の長い髪と髭が顔に張り付いているせいで表情は見えない。濡れたボロボロの衣服が痩《や》せた身体に纏《まと》わりついている。

古畑だった。

両手で拳銃を構え、小屋に銃口を向けていた。

「ヒロ！　生きとったんか！」

伊庭が怒鳴った。「アホ、伏せんかい」と須永が頭を抱えてその場にしゃがむ。霊子が「痛いっ」と叫びながら、筵にごろりと寝転がった。麻生と栞が、晶子と伸太郎が、それぞれ抱き合って倒れ込む。影法師たちが緩慢な動作で身体を丸くする。

沙千花だけが棒立ちのままだった。

動けないでいる。虚《うつ》ろな目で窓を見つめている。

古畑の親指の辺りが動いているのが見えた。テレビや映画で見慣れた仕草。あれは撃鉄を起こしているのだ。また撃とうとしているのだ。

心臓が縮み上がった。体温が一気に下がるのが分かった。

一瞬迷って、淳は沙千花の背中に飛びかかった。

瞬間、銃声が立て続けに二度鳴った。反射的に瞼が閉じる。

窓ガラスが割れる音がした。

シャリシャリと鳴るのは破片が室内に降り注ぐ音だ。老人たちの弱々しい悲鳴があちこちから聞こえる。「もう、何なんよぉ」と、霊子が泣きながら零した。

目を開けると沙千花が呻いていた。床に打ち付けたのか額と鼻が真っ赤に腫《は》れ、目が潤んでいる。淳は慌てて身体を浮かせた。

「ごめん」

「大丈夫」沙千花はわずかに顔を上げると、「怪我した人はいない？　周りに苦しんでる人は？」と大声で呼びかける。あちこちから呻き声が返ってきたが、はっきり答える者はいなかった。誰かが被弾したかもしれない。ガラスで切ったかもしれない。

「麻生さん」淳が伏せたまま呼びかけると、足元の方で「妻も僕も無事です」と声がした。

「僕もママも大丈夫」

伸太郎が震える声で言った。横目でうかがうと、彼は細い腕で母親の頭を抱いていた。

「伸太郎、平気？」

「うんママ」

この状況で互いを気にかけ、声を掛け合う親子から目が離せなくなっていた。悠長に心動かされている場合ではない、と我に返った直後。

廊下を走る音がした。

老人たちが一斉に息を潜める。ドアが開き、バタバタと靴を蹴散らす音が鳴る。

荒い息遣いと唸《うな》り声がしたかと思うと、

「待てヒロ、落ち着け」

須永が裏返った声で呼びかけた。

「……ああ、落ち着いとうで」

声のした方を、伏せたままそっと窺《うかが》う。

あの老人が肩をいからせて立っていた。足先から向こう脛《ずね》まで泥にまみれ、銃口を正面に向けている。拳銃はおそらく橘の持ち物だろう。いかにも警官が持ちそうな、古めかしいリボルバーだった。

「ヒロくんなの？」

沙千花が淳を押し除《の》けるようにして身体を起こした。「大丈夫、何もしないから」と中途半端に両手を上げ、おそるおそる腰を浮かす。

古畑は長い髪の間から細目で彼女を見返していたが、やがて全身の力を抜いた。手がだらりと下がり、銃口が床を向く。小屋に張り詰めていた緊張がわずかに弛んだ。

濡れた髭の奥で口が動いた。

「沙千花」

かすれた声だった。すぐに「せや、比呂や。古畑比呂。あん時の男子や」と質問に答える。それだけで呼吸が乱れ、胸を押さえる。

「……苦しいの？」

「ああ、胸も喉もヒリヒリする」

はああ、と熱っぽい息を吐く。硫化水素のせいだろう。逃げ延びたとはいえダメージは受けているのだ。

「大変、洗わないと。ここってお湯は」

「触んな」

古畑は素早く拳銃を突きつけた。遠くで老人が「ひっ」と悲鳴を上げる。

「怨霊や、沙千花」

ふらふらと揺れながら語りかける。空いた手で顔を乱暴に擦りながら、

「これはヒキタの怨霊の祟りや。毒ガスちゃう。親父もお袋も、身体壊しとったんは怨霊のせいや。みんなそない言うてた。沙千花が帰って二人が死んで、そん時に言うてた」

「ヒロくん」

「みんな言うてたで。せやからわし、ずっと守ってたんや。余所《よそ》から来た人らも、祟られたらあかん思て。みんなに頼まれて看板も、〝くろむし〟も、せやのに……」

沙千花は黙って古畑を見つめていた。全身が震えている。

「どないすんねん、この後」

古畑が舌打ちした。

「ヒロ、落ち着かんかいな」

島民の誰かが言った。

止めてくれ、怖い顔せんとって、とあちこちから声が上がる。

古畑は憎々しげに彼ら彼女らを睨み付けると、

「お前らあと十年かそこらで死んで終《しま》いやろけど、わしは残り何十年ある思てんねん」

「おいヒロ、お前、誰に聞いてん」

伊庭が遠くから問いかける。

「誰にほんまの……いや、怨霊やないなんて話聞いてん」

「橘のおっちゃんや」

古畑はまた顔を擦る。老人たちが一斉にどよめいた。須永と伊庭が顔を見合わせる。

ややあって、古畑は不意に宗作に銃口を向けた。思わず「ひっ」と声が漏れてしまう。

「そこのお客」古畑は何度か咳《せ》き込むと、「……今朝新しい〝くろむし〟持ってったら、そこのおっちゃんと言い争いになってたんや。えらい剣幕でな。廊下で聞いてたらおっちゃんが、あんたの友達を殺した、島の秘密のせいや、とか言い出しよった。産廃や、島のために仕方なくやった言うて、ヒキタの怨霊のこと説明してたわ。聞いてたら頭が、こ、混乱して訳分からんなって」

彼を除く全員が、いつの間にか息を潜めていた。誰もが神経を集中して耳をそばだてている。長い髪と髭から滴る雨水が、床を鳴らす音さえ聞こえるほどだ。

「気が付いたらおっちゃんが、頭から血ぃ流して倒れとった。わしは血まみれの〝くろむし〟持って立っとった。そこのお客が叫んで、勝手口から逃げようとしたから追いかけた」

それが橘巡査の死の真相か。犯人は宗作ではなく古畑だったのか。

安堵《あんど》してしまい、身体から力が抜けていた。慌てて気を引き締める。拳銃を持った男がすぐ側にいるのだ。しかも男は――古畑は理性を失いかけている。実際に三発も撃ち、今もこうして皆に銃を向けている。正気の沙汰《さた》とは思えない。

立ち竦む沙千花に、古畑は再び銃口を向けた。

「そんでそのお客が墓で倒れてたん見て、近寄って硫黄のにおい嗅いで、息が苦しなって……おっちゃんの言うてたとおりやって分かった」

そこで今朝の、墓場での出来事に繋がるのか。慟哭していたのは真相を知った衝撃のせいで、自分たちを立ち入らせなかったのは、硫化水素を吸わせないためだったのだ。

「沙千花、分かるやろ。わしには何もない。しかも人殺しや。こ、この島にはおれん。でもこの島しかない」

はああ、と長く熱っぽい溜息を吐く。

「……せやから、ずっと死に場所探しててん。でも撃てへんかった。怨霊が下りてきた時もこれで死ねる思たのに、逃げてここまで来てもうた」

両手で銃を握り、銃把を沙千花に向けると、

「殺してくれ」

古畑は静かに言った。

島の老人たちが一斉に息を呑む。

話の流れから予想できてはいたが、実際に耳にした途端、腕がぷつぷつと粟立《あわだ》った。

「何言ってるの、ヒロくん」

沙千花が口を開いた。無理に笑みを作って、「二十二年ぶりに会って頼むことがそれ？」と、冗談めかして訊く。

「殺してくれ」

古畑は機械のように繰り返した。沙千花の顔から笑みが消えて行く。

「ヒロ、何を言うてんねん」

須永が割りこむように声を掛けた。今までとはまるで違う、悲しみをたたえた切実な声だった。彼に続けとばかりに、ヒロ、ヒロよお、と老人たちが遠慮がちに呼びかける。

古畑は反応しなかった。ただ両手で拳銃を差し出して立ち尽くしていた。

「無理に決まってるよ」

沙千花が言った。

「できないよ。この場にいる誰もそんなこと」

「せやったら、殺すで」

突然の言葉に沙千花が息を呑んだ。島民たちが再び黙り込む。拳銃を持つ手がガタガタと、音が聞こえそうなほど震えている。

「さっきはそのつもりやった。本気で撃った。皆殺しや、こんな島無くなってもうたらええ思てた」

暗い中、髪の奥で目が妖《あや》しげに光っていた。

古畑は危ういところにいるのだ。彼の精神は今ぎりぎりの所で、辛うじて均衡を保っているのだ。次の瞬間にはどうなるか分からない。

「お、脅してるの？　ヒロくん」

「事実を言うてるだけや」古畑はハアアと苦しげに息を吐くと、「今すぐできるしな。小学校……六年の時に習った。硫化水素は酸素と化合しやすい」

はっ、と沙千花が固まった。淳は身体を起こし、沙千花の傍らで片膝を立てる。

勝手に妄想していた。頭の中で絵にしていた。

例えば火の点いた煙草を、今この山頂からはるか眼下の谷へ、川へ投げ落としたらどうなるのか。火が消えずに落ちて行けば、溜まった有毒ガスはどうなるのか。酸素と化合しやすい——燃えやすい硫化水素はどうなってしまうのか。

爆発するのだ。

凄《すさ》まじい爆風が家々を吹き飛ばし、燃えさかる炎が集落を焼き尽くす。木々にも当然引火するだろう。高い山も低い山も燃えるだろう。雨風ごときで山火事は収まらない。なにより山頂にいる人間は逃げられない。

今の霧久井島で大量殺人を行うのは容易《たやす》い。

「火の始末してきたか」

離れた所から囁き声がした。同じことを想像して心配になったのだろう。呑気《のんき》なようで切実だ。怨霊が下りてきた時、誰か一人でも不始末をしでかしたら村が焼けてしまう。粉微塵《みじん》になってしまう。そんな危険と隣り合わせでも、この人たちは声を上げなかったのだ。この島に縛り付けられることを選んだのだ。

異常が日常になった島。文化や風習の差異では済まない、生き死にの次元で外界と異なる島。今まさにその島にいるという現実を改めて突きつけられ、凍りつくような悪寒が全身を走り抜けた。

啜《すす》り泣いているのは位置から察するに栞だろうか。あるいは麻生かもしれない。

「殺してくれ」

三度《みたび》古畑が言った。選択の余地は無い、分かったかと言わんばかりの、殊更に穏やかな声だった。

「沙千花がええ。頼むわ」

拳銃を揺らす。髭が揺れているのは笑っているせいだろうか。

答えられないでいる沙千花に、

「思い出したわ。船から下りてきた時、わしびっくりしてん。お姫様ちゃうかって思た。小さくて丸くて、ひらひらした服着てたやろ」

「ヒロくん」

「初めて知らん人に話しかけた。勇気要ったわ。何時間もかかった。何で今まで忘れとったんやろな」

「ヒロくん……」沙千花の声が裏返った。ぐす、と洟《はな》を啜る。身体が震え、かさかさとジャージが音を立てる。右手の指が左手首の数珠に触れている。

「早よせえ、今のうちや」

もどかしそうに肩を揺すり、

「お願いや。みんな殺してまう。燃やしてまう」

苛立たしげに沙千花に歩み寄ると、

「受け取れ。そんでわしを撃ち殺せ」

古畑は片手で拳銃を差し出した。

瞬間、どんっと足元に振動が走った。細長い影が視界を覆う。長い髪がなびく。

宗作だった。古畑の腕に躍りかかる。

身体で抱え込むようにして、握っている拳銃と手首を掴む。

ミシリと軋《きし》む音がした。

古畑が甲高い悲鳴を上げて跳び退《すさ》った。その手には何も握られていない。

「取ったぞ！　銃を取り上げた！」

老人たちの間に倒れ込んだ宗作が、声を振り絞って叫んだ。言葉の意味を理解したその時、

「ごめんなさいっ」

詫びながら麻生が古畑に体当たりした。散らかった靴の上に、二人揃って倒れ込む。

淳は遅れて立ち上がった。

「死なせてくれえ！　頼む！　殺してくれええ！」

喚きながら麻生を撥《は》ね除けようとする、古畑の肩に伸し掛かった。

第五章　呪縛

一

古畑比呂は避難所の隣にある、お堂に隔離することになった。見た目は古びているが土壁は分厚く、格子扉も頑丈だった。小声で何事かつぶやくだけになった彼を、淳と麻生が左右から抱えて中に連れ込む。外には須永と伊庭、沙千花が待っている。

窓のないお堂の中には四角い袋が四つ並んでいた。防災グッズの詰め合わせだ。板張りの床には埃《ほこり》が積もっていたが僅《わず》かなもので、タオルケットでひと拭《ふ》きすれば済んだ。つい先週、何人かで掃除と袋の入れ替えに来たばかりだという。仏像はどこにも見当たらなかった。

「昔はこの辺が墓地だったのか、それとも生活圏だったのか……」

袋を脇に除《よ》けていると、ぼそぼそと麻生がつぶやいた。真剣な顔で壁を眺め、床に顔を近づける。

「大工でもなんでもない親父が適当に作った、ただの物置や。昭和三十年頃やったな」

須永が呆《あき》れたように言った。

沙千花が袋にあったペットボトルの水で古畑の顔を流し、これも袋にあったタオルで拭く。絡まった長い髪も伸び放題の髭《ひげ》も、手も指も入念に洗い流す。彼女に指示されるまま淳は全てのボトルを開け、手渡した。

宗作の時と同じだ。体表に付着した硫化水素を洗い流しているのだ、と今は理解できる。あの時既に沙千花の中で見当は付いていたのだろう。確信に至っておらず明言を避けただけだ。

「まだ痛む？　大丈夫？」

沙千花の問いかけに古畑は呻《うめ》き声しか返さない。麻生と二人で組み敷いているうちに、彼は少しずつ弱っていった。喚《わめ》く声は小さくなり、抵抗しなくなり、やがて完全に脱力した。ここに運び込む時も寝かせる時も、赤ん坊より無抵抗だった。

「何か言った？」

沙千花が耳を近付けると、古畑はもぐもぐと口を動かして、

「……殺してくれ」

か細い声で言った。

寝そべる古畑を置いてお堂——物置の外に出た。須永が閂《かんぬき》をかける。雨は降っていたが風は弱まっている。助けが呼べるかもしれないと期待が湧いたところで、遠くを見ていた伊庭が「海は荒れてんな」と舌打ちした。

須永が海上保安庁に電話してみたが、やはり大荒れで船もヘリも出せないらしい。避難所に戻ると宗作が霊子と話していた。遠藤親子と栞がその周りを囲んでいる。呼びかけると宗作は力なく微笑み、「淳、ここまで運んでくれてありがとう」と言った。

銃声で目が覚めた、と宗作は意識を取り戻した時のことを打ち明けた。厳密には三発目でようやく銃声だと理解したらしい。何が起こっているか分からない恐怖で身動きできず、薄目を開けるくらいしかできなかった。古畑が入ってくるのは見えており、銃口を向けられた時は反応しないよう必死だったという。

「あの人……古畑さんの説明は、僕の認識とも大体一致する」

橘邸に押し掛けた宗作は橘に詰め寄り、春夫の死に関して嘘を吐いたことをなじった。橘は当初はしらを切っていたが、やがて怨霊《おんりょう》の真相を打ち明けた。さすがに直ぐには信じられなかった。

橘は腹を括《くく》ったような表情をしていたそうだ。

「それって」霊子が神妙な顔で口を挟む。腰痛が悪化したのか横臥《おうが》したままだ。

「ええ。今は分かります。僕も殺すつもりだったんでしょう」

宗作は青い顔で、手にした拳銃《けんじゅう》に視線を落とした。須永や伊庭に何度か、遠回しに寄越せと命じられたが、彼は今の今まで決して渡さないでいる。もちろん身を守るため、それも宗作だけでなく、自分たち部外者全員の安全を確保するためだろう。春夫のように殺されないとも限らない。何となくこの場にいることを許されてはいたが、少しも安心できなかった。

　宗作が再び話し始めていた。

　居間で話を聞いていると、突如として廊下から古畑が現れ、橘を〝くろむし〟で殴り付けた。部屋を逃げ惑い廊下に出たところで転んだ橘を、古畑は何度も殴打した。あまりのことに宗作は動けなくなっていたという。呻き声が止んでやっと頭が働き、彼は勝手口から逃げ出した。背後から足音と気配がして、夢中で山を登った。

　墓場に辿《たど》り着いた矢先に腐卵臭を嗅《か》ぎ、息苦しさを覚えて、宗作はようやく橘の言葉が事実であると悟った。自殺を試みた時に吸おうとしていた硫化水素を、吸わずに済んだ有毒ガスを、旅先で吸う羽目になったことに皮肉を感じた。春夫にも淳にも申し訳ないと思った。と同時に、これが運命だと受け入れる気にもなったという。自分は硫化水素を吸って死ぬ運命だと。

　様々な感情がない交ぜになった結果、宗作は淳に電話した。墓石の間に座り込み、話している間に意識が薄れていった。携帯を取り落としたところまでは覚えているそうだ。

「今は大丈夫なん？」

　淳が訊《き》くと、宗作は弱々しくうなずいた。どこにも痛みはないが酷《ひど》く疲れている。意識は明瞭《めいりょう》で感情は穏やかだが気力は少しもない。古畑が近付くタイミングをうかがい、拳銃を奪い取った自分が未《いま》だに信じられないという。

「幽子様のお導きや」

確信を込めて霊子が言った。

「自殺未遂した宗作くんが、自殺したがってた古畑さんを止めた。これは偶然ちゃう。個人の意志や選択を超越した偉大な力が働いてんねや。それだけやないよ」

寝そべったまま沙千花を指すと、

「宗作くんがそう立ち回れるように、死なずに済むように、看護の技術と硫化水素の処置の知識、この両方をご自身のお孫さんに与えはったんも幽子様や。ここに寄越さはったんも」

自分の言葉に何度もうなずく。宗作は曖昧《あいまい》な表情で半端な相槌《あいづち》を打っている。

ふと沙千花をうかがうと、彼女は思い詰めた表情で窓の方を見ていた。割れた窓ガラスには汚れたビニールシートが貼られ、ガムテープで留めてある。

霊子が宇津木幽子の偉業について熱っぽく語っていたが、沙千花は何の反応も示さなかった。鼻の先を島民が通り過ぎても避けようとしない。

風が穏やかになってきたせいもあってか、老人たちは頻繁に部屋を出入りするようになっていた。用を足すためだ。避難所の裏、獣道から見えない位置に簡易トイレが設置されていた。

「あのご老人……古畑さんはどういう方なのかしら」

沙千花が我に返ったのは、晶子がそうつぶやいた時だった。話し疲れた霊子は「沙千花様がお詳しいんちゃいますか」と力なく答える。

「この島の人で、霧久井小学校最後の生徒です。わたしの二つ上だから三十二歳のはず」

「へえ」晶子は不思議そうに、「それがどうしてああなったの？」と屈託なく訊く。

「お爺《じい》ちゃんみたいだったよ」と伸太郎。あの老いさらばえた風貌《ふうぼう》、あの錯乱ぶり、断片的な情報は先刻耳にしたが、はっきりした理由は分からない。

「いえ、何も……」

　沙千花は悔しそうに目を伏せた。

「親が死んで頭おかしなったんや」

　近くにいた老婆が悲しげに言った。そうやそうや、と周りの老人たちが神妙な顔で賛同する。好機とばかりに沙千花が「何があったんですか」と問うた。

　老人たちは沈痛な面持ちで語り始めた。

　古畑の先祖は代々、霧久井島を守る役を担っていた。何かあったら古畑家の判断を仰ぐ。それが島の慣わしだったという。

　九〇年代初頭、島が有毒ガスの被害を受けるようになった時も、島民たちは当然のように古畑家を頼った。協議の末、古畑の両親が導き出した結論は「自分たちが有毒ガスの見張りをするから、これまでどおりの生活を続けよう」というものだった。

　島民の多くは従ったが、古畑と同世代の子を持つ家族は次々と島を出て行った。子を持つ親は良くも悪くも、時として大胆な行動に出る。自分たちだけなら妥協できても、子供がいるとそうはいかないからだ。結果、比呂は取り残された。沙千花に会ったのは霧久井島ただ一人の子供になった、翌年のことだった。

霧久井中学を卒業した比呂は家島の高校に進学したが、一年で中退した。両親が相次いで亡くなり、心身に不調をきたしたせいだという。

「両親が晩年どんどん弱ってったの、怨霊のせいやからなあ」

老人たちはこの期に及んでなお、硫化水素を怨霊と呼んでいる。

「本土の病院に入院させるって選択肢は？　誰も思い付かなかったの？」

沙千花が訊いたが、彼ら彼女らは首を傾げるばかりだった。どうして考えもしなかったのか、本人たちも分かっていないらしい。

やはりおかしい。違っている。

この島に残った人々は、ある一点において決定的に歪《ゆが》んでいる。

麻生夫妻が唇まで青くして身を寄せ合っていた。

「葬式の後くらいからかなあ。あの子がただの匂い消しの木炭を削って〝くろむし〟て呼び始めたんは。大真面目に怨霊除《よ》けや言い出してな」

「最初は冗談や思てたけど、すぐ気付いたわ。ヒロは本気でヒキタの怨霊を信じとうねんて」

「頭おかしなったんや」

「説明したろ思うやつもおらんかった。みんな付き合《お》うたった。気の毒でな」

「気の毒？」と霊子が口を挟む。

「せや」と老人の一人が言った。「この島の犠牲者みたいなもんやからな。わしらで引き受けたらなあかん。特に話し合うた覚えはないけど、何となくそうなってな」

「別に普段暮らすぶんには困らんしな」

「だんだんわしらもその気になったわ」

「怨霊やいうてな」

「この世のもんちゃうんやったらどうにもならん、しゃあないて考えるようになった」

「わしらにできるんはやり過ごすことだけや――いうてな」

「あの子もだんだん、仙人みたいな格好するようになってな」

「学校に寝泊まりしてな」

「島を守る警備員みたいな役割やった」

「いや、みんなの子供やな」

「おお。ヒロはわしらの子供、この島全体の子供や」

「家の手伝いもようしてくれるからな」

「橘さんよりよう働いてたんちゃうか」

　話は島民たちだけの雑談に変わっていた。余所《よそ》者抜きで盛り上がり、淳たちは蚊帳《かや》の外になっていた。沙千花が暗い顔で筵《むしろ》を見つめている。彼女に話しかけようとした時、

「可哀想ね」

晶子が涙声で言った。眉間《みけん》に無数の深い皺《しわ》が寄り、鼻の穴が開いている。

「あの人、島から出られなくなったのね。島以外のことが考えられなくなったのね」

うう、と口元を隠す。

「だから殺せとか、皆殺しだとか言ってたのよ。島にいる意味がなくなったから、あの人の中ではもう死ぬしかないの。可哀想。本当に可哀想……」

声が途絶え、啜《すす》り泣きだけになる。

「あんな怖い人が？」と仲太郎が大真面目に訊いた。

「怖くない。可哀想な人。一番助けてあげなきゃいけない人よ。この島で一番」

晶子は潤んだ目で島民たちを睨《にら》み付けた。彼らは気付かず話し続けている。

沙千花が唇を噛《か》んだ。宗作が筵に爪を立てている。

仲太郎は真剣な顔で、物置のある方を見つめていた。


のろのろと時間が過ぎていった。次第に誰も話さなくなっていた。密集した人々の体温が部屋を温め、籠《こ》もった熱気が肌に纏《まと》わりつく。

ふと気付くと室内が更に暗くなっていた。携帯の液晶は午後六時を示している。

「宗作のお兄ちゃん」

出入り口の方で声がした。ぼんやり浮かび上がる大きな目で、影法師が須永だと辛うじて分かる。

「何でしょう」

「そのニューナンブ、そろそろ渡してくれてもええんちゃう？　そない警戒せんでもわしら何もせえへんて。人が二人殴り殺されてる時点で隠し通すんは無理や」

縋《すが》るような口調で言う。

「弾丸を僕が持ってて良いなら、お渡ししますよ」

宗作は答えた。信用できない、と突っぱねたも同然だった。

にっ、と暗闇に黄色い歯が浮かんだ。入れ歯のバネが目立つ。

「殺生やなあ、わしがそんなことする思います？」

「見えますよ。オーラが黒い」

霊子が横から断言する。麻生が妻を横目で心配そうに見ながら、「すみません。山を下りられるのはいつ頃になりそうですか」

「正確なことは分からんけど」須永は窓に目を凝らして、「そろそろ大丈夫な気もすんねんなあ、風がないのに雨が降ってる、これ水に溶けて流れるパターンやから——」

「待って」

張り詰めた声がして須永は黙った。

晶子が膝《ひざ》立ちになり、不安げに辺りを見回しながら言った。

「伸太郎がいない。トイレから戻って来ないの」

物置の門は外され、草むらに捨てられていた。格子扉は開け放たれているが、風がほとんどないせいで中の床は濡《ぬ》れていない。

中で伸太郎が倒れていた。

「伸太郎っ！」

晶子が走り寄る。抱き上げて頬を叩《たた》くと、ややあって伸太郎が呻いた。

「ママ」

か細い声で母親を呼ぶ。

わああ、と泣き出して晶子は息子を抱きしめた。物置の前に集まっていた淳と宗作、須永、沙千花が顔を見合わせる。

古畑比呂はいなくなっていた。見える範囲にはいないし、近くの草むらや木陰にも潜んでいない。簡易トイレに隠れてもいなかった。

少しばかり下って戻ってきた伊庭が、「おらん」とかぶりを振って、懐中電灯を消した。

「ごめんね、わたしが付いていたら、こんなことには」

泣きながら晶子が伸太郎の額を撫《な》でる。

殴られたらしい。右側の生え際が赤く腫《は》れ上がっていた。

「何があったんや」

　須永が訊いた。仲太郎は答えず虚《うつ》ろな目でこちらを見返している。

「何があったの？」

　沙千花が訊くと、仲太郎の目に光が戻った。

「出してくれって、言うから」

「ヒロくんが？」

「うん。助けてくれって何回も。僕、放っとけなくて」

「要らんことしくさりやがって」

　須永が吐き捨てるように言った、次の瞬間、

「仲太郎は悪くないっ！」

　晶子が金切り声で叫んだ。おかっぱ頭を激しく振って、

「全部あなたたちのせいよ。何が島全体の子よ。面倒くさいこと全部先送りにして、適当にあしらってあの子の人生台無しにしただけじゃないの、この田舎者！」

　須永がぎろりと目を剝《む》いた。

「何ふざけたことぬかしとんねん。お前みたいなんが母親やから息子がこんなアホになったんやろが」

「ちょっと」

　沙千花が鋭い声で言った。物置の空気がぴたりと静止する。晶子と須永が無言で睨み合っている。

「おい」

伊庭が声を上げた。いつの間にか離れた所に立っていて、港の方を見下ろしながら手招きしている。小走りで向かうと、彼は視線の先を指で示した。

霧久井小中学校の校舎だった。一階と二階の窓から、青白い光が漏れていた。

「ヒロや。ガスはもう大丈夫なんや」

断言する伊庭を見つめ返して淳は疑問を示す。

「あいつ学校に住んどうねん。廃校になってからもずっと、電気もガスも水道も役所が払《はろ》てくれてるわ。表向きはあっこが避難所ってことになってるから、まあそれの証拠いうかな」

はっ、と嘲《あざけ》りを込めた笑い声を漏らす。

「どうしてあんなところに」と宗作が疑問を挟むと、伊庭は苦しげに唸《うな》った。

「……死に場所に選んだんちゃうか。考えたないけどな」

伊庭と須永が島民たちに現状を伝え、意見を募ったが、誰も答えるものはいなかった。心配そうに顔を見合わせ、古畑の名を呼ぶ。「かああ」と溜息《ためいき》とも嘆息とも付かない音を口から漏らす。彼ら彼女らの顔には苦悩と憐憫《れんびん》、それ以上に疲労が浮かんでいた。

「わしらは動かれへんな」

奥の方で誰かが言い、その周囲で「せやな」「しんどいわ」「ヒロは気の毒やけどな」

と嗄《しゃが》れた声が上がる。

抗議したい気持ちが膨らんだが、すぐに萎《しぼ》む。

島民たちには無理だ。肉体的にも精神的にも、今から新たな困難に立ち向かうことはできないのだ。比較的頑健な伊庭も、須永も疲れ切っているのが見て取れる。

諦《あきら》めが胸に湧いたその時、

「行ってくる」

沙千花が言った。「動けるのはわたしだけだから」と〝余所者〟たちに視線を向ける。

麻生と身重の栞、病み上がりの宗作。幽霊のように青ざめた顔の晶子が、同じく蒼白《そうはく》な伸太郎を抱いている。霊子が悔しそうな顔で寝そべっている。腰は一向に回復しないらしい。

淳も疲労困憊《こんぱい》していた。

この場では疲れが取れたりはしない。今この瞬間も体力が削られていく。沙千花のことは心配だが致し方ない。付いていくことはできない。そう考えていたが、

「俺も行くよ」

淳は言った。

「一人は危ない。いつ風が吹いてまたガスが来るかも分からん」

意外な言葉が次々に飛び出す。どうしてこんなことを口にしているのか分からない。ここにいれば安全なのに、沙千花に付き合う義理などないのに。

沙千花は驚きの目で淳を見返していた。

「どうして……？」

「いや、正直怖いで。ガス吸ってもうたらって思うとビビってまう。でも」

淳は自嘲《じちょう》の笑みを浮かべて、

「ここで沙千花さんを一人で行かせたら、後悔すると思う」

と言った。

沙千花が微笑むのが薄暗い中でも分かった。口に出した以上、淳はもう後戻りできない。簡単に身支度を整えて出入り口に向かう。

靴を履こうとして淳は立ち止まった。踵《きびす》を返し、座り込んだ宗作に歩み寄って、

「ピストル貸してくれへん？」

と小声で頼んだ。

護身用だ。現実世界でこんな言い回しを耳にするとは想像もしなかった。改めて事態の異様さに思い至る。

宗作がうなずいて拳銃を差し出した。受け取ろうとした淳の手を、筋張った細い手が勢いよく叩いた。

霊子だった。怯《おび》えたような表情で淳と宗作を交互に睨み付ける。

「あ、あかんよ」

「どうして。妥当じゃないか」

「うち、数えとってん。絶対にあかん」

「え？」

彼女は宗作の手首を摑《つか》んで引き寄せると、囁《ささや》き声で言った。

「弾あと二発入っとうやろ。今の時点で四人死んどうねんで。予言やと全部で六人……計算ぴったりやんか」

二

淳は沙千花の後ろを歩いていた。慎重に獣道を下っている。尻《しり》ポケットからはみ出た銃把に時折触れ、落としていないか確かめる。前を行く沙千花は明らかに焦っていた。先程から何度も躓《つまず》いている。足を滑らせている。転びこそしないものの心配だ。

港でのろのろと走る沙千花の姿を思い出していた。船員たちを止める淳。やっとのことで船に到着する沙千花。駆け下りて声をかける淳。

「どうしたの？」

前を向いたままの彼女に突然問いかけられ、思わず「ひっ」と小さな悲鳴を上げた。

「いや、何ていうか」

「淳さん」

沙千花は歩調を落とした。

「予言が気になってるんじゃない？　さっき霊子さんが言ってたの、聞こえてた」

淳は口ごもってしまう。

泥で滑りそうになって慌てて重心を下げ、何とか耐える。

全く気になっていないと言えば嘘になる。

拳銃に装塡《そうてん》されている弾は二発、予言された死者の数まであと二人。

だから何かが起こりそうな場所、何かをしでかしそうな人のもとへ行けば、予言通りになってしまうかもしれない。二発の銃弾で二人の人間が死ぬかもしれない――

霊子の危惧《きぐ》を正確に言葉にすれば、こんなところだろうか。整理して改めて、杞憂《きゆう》以外の何物でもないと気付いた。上っ面の数字を関連付けているだけで、何の信憑性《しんぴょう》もない。「だから」の前後は実際のところまるで結び付かず、恐れる必要はどこにもない。

それでも一度気になってしまえば振り払うのは難しい。最大の理由は、今日になって四人も死んでいることだ。春夫、橘、島民のサナエとヨシロウ。しかも風雨で救援が来られないでいる。

予言が成就しかかっている。

宇津木幽子の記述と、現実が重なりつつある。

〝翌日の夜明け〟までに――おそらくあと十時間かそれくらいの間に二人死ねば、予言が〝当たって〟しまう。

「……そうやね」

正直に胸の内を伝えた。言葉にしたことで余計に妄想が広がり、不安が膨らんでいく。

「アホみたいやんな。予言なんかただのこじつけやって、沙千花さんに教えてもろたばっかりやのに。しょうもない」

淳は慌ててそう言いながら、突き出た岩を跨《また》ぎ越える。答えが返ってこない。沙千花は前を向いたまま黙々と坂を下っている。沈黙に息苦しさを覚えた頃、

「呪い」

「え？」

「……変だ、おかしいと分かってても切り捨てられない言葉。振り払いたいのに振り払えない、目に見えない力。それが呪いよ。そのままにしておくと、いつしかまともな判断ができなくなってしまう。この島の人たちが有毒ガスを受け入れたようにね」

沙千花は淡々と語った。傘に隠れて表情は分からず、話の方向性は見えないが、真剣なのは分かった。言っている意味も理解できる。

「ってことは、今まさに予言に囚《とら》われて、呪われてたってことかな」

「ええ」

「宗作も、言うたら呪われとったわけや」

淳はそう口にしていた。沙千花に話しかけたというより、淳自身に説明しているような口調になっていた。

宗作が受けたパワハラの実態は、要するに罵《ば》倒《とう》だ。言葉による暴力、洗脳だ。結果、

彼は自殺を試みるまで追い詰められた。これが呪いでなくて何だろう。呪縛《じゅばく》と言わずして何と言おう。

現代であっても呪いにかかってしまう人はいるのだ。宗作のように。この島の人々のように。

「呪われてない人なんていない」

沙千花が答えた。大きく育った羊歯《しだ》の葉を手で払いのける。

「みんな誰かに——誰かの言葉に縛られて、振り回されて生きてる。宗作さんもそう。きっと麻生さんご夫婦も。遠藤さん親子も」

「あの親子は分かりやすいな」とっさに口を挟む。「お互いがお互いを縛ってる感じがするわ。でも、みんながそうとは思えんなぁ」

ある程度同意しつつ、部分的に反論する。〝みんな〟は大袈裟《おおげさ》に過ぎるだろう。

沙千花が不意に振り返った。何かを言おうとして躊躇《ためら》い、やがて諦めたように溜息を吐いて、再び前を向いた。不可解な挙動に首を傾げていると、

「春夫さんだってそうだったはず。もちろん淳さんも」と、沙千花が言った。

「俺も？」

「そう」

沙千花はそれだけしか答えなかった。待っていても説明する様子はない。「淳さんも」とはどういうことだ。どこが呪われているというのか。疑問と違和感が胸の内で膨

らむ。

淳は黙って彼女の傘を見つめていた。

「……思い当たらんなあ、全然」

木々の向こうに川がちらりと見えた頃、素直にそう伝えた。歩きながらずっと考えていたが、心当たりの一つも見つからなかった。

沙千花が半分だけ振り返る。横顔は悲しんでいるようにも怒っているようにも見えた。

「でしょうね」

突き放すような冷たい声で、沙千花は言った。黙り込む淳に視線を投げかけ、彼女は再び話し始めた。

「宇津木幽子に霊能力はなかったけど、あの人の言葉には力があった。〝霊視〟して伝えた言葉で、迷いが晴れた人、悩み苦しみから抜け出せた人はたくさんいたの。事務所で何人も見たよ、スッキリした顔で帰る人、赤ちゃんみたいに泣いて感謝する人。お礼の手紙は毎日何通も届いてた。あなたの本を読んで救われました、講演を聞いて立ち直ることができました……」

「霊子さんもそんな感じなんやろうな」

淳は沙千花の足元に注意しながら言った。霊感などなくても霊視ができなくても、宇津木幽子の言葉は今もなお人々を動かし続けている。

「そうね」沙千花は前を向いた。

「でも、それも立派な呪いよ」

「どこが？　逆とちゃう？　霊子さんは救われてる……解き放たれてるやん」

淳が率直に指摘すると、彼女は少し考えて、

「呪いになるポテンシャルを秘めてる、って言えばいいのかな。例えば宇津木幽子の予言の中に、『今すぐ自殺しろ』って読み取れる記述を見つけたら、霊子さんはきっと自殺すると思う。迷ったり葛藤《かっとう》したりはするだろうけど、突っぱねること無視することは絶対にできない」

そうかもしれない。救われたからこそ呪われる。そんなこともあるだろう。パワハラ上司の罵詈《ばり》雑言に限った話ではない。悪意のある言葉だけが呪いになるのではない。愛する家族や命の恩人の、善意の言葉に囚われることもままある。

沙千花の言うことは正鵠《せいこく》を射ている。正しい。だが――

「で、どないしたん」

率直に訊《たず》ねた。話の道筋が一向に見えてこない。雑談にしては深刻だ。古畑に会いに行く、道中の話題に相応《ふさわ》しいとも思えない。

「分からない？」

沙千花はこちらを横目で見ながら、

「もうすぐ予言が成就する、偉大なる宇津木幽子様が仰《おっしゃ》ったとおりになる、いや、なってほしい――そう考える人がこの島にいるの。あと二人なら自分で殺れないことはない

ってね」

と言った。

淳は尻ポケットの拳銃に触れていた。ほとんど無意識の動作だった。銃把を直接、銃身をポケットの布地越しに確認している。振り返って獣道を、今まで来た道を見上げる。人影はなく、誰かが下りてくる気配もない。

「……霊子さん、そんなこと考える？」

小声で淳は訊いた。すぐに続ける。

「むしろ予言どおりになるの怖がってたで。ピストル持って行くな言うてたくらいや。計算ぴったりやからって」

「あの手の人はね、淳さん。そういう偶然を大いなる意志の作用だと考えるの。そして大胆な行動に出るの。天啓だとか天命だとか、運命だとか言ってね。霊子さんの場合はもちろん宇津木幽子様のお導き」

「でもあの人、腰が」

「どうだか」

沙千花は肩を竦《すく》めた。

「でも、今はちょっと安心してるの。拳銃は淳さんが持ってるでしょ。お導きに従った霊子さんが、小屋で発砲することは絶対にない」

黙っていると、

「栞さんのお腹を撃って、効率的に二つの命を奪うような真似もできない」

聞いた瞬間、腕に鳥肌が立った。目を血走らせた霊子が、両手で拳銃を握りしめる姿を想像してしまう。銃口から立ち上る煙。腹を赤く染めて横たわる栞の姿。その側で泣き喚く麻生の姿。老人たちがおたおたと逃げ惑う。

「まあ、今だってひょっとしたら機会をうかがってるかもね。麻生さんがトイレに立った隙に、殴りかかるくらいのことはするかもしれない」

「沙千花さん」淳は呼びかけた。

「考えてると不安になってくるけど、それよりヒロくんのことが心配よね。いま一番死ぬかもしれない人はヒロくんだし。わたしたちのうち誰かを殺して、自分も死ぬ、とか」

「あの、沙千花さん？」

「可能性で言ったら避難所に鮨《すし》詰めになったストレスで、お年寄りが死ぬのもありそう。けどそれを惨劇って言っていいのかな。それか帰りの山道で足を滑らせて転落死、の方が——」

「沙千花さん」

淳は声を張った。

彼女が驚いた顔で振り返った。途端にぬかるみで足を滑らせる。淳は反射的に踏み出して、彼女の腕を摑んだ。

放心している沙千花に、淳は訊いた。

「どないしたん？　今の、ほんまに考えてるん？　あいつがあいつ殺すかもしれん、あの人らが死ぬかもしれんって、想像しながらずっと歩いとったん？」

彼女は黙ったまま、目を丸くして淳を見返している。腕を引っ張り、沙千花を立たせると、淳は少し迷ってから、

「悪いけど、沙千花さんこそ予言に囚われてるんとちゃう？　霊子さんより呪われてるんちゃう？　俺にはそう聞こえたで」

一気に言った。

目の前の小柄でぽっちゃりした団子頭の女性が、今までとは別人に見えた。港で初めて会って以来、彼女の印象は何度も変わったが、今回は一際異質だ。

風が吹いて枝葉が揺れ、大量の雨粒が傘をばらばらと打ち鳴らした。生温《なまぬる》い雨と草木のにおいが立ち籠《こ》める。

「……そんなことあるわけがない」

頰に張り付いた後れ毛を指で剝《は》がし、引き攣《つ》った笑みを浮かべる。

「せやったら何でこのタイミングで島に来たん？　予言のことは知ってたんやろ？」

淳は問いかけた。沙千花の笑みが即座に消え失《う》せる。

一緒に宗作の後を追っていた時から、頭の隅で燻《くすぶ》っていた疑問だった。

「言ったよね？　ヒキタの怨霊の真相を暴くためよ。予言なんかどうでもいい」

「だからそれ先週でも来週でもええやん。何でこのタイミングなん？」

「予言なんか当たらない。そんな非科学的なこと起こるわけがない。それより早くヒロくんを」

「もっかい訊くけど何で――」

「外れるのを確かめに来たの」

遮るように沙千花は言った。「怨霊を調べるついでに。本当にただのついで。用事を一日にまとめただけよ」と慌てて付け足す。淳が何か言う前に、

「どうせあの人の言うことは外れる。だから予言が示した日に、予言が示した場所に行ってやるの。もちろん特定できるものだけの話だけどね。それで何も起こらない、外れたって分かった瞬間に笑ってやるの。宇津木幽子はただの人間だった、服の趣味が悪い誇大妄想の単なるババアだってね。今回だってそう」

彼女は早口で畳み掛ける。頬に赤みが差しているのが暗い中でも分かる。

「看護師資格取ってると都合がいいの。どこでも働けるから、予言を確かめに行くのを最優先できる。あの人が偉大でも何でもないって証明できる。ねえ、もうこの話は充分でしょ？」

返事も聞かずに踵を返す。歩き出してすぐ足を滑らせ、沙千花は羊歯の茂みに頭から突っ込んだ。枯れかけた大きな葉がばさばさと大きな音を立てた。

沙千花は茂みに上半身を埋《うず》めていた。微動だにしない。呻き声の一つも上げない。撥《は》

ねた泥がTシャツのあちこちを茶色く染めていたが、淳は構わず沙千花を助け起こした。団子頭はひしゃげ、濡れた顔のあちこちに茶色い葉の破片が張り付いている。見た限り怪我はしていないらしい。

決まり悪そうに目を逸《そ》らしながら、沙千花がつぶやいた。

「こういうのを予言してよ」

「え？」

「転ぶかもとか遅刻するかもとか、そういうのを予言してくれたらちょっとは感謝したよ。外れたって馬鹿にしないよ。何で大事故とか地震とか、あと隕石《いんせき》とかばっかり……」

ごしごしと顔を袖《そで》で拭《ぬぐ》いながら、文句らしき言葉を垂れ流す。いや、これは駄々だ。いい年をした孫が、とっくに死んだ祖母に駄々を捏《こ》ねているのだ。

「……お祖母《ばあ》ちゃんが好きやったん？」

淳は訊いた。傘を拾って手渡すと、

「嫌いやったら別にそんなん期待せえへんやん」

「ううん。嫌い」

「沙千花さん」

「なら淳さんはお父さんが好き？」

唐突で馬鹿げた問いに二の句が継げなくなった。淳を見返す沙千花の目は真剣で、冗談だとは思えない。

「……答えづらいな」

淳は溜息交じりに言った。

「ごめんね、意地悪な質問だったね。分かってる」

彼女は泣いているような笑っているような曖昧な表情で、

「わたしが一番呪われてるの。宇津木幽子の言葉に誰よりも囚われてる」

と言った。

「何でなん」

簡潔に、率直に淳は訊ねる。

「母さんはわたしを産んだ次の日に死んだ」

沙千花は淳を真っ直ぐ見上げて、

「産後の肥立ちが悪かったってやつだけど、祖母はそうなることを予言してた。もちろん偶然よ。ただそう読み解ける文言を事前に残したってだけ。でもあの人の中では違う。宇津木沙千花は予言どおりに母親を殺した、宇津木幽子の力の証《あかし》なの。わたしはそうやって育てられたの」

三

獣道を抜けて山を下りきったところで、沙千花はボディバッグからペンライトを取り出した。光の中に浮かび上がったのは、川に横たわった二人の老人の遺体だった。ヨシロウとサナエ。紫色の顔は苦《く》悶《もん》に歪んでいる。すう、と息を吸う音が聞こえたかと思うと、沙千花が小走りで川へと向かった。遺体の側に屈《かが》んで、こちらを振り返る。無言で悲しげな表情をしてみせる。

遺体を放っておけないのだ。

淳は彼女に倣って呼吸を止め、二人がかりでヨシロウとサナエを川から引っ張り上げた。仰向《あおむ》けに寝かせると、沙千花がそっと遺体の瞼《まぶた》を閉じ、数珠《じゅず》を手にして合掌した。淳も遅れて手を合わせる。

並んだ遺体を前に目を閉じようとした時、

〈山肌を這《は》い下りる死の手〉

頭に浮かんだのは予言の一節だった。すぐに打ち消して目を閉じる。符合について考えないようにして、ただ二人の冥福《めいふく》を祈った。

民宿あそうの前の道に出たところで、沙千花がそっと呼吸を再開した。「大丈夫そう」とこちらにうなずく。淳はこわごわ息を吸った。

異臭はしない。沙千花の言うとおり大丈夫そうだ。それでも少しも安心できず、空気を肺に送り込むだけで緊張を覚える。

「最低ね」

沙千花が言った。川原に並んだ遺体にペンライトを向け、すぐ下ろす。

「避難する時は見殺しにしたくせに、死体を放置するのは気の毒だなんて」

「しゃあない。今は分かるよ。下手したら巻き添え食らうからやろ」

淳は答えた。

　空気より重い硫化水素は地面すれすれに溜まる。倒れている人のすぐ側で屈もうものなら、まともに吸い込んでしまうことになる。だが、あの状況で硫化水素の話をされても、全く理解できなかったに違いない。怨念だ、祟《たた》りだと脅かして、淳たちを山へ導いた沙千花は正しかったのだ。

　先頭に立って獣道を進む彼女を思い出していた。堂々とした立ち振る舞い、強烈な説得力。いずれも祖母から受け継いだものに違いない。正確には〝受け継いでしまった〟もの。

　転んで羊歯に突っ込んでから山を下りきるまで、沙千花は断片的に、自分の生い立ちについて語った。

　宇津木幽子は娘の死後、その子供――自分にとっては孫である嬰児《えいじ》を引き取り、自分で育てることにした。「沙千花」という名前は幽子が命名したものだ。沙千花の母親が考案していた名前が別にあると知ったのは、宇津木幽子の死後、遺品を整理していた時だった。母親のものと思《おぼ》しき日記が、物置の奥から見つかったという。幼稚園児が使うような、ハローキティの小さなノートだった。

「それが数美」

戸籍の修正を役所に申請しても受理されなかった。明確な不利益を被っていないからだ。父親に関しては今に至るまで、顔も名前も素性も分からない。沙千花の母親は「著名な霊能者の娘」であることで世間の好奇の目に晒《さら》され、それを苦に自暴自棄な生活を送っていたという。これも宇津木幽子から聞いた話で、真偽のほどは定かではない。写真も幽子が全て処分していた。つまり沙千花は両親の顔を知らない。

読み書きを教わったのは幼稚園に通う前、二歳の時だった。小学校に入ってすぐ難しい書物を読まされた。『天界と地獄』『ベールをとったイシス』『心霊講座』『大本神諭《おおもとしんゆ》』……いずれも近現代の心霊やオカルトを扱ったものだという。沙千花はタイトルをそらんじてみせたが、具体的にどんな内容が書かれ、どんな価値があるのか、さっぱり分からない。

「どれも大袈裟な作り話か大袈裟な自慢話か、その両方が書いてあるだけ」

沙千花は小学一年の時点で、宇津木幽子の言う霊や霊感が〝信仰〟に過ぎないと気付いた。少なくとも彼女が言うような霊など実在せず、彼女が持っていると公言してはばからない霊感などありはしない。そうはっきりと理解した。コールドリーディングやホットリーディングを見抜いたのも同じ頃だ。

事務所で依頼人を〝霊視〟する宇津木幽子。届いた心霊写真を〝鑑定〟する宇津木幽子。テレビカメラの前で芸能人の〝前世〟を〝当てる〟宇津木幽子。講演会で死後の世界に関する〝真実〟を〝報告〟する宇津木幽子――沙千花はその全てを間近で見てきた。

幽子の教育の一環だ。

「間近で見させられた、って言った方がいい。わたしは友達と遊びたかったし、学校に行きたかった」

この辺りまで聞いたところで、彼女の印象が変わっていることに気付いた。沙千花の置かれた環境は特殊だと言っていいが、赤の他人とは思えなくなっていた。親がいないこと、友達ができにくいこと。この二点において沙千花と淳はよく似ている。奇妙な親近感さえ感じるようになっている。

祖母の死後、沙千花は遠い親戚《しんせき》のもとで暮らすことになった。幽子の遺産は莫大《ばくだい》でむしろ歓迎されたらしい。友人もできたという。それまでと比べてはるかに自由で快適な毎日。沙千花は満ち足りた日々を過ごしたが、祖母の呪いは解けなかった。今に至るまで、彼女は宇津木幽子の言葉に縛り付けられている。

「遺書には何て書いてあったと思う？」

答える前に沙千花は話し出した。

「〈お祖母ちゃんの言うことをよく聞いて、これまでどおり正しく幸せに生きてください。この遺書も大切にしてください〉――ね？　馬鹿みたいでしょ。どれだけ孫娘を苦しめてきたか全然分かってなかったの。だから遺書を破いてやろうと思った。それか焼いてやろうって思った」

含みのある言葉で締め括る。淳は静かに問いかけた。

「……どっちも出来ひんかったってこと？」

「そう。今は天袋の奥の奥に仕舞ってある。言うことをよく聞いてるの」

彼女は悲しげに微笑んだ。

「それで予言も確かめてるんや」

「外れるのをね」

淳の問いに沙千花はそう補足した。そこだけは譲れないらしい。

祖母を信仰してはいけない。予言などという馬鹿げたものには、理性で立ち向かわなければならない。そう考えているのだ。その一方で〝立ち向かわない〟という行動は選べずにいる。親戚とも死別した今は各地を転々とし、看護師の仕事をしながら予言を、いや——予言が外れることを確かめるため、予言が示す日時に予言が示す場所を訪れている。

祖母の呪縛を周囲に打ち明けたことは、これまでに二度あったという。一度目は親代わりの親戚に。二度目は看護学校の同級生に。いずれも「気にするな」の一言で済まされ、以来、人に話すことは止めていた。二度と話すまいと誓った。

思い出話を聞いて腑《ふ》に落ちていた。彼女の言動の意味が理解できた。

沙千花には宇津木幽子しかいないのだ。

正確には「宇津木幽子の言葉」しか拠《よ》り所がない。理屈でどれだけ祖母を否定できても、感情の面ではどうしても慕い、求めてしまうのだ。呪いだ、呪縛だと理解していながら。

だからこそ今、同じように島に縛られ、島しかなくなってしまった古畑比呂を助けずにはいられないのだ。

黙って前を歩く沙千花の左手首に、数珠が光っていた。

「せやのに何で？」

彼女の背中に淳は声を掛けた。

霧久井小中学校の校舎がすぐ近くに見えていた。校門の扉が半分ほど引き開けられている。灯《あか》りの漏れる校舎に人影は見えず、雨音と自分たちの出す音以外は聞こえない。

沙千花は立ち止まると、こちらを振り返った。

「何が？」

「ごめん。さっきの話。呪いのこと、二度と話さへんって誓ったんちゃうの？」

淳は問い直す。

率直な疑問だった。この状況でなぜ打ち明けたのかも含めて気になっていた。山を下りるまでの長話は、彼女が自分について語るための布石だったのではないか。そう勘ぐりさえしていた。確かめるなら今が妥当だろう。

沙千花は複雑な表情を浮かべた。迷っているのか、思案しているのか。そう思っていると、

「分かってくれる気がしたから。だって」

彼女はそこで目を細めて、

「淳さんには強力な守護霊がいるもの」

と言った。ふっ、と口元に笑みを浮かべる。

「いや、急に〝霊視〟されても——」

苦笑しながら途中まで言ったところで、鼻がにおいを捉《とら》えた。

腐卵臭だった。

俗に言う硫《い》黄《おう》のにおい、温泉のにおいだ。

気のせいではない。確実に辺りに漂っている。

風が西側——疋田山の方から吹き下ろしていた。

四

「走って！」

沙千花が傘を投げ捨てて校門をくぐった。口を押さえる。淳は慌ててその後を追い、あっさりと追い抜く。

校舎に入るのが最善だろう。気密性は期待できないが、とりあえず上階に行けば急場は凌《しの》げる。そう思っていると、ぴたりとにおいを感じなくなった。風はまだ吹いているが腐卵臭は全くしない。

「あれ……？」

立ち止まろうとすると沙千花が「駄目！」と叫んだ。

「硫化水素は鼻を麻痺《まひ》させるの。油断しちゃ駄目、息を止めて！」

どたどたと正面玄関に向かう。

二つある玄関扉はいずれも鍵《かぎ》が掛かっていた。淳は取っ手を摑んで激しく揺すってみたが、ぎしぎしと音がするだけで開く気配はない。古畑も中から出てくる様子はなかった。

早くも呼吸を止めるのが困難になっていた。

痛む胸を押さえていると、刺すような痛みが目を襲った。瞬時に涙が溢《あふ》れ出す。苦悶の表情を浮かべた沙千花が、花壇にペンライトを向けた。

小ぶりな西瓜《すいか》ほどの灰白色の石が、濡れた土の上に転がっていた。淳は傘を捨てて駆け寄り、両手で抱え上げると勢いを付けて玄関扉のガラス板に叩き付けた。

砕けたのは石の方だった。

粉々になってパラパラ軽快な音を立てながら足元に転がる。ヒビの一つも入っていないガラスを呆然《ぼうぜん》と眺めていると、沙千花が左手で口を押さえながら、右手で人差し指と親指を立てた。

拳銃だ。

淳は尻ポケットから拳銃を引き抜いた。

撃ったことなど一度もない。撃ち方も知らない。テレビや映画で何十回も観たことはあるがそれだけだ。だが迷っている暇はない。ガスが目に染みて激しく痛み、頭痛がこめかみを貫いた。

両手で拳銃を構えると、淳は鍵穴の近くのガラス板に狙いを定めた。親指で撃鉄を起こし、引き金に指を掛け、そのまま一気に引く。

ぱん、と爆竹の鳴るような音が眼前で鳴り響いた。想像した以上に煙が立ち上る。焼けた火薬のにおいが鼻腔《びこう》を掠《かす》める。

ガラス板に一センチほどの穴が開いていた。そこから放射状に亀裂《きれつ》が走っている。淳は足を振り上げ、ガラス板を踏み抜くように蹴《け》り付けた。

粉々に砕けたガラスが、玄関の内側に散らばった。

淳は手を突っ込んでつまみを探し当て、勢いよく捻《ひね》った。ガチンと錠の開く音がすると同時に扉を開き、転がるように靴箱の間を走り抜ける。

廊下に上がってすぐ近くの階段へ急ぐ。破裂しそうなほどの苦痛が胸を襲う。

振り返ると沙千花が蹲《うずくま》っていた。ペンライトを握ったまま顔を真っ赤にしている。

淳は猛然と彼女に走り寄ると、一息で肩に抱え上げた。弾みで手にした拳銃を取り落としてしまう。

慌てて拾い上げて、急いで階段へ向かった。

淳は踊り場の壁に嵌《はま》った防火扉を、片手で引っ張り出して力任せに蹴り付けた。

扉は閉まらなかった。

蝶番《ちょうつがい》が錆《さ》びているのか半分ほどで止まってしまう。続けざまに何度も蹴ったが、揺れるだけで閉じてくれない。淳は諦めてオレンジ色の階段を二段飛ばしで駆け上がった。

窒息寸前で二階へ辿り着くと、

「ぷはああっ」

豪快に息を吐き、すぐさま吸って廊下に倒れ込んだ。淳は投げ出すように沙千花を床に転がし、ぜいぜいと呼吸を繰り返す。

「大丈夫や沙千花さん。何もならへん、まだガス来てへんで」

苦しい息の間からそう伝えると、淳はごろりと大の字になった。

目の痛みはまだ続いているが頭痛は引いている。

沙千花がハアハアと犬のように呼吸しながら、床に手を突いて身体を起こす。転がされた時に床に打ち付けたのか、額が赤く腫れていた。

「ごめん、やってもうた」

弾《はじ》かれたように淳は起き上がり、彼女の顔を両手で包んだ。

「痛《いた》ない？　眩暈《めまい》とかせえへん？」

沙千花はぐったりした顔で淳を見上げていたが、

「平気」

弱々しい声で答え、淳の腕を摑んだ。「慣れてる。わたし凄《すご》いトロくて」

「……やろうな。気付いてた」

「だと思った」

ははは、と沙千花は乾いた笑い声を上げた。淳もつられて笑い返す。

こんな状況でも笑えることがあるのか、笑い合える相手がいるのか、と心の隅で驚いていた。有毒ガスが立ち籠める島で、今まさに九死に一生を得て。

いや——沙千花が相手だから笑えるのかもしれない。この童顔で不思議な魅力を持つ、数奇な人生を歩んだ女性になら。淳とはかけ離れているはずなのに、彼女に対して奇妙な親しみを覚えていた。

人心地つくと、沙千花が立ち上がった。淳は携帯を取り出して宗作に電話し、状況を伝えながら床に転がっていた沙千花のペンライトを拾い上げる。

「——せやから今は山下りたらあかん。みんなにも伝えといて」

「ああ。ところでさっき銃声が聞こえたって、遠藤さんが言ってたよ。気のせいだってみんな宥《なだ》めたんだけど……」

スピーカーから宗作の不安げな声がする。ヒステリックに騒ぐ晶子と戸惑う伸太郎、落ち着かせようとする皆の姿が容易に想像できる。淳が事実を簡潔に説明すると、

「よかった」

ほーっ、と安堵《あんど》の溜息が聞こえた。

避難所にいる面々は疲れてこそいるが、異常をきたしてはいないらしい。栞は雑談で微笑する程度まで回復し、霊子も歩けるようになったという。島民にも体調を崩した者はおらず、早くも熟睡している者さえいるらしい。

「今そこに全員おる？」

ふと気になって訊ねると、少しの間があって、

「もちろん。それが何か？」

宗作は不思議そうに質問を返した。

全員いる。誰も山を下りていない。つまり誰かがここに来て、あと二人殺したりはしない。下らない思考と妄想を振り払って礼を言い、通話を切った。

「ヒロくん！」

廊下の真ん中に立って沙千花が呼びかけた。

「聞こえる？　今ガスが来てる。一階には行かないで！」

大声は無人の長い廊下に反響して消える。返事はない。物音一つ聞こえない。彼女は次第にそわそわとし始めた。焦った様子で廊下を見渡し、耳を澄ましている。

「……もし一階にいたら」

「どうやろ。俺ら騒いでたし、さすがに気付くと思うで」

「他の防火扉、閉めた方がいいのかな、北の階段と、南の階段と」

「いや……無理ちゃうかな」

淳は答えた。

どの扉も閉まらないと見ていい。ここが避難所として使われていないのが何よりの証拠だ。見た目以上にこの校舎は老朽化しているらしい。であれば上階に逃げた方が得策だろう。その前に二階に古畑がいるか否か、確かめた方がいいだろうか。

沙千花が再び呼びかけたが、応答はなかった。


二階の教室に古畑の姿はなかった。念のためトイレを覗《のぞ》いてみたが、男子トイレ女子トイレどちらも無人だった。

北側の階段から三階に上がると、廊下は真っ暗だった。階段の灯りで壁のスイッチを見つけ、すぐに押したが点灯しない。暗い中で目を凝らすと、廊下の蛍光灯が全て取り外されていた。どの教室にも電気は点《つ》いていない。古畑の名を呼んでみたが、ここでも反応はなかった。

淳はペンライトを灯《とも》して廊下に向けた。床を照らしながら屈む。クリーム色の床に積もった埃には足跡が幾つも付いていたが、多すぎて何も分からない。都合よく一人の足跡だけ残っていたりはしないのだ。

焦りを覚えていた。鼓動がどんどん速くなっている。

「古畑さん」

呼び声は虚《むな》しく廊下に反響した。次第に早足になっていく。淳だけでなく沙千花も。

古畑以外に気がかりなのは硫化水素だ。このまま階段を上ってきたら、上階に充満したらどうしたらいいか。屋上に行けば助かる、などという保証はどこにもない。

急がなければならないが、急いでも無駄かもしれない。焦燥感と徒労感を同時に覚えながら先を急いだ。

廊下の手洗い場に並んだ蛇口から、ぴちゃんぴちゃんと水が滴っている。

教室の鍵は大半が開いていた。ドアが施錠されている場合でも窓が開いている。蛍光灯が取り外されていない教室は中に入って電気を点け、外されている教室はペンライトで照らしてそれぞれ確認する。埃の積もった床。倒れた椅子と机。淳は何度もくしゃみをしながら足を踏み入れ、物陰を確認した。

怖がってはいられない。そんな状況ではないはずなのに、ふと何かが目に留まるたびに怖気《おぞけ》が全身を這い回った。意味や経緯を勝手に想像してしまい、足が竦んだ。手足は汗が噴出しているのに、口の中は乾き切っている。喉《のど》の痛みは単なる乾燥のせいか、硫化水素のせいか。

錆だらけでひしゃげた掃除用具入れの、本体とドアの隙間。

外れかけたカーテンの膨らみ。

教室の一角に塔のように積み上げられた机。

ぶら下げ式の古い照明器具が、隙間風に揺れている。汚れた蛍光灯がピキンと音を立てて点滅する。

埃の上の足跡。箒《ほうき》か何かで掃いた筋。窓を打ち鳴らす雨の音。

黒板にうっすら残る、巨大な「さようなら」の文字。窓の桟には千切れた輪飾りがぶら下がっている。

音楽室の穴だらけの壁には、音楽家たちの肖像画のパネルが張られていた。

教室に入るのが次第に怖くなっていた。入ったら入ったで今度は廊下に出るのが怖くなる。ライトを向けた先に何者かが——知らない誰かが立っているのではないか。次の瞬間にはこちらに駆け寄ってくるのではないか。古畑を捜しているはずなのに、人を見つけ出そうとしているのに、人がいるかもしれないという予感に怯えてしまう。

わずかな物音が気になっていた。沙千花が動く度にシャリシャリとジャージが鳴る音が神経に障る。彼女が机に足をぶつける音も、靴がタイルを擦《こす》る音も、呼吸音さえも。

いつの間にか淳は足音を殺して歩いていた。息を潜めてさえいた。

「普通にしとったらええのに」

思わずそう毒づいてしまう。むしろ古畑には気付かれた方がいいのだ。気付いてもらわなければ困るのだ。

淳の口から舌打ちが漏れ、廊下に響き渡った。

「そうね」沙千花が振り返った。「話そう。淳さんはイタコって分かる？」

淳はうなずいてから、「うん、知ってる」と声に出した。

「宇津木幽子はイタコの娘なの。津軽《つがる》地方の巫女《みこ》の血を引いている。目が悪かったのはそのせいかもね」

「悪かったんや」

驚きの声を淳はあげる。テレビで観た限りではそんな風には見えなかった。

「向かって右の目は結構ぼやけてたみたい。亡くなる前はほとんど見えてなかった」

「せやから霊感いうか、神がかり的な物ありきで生きてはったんかな」

「かもね。母親――わたしの曾《そう》祖母とは色々あったみたいだけど、イタコという職業には敬意を払っていた。大変で立派な仕事だって」

「そうかあ」淳は彼女の後に続きながら、

「昔からおるもんなあ、恐山のイタコいうたら」

と言った。

頭の中に浮かんだのは麻生の顔だった。この手の話題は彼の領分だろう。古くから続く伝統、民俗。しかも超自然的な要素がある。彼なら夢中で語ってくれるに違いない。

南側の階段に辿り着く。電気が灯っていることが有難い。蛍光灯の無機質な白い光に安堵すら覚える。淳はペンライトを消し、沙千花が階段に足をかけた。

「いないよ」

出し抜けに彼女が言った。当たり前だといわんばかりの表情で、こちらを見下ろす。

淳は戸惑いながら、

「いや……おらんことはないやろ」

「イタコはね。でも〝恐山のイタコ〟が出てきたのなんて七〇年代、たかだか四十年前だから」

「うそ」淳は目を見張った。

「本当。そもそも恐山は仏教――天台宗のお寺が制定した霊山で、イタコは民間信仰のシャーマン。だから本来は関係ないの。ごっちゃになったのは国鉄のキャンペーンの結果よ。ディスカバー・ジャパンって分かる？」

「うん」

戸惑いながら一段一段、階段を踏みしめる。個人や家族での旅行を普及させるため、国鉄――今のＪＲが仕掛けた大規模な宣伝だ。新聞もテレビも当時は地方の文化や習俗を大きく取り上げていた。

沙千花はディスカバー・ジャパンについて、淳に簡単に説明してから、

「各地方のことが報道される時、目立つものが取り沙汰《ざた》される一方で細部は切り捨てられ、似たものは混同された。その結果どうなったか。〝都会から見た地方〟のイメージが固まったの。青森だろうと九州だろうと、都会じゃなければ何処もこんなもんだろうって大雑把な印象がね。違いはせいぜい暑いか寒いか、雪が降るか降らないかだけ。麻生さんが好きな土着とか土俗の原型よ。そういえば横溝ブームも七〇年代ね」

「……じゃあ俺らが持ってる、古くからの因習が残っておどろおどろしい、みたいな田舎のイメージって」

淳が戸惑いながらつぶやいていると、沙千花が「そう」と答えた。

「それ自体が現代の産物なの。恐山のイタコもそう。恐山は伝統的だしイタコは土俗的だけど、恐山のイタコは現代の職業よ。雑な報道で大勢の人が抱くようになった〝事実と異なる青森の巫女のイメージ〟を、イタコたちが取り込んで編み出した新しいタイプの巫女。数ある仕事の一つにすぎなかった口寄せに特化して、何の縁もない恐山菩提《ぼだい》寺を間借りしてね。心霊写真の鑑定やノストラダムスの大予言が流行《はや》ったのも同じ頃だから、宇津木幽子みたいな霊能者と恐山のイタコは同期みたいなものね」

かすかに笑みを浮かべる。蛍光灯の光で、頬のえくぼがくっきりと強調されて見えた。

「……だから宇津木幽子はイタコの娘だけど、恐山のイタコの娘じゃない。あの人はそこだけは厳密にしてた。ちょっとした仕込みに加担することはあっても、恐山のイタコの娘とは絶対に名乗らなかった。カメラの前でもね」

「そうなんや」

むう、と淳は唸った。少し考えて、

「そういうこと知ってたから沙千花さん、怨霊の正体に気付けたんちゃうかな」

と推論を述べる。

「かもね」

彼女はそっけなくうなずいて、殊更に溜息を吐く。

「でも怨霊はあの人の〝霊視〟がなければ生まれなかった。あの人が余計なことを言わなければ、この島の産廃はもっと早くに明るみに出てたかもしれない」

「どうやろう」と淳は首を捻《ひね》る。

「お騒がせよ。あの人は周りを振り回すお騒がせババア――」

沙千花が階段の真ん中で、ぴたりと足を止めた。手首の数珠に触れる。淳は踊り場から沙千花を見上げた。かすかに数珠を鳴らしながら左手を耳に当てる。仕草の意味するところを悟って耳を澄ました。

きりり、きい、きい……

奇妙で厭《いや》な音が上から聞こえた。

何の音かは分からない。想像も付かない。だが嫌な予感が膨らみはじめる。

沙千花が階段を蹴った。一気に駆け上がるが、やはりあきれるほど遅い。一瞬で追い越した淳は彼女の手を掴んだ。弾みでペンライトを取り落とす。

「急ごう。話の続きは落ち着いたら聞かせて」

淳は言った。沙千花が頷く。

足元のペンライトを拾い上げ、耳を澄ます。音は途絶えることなく聞こえている。聞けば聞くほど心が掻《か》き乱される。

淳は沙千花の手を引いて駆け出した。

五

四階の廊下も蛍光灯は全て外されていた。教室もすべて真っ暗だった。

手前から順番に教室を確認したが、古畑の姿はない。手洗い場の側を通り過ぎる。ペンライトを向けてみたが特に気になる物は見当たらない。向かって右端の蛇口からちょろちょろと水が流れているだけだ。

再び廊下にライトを向けた瞬間、

「はっ」

淳は息を呑《の》んだ。沙千花がびくりと身体を震わせ、数珠が微《かす》かに鳴る。

中央階段の正面にある、教室の前のドアが開いていた。耳を澄ますと、かすかに軋《きし》むような音が聞こえた。

きいい、きいい……きいいい……

音がしていた。

階段で聞こえたのと同じ音だった。

「ヒロくん」

沙千花が囁いた。ドアに近寄り、おそるおそる覗き込む。

きいい……

ペンライトの光の中に、襤褸《ぼろ》をまとった細い身体が浮かび上がった。

泥だらけで痩《や》せた二本の足が揺れている。並んで宙に浮いている。指先から落ちる水滴が、音もなく床と机を打っている。いくつもの机が床に倒れていた。積み上げたのを蹴り倒したのだ、と想像が付く。

古畑比呂が教室の真ん中で首を吊《つ》っていた。

細く絞ったカーテンを照明器具に引っ掛けている。髭と髪に隠れて顔は見えない。吊り下がった遺体が慣性で揺れ、きいきいと照明器具を鳴らしている。

数本だけ蛍光灯が取り付けられていることに気付き、壁のスイッチを押した。何度か点滅を繰り返して、教室がわずかに明るくなる。

淳は口を押さえた。ううう、と呻く声が指の間から漏れる。

教室の四方に、大量の〝くろむし〟が並んでいた。腰ほどの高さで、古畑を取り囲むように立っている。転がっているのは加工されていない木炭だ。

教卓には古びた包丁が置かれていた。

黒板には白いチョークでこう書かれていた。

〈さちか　さようなら〉

何度も繰り返し書いて太くした文字が、黒板いっぱいを覆っている。黒板の下、教壇に並んだ〝くろむし〟が白い粉にまみれている。

五つ目の霊魂が冥府に堕ちた。

予言が当たりかけている。

そう思った瞬間、背後でガタンと机が鳴った。

床に尻餅《しりもち》をついた沙千花が、あわあわと口を動かしていた。

「……ヒロくん」

自分を抱くように腕を身体に回す。数珠がじゃらじゃらと激しく鳴る。

唇が笑っているかのように引き攣っていた。

「なんで……なんでヒロくんなの？　分かってたの？　分かってたなら教えてよ。なんでもっと、もっと詳しく書かなかったの。ねえどうして」

「沙千花さん？」

淳は慌てて彼女の元に駆け寄った。

「お祖母ちゃん、次はどうしたらいいの？」

子供のような声。縋るような媚《こ》びるような口調。

異様な言動に淳は絶句した。肩を摑もうとして伸ばした手が止まる。

「お、お願い教えて、助けて。助けてよ。お、お……お祖母ちゃん、お祖母ちゃんお祖母ちゃん……」

沙千花はその場に丸くなった。お祖母ちゃんお祖母ちゃんと何度も繰り返す。次第に言葉が不明瞭《めいりょう》になり、やがて啜り泣きに変わる。

「ねえ、淳さんどうしよう」

出し抜けに沙千花が淳の腕を摑んだ。力いっぱい握り締める。ポロポロと涙を零《こぼ》しながら、彼女は早口で言った。

「あ、あと一人、もう一人死ぬよ。絶対に死ぬ。当たるもの。今回はきっと当たる。どうしよう。ねえ、どうしたらいいの」

「沙千花さん、落ち着いて」

淳の制止を無視して沙千花は話し続ける。いや――淳に話しているというより、勝手に口から言葉が流れ出ている。

「なんでこんな時にだけ当たるの？　淳さんどうしよう。予言なんて存在しないんじゃなかったの？」

「存在せえへんよ。するわけない。これは偶然や」

「違う！」

沙千花は唐突に叫んだ。顔からあらゆる表情が消える。裂けそうなほど見開かれた目で淳を見つめて、囁き声で話し出す。

「必然だよ。だってそうでしょ、わたしたちはみんなお祖母ちゃんの呪いに引き寄せられたの。予言に誘われてここに来た。お祖母ちゃんの言葉に吸い寄せられた」

　こちらが反論する前に、

「お祖母ちゃんが適当に口にした怨霊に囚われて、ヒロくんは島から出られなくなった。ううん、島を出るには死ぬしかない、そう考えて実行するくらい追い詰められた」

「沙千花さん」

古畑の遺体の揺れる音が絶え間なく響いている。

「島の人たちも言ってたでしょ？　産廃が出す硫化水素を怨霊って呼んでたら、仕方ないと思えるようになったって。あの人たちを島に縛り付けてたのは宇津木幽子の言葉よ」

口元を鼻水で光らせながら、

「だからあと一人死ぬ。六人死ぬの。ねぇ淳さん、誰だと思う？〈影の持つ血に染まりし刃《やいば》〉って何だろうね？　あそこにある包丁の――」

教卓に手を伸ばして立ち上がろうとする。

「落ち着いて」

淳は沙千花の肩を揺すった。

「予言なんかない。五人死んだから六人死ぬなんて有り得へん。沙千花さんが言うてたとおり、宇津木幽子に特別な力なんかない」

淳は淡々と告げた。当たり前のことをゆっくりと、子供に言い聞かせるように。

虚脱した沙千花の顔が少しずつ歪んだ。淳の腕からだらりと手を離す。

「ごめんね……頭おかしいでしょ、わたし」

がっくりと項垂《うなだ》れる。

「馬鹿みたいだよね」

淳は彼女の頭をそっと摑むと、胸に抱き寄せた。

「おかしないよ。俺も一瞬思たもん」

古畑の遺体を見上げて、

「いや――今もちょっと思てる。朝までにもう一人死ぬんちゃうかって、絶対ないって分かってても不安や。これが呪いってやつかな」

顔を上げた沙千花に淳は笑いかけたが、口元が引き攣っていた。

確かに不安だった。言葉にしたことで余計に心が掻き乱される。予言が頭から拭い去れなくなる。

〈我が命の絶えて二十年後　彼の島で惨劇が起こらむ〉

鮮明に記憶していることに今更のように驚き、慄然としてしまう。

〈怨霊の祟りか或いは報い　救いは涙の雨に阻まるる〉

謎めいた文言と現実が〝符合している〟と考えてしまう。こじつけているだけだと分かっていてもそうすることを止められない。

〈海の底から伸び出ずる手〉

春夫の遺体は海に浮かんでいるところを発見された。

〈生き血を啜《すす》る黒く長き虫〉

橘の遺体は〝くろむし〟に囲まれていた。

〈山肌を這い下りる死の手〉

ヨシロウとサナエは〝怨霊〟に殺された。疋田山を越えて下りてきた有毒ガスを吸い、命を失った。

そして古畑は自ら死を選んだ。怨霊が怨霊でないと分かったからだ。彼もまた〈死の手〉に導かれて死んだと言える。

いや、言えない。言えるわけがないのだ。

言える気がしたのは、予言を踏まえて現実を解釈しようとしているからだ。

宇津木幽子の言葉に呪われているせいだ。

〈影の持つ血に染まりし刃〉

愚かしい。くだらない。ただおどろおどろしいだけの無意味な文言だ。そう理解していても一笑に付すことができない。

万に一つも有り得ないと分かっていても、事実として未明から今に至るまで、既に五人が死んでいるのだ。

滅多に起こらないことが、とっくに起こってしまったのだ。

〈翌日の夜明けを待たずに　霊魂六つが冥府へ堕つる〉

ならば朝までにもう一人死ぬかもしれない。おそらく死ぬだろう。いや、きっと死ぬ。

死ぬに違いない。刃に切り裂かれて。

頭の中に馬鹿げた妄想を植え付けられていると、はっきり自覚していた。〈堕つる〉は誤りで、正しくは〈堕つ〉だと指摘することもできた。

それでも取り去ることができなくなっていた。

淳と沙千花は長い間、座り込んだまま身を寄せ合っていた。

遺体を下ろして床に横たえ、沙千花がカーテンをふわりとかける。

物言わぬ古畑の傍らに跪《ひざまず》くと、沙千花は彼の手を取った。白墨まみれの指にそっと触れ、次いで握り締める。数分前にようやく泣き止んだばかりだというのに、再び唇が震え出した。

「ごめんね……間に合わなくて。助けられなくて」

うう、と沙千花が呻いた。

淳は彼女の肩を抱き、黙って落ち着くのを待った。

空調が切られているせいで教室は蒸し暑い。こうしている間にも額に汗が滲《にじ》み服を湿らせる。にもかかわらず寒気を感じていた。頭の中には嫌な予感だけが渦巻いている。

聞こえるのは窓の外の雨音と、沙千花の押し殺した泣き声、そして掛け時計の音だけだった。黒板の上でチッ、チッ、と時を刻んでいる。微かではあるが確かに耳に届いている。ペンライトを向けると文字盤が浮かび上がった。

時計の針が四時を示していた。

信じられないほど時間が過ぎていた。日常とかけ離れた空間にいるせいで感覚が狂っているのか、全く気付かなかった。鼓動が身体の内側から耳に響く。泣く声も針の音も押しのけて、騒々しいほど大きく鳴っている。

夜明けが来る。

予言の示す〝期限〟が迫っている。

正確な日の出の時間は分からないが、この時期なら五時台だろうか。もっと早い四時台だろうか。だとしたらあと一時間もないかもしれない。違うとは言い切れない。検索して調べれば分かることだが意味はない。太陽は絶対に昇るからだ。朝は絶対に来るからだ。

まだ終わっていない。

予言は、完結していない。

そう考えずにはいられなくなっていた。

啜り泣きが少しずつではあるが収まっていく。

淳は黙って沙千花の背中を撫でていた。

あと一人。

そう言いそうになって慌てて飲み込む。仕舞い込んだ言葉が胸の内で暴れ出す。あと一人、もう一人、あと一人、もう一人。

夜明けまでに、あと一人。

朝が来るまでに、もう一人。

沈黙の中で徐々に焦りが芽生えていく。

教卓にそっと目を向ける。青白い光を受けた包丁の刃が鈍く輝いている。普段は炊事に使っているものを、自殺しようと用意したのだろうか。己の身体を切ったり刺したりはできず、最終的に首吊りを選んだ、ということだろうか。

古畑の苦悩は理解できたが、沙千花のようには悲しめないでいた。頭と心を占めるのは一つのことだけだった。

朝が来るまでにもう一人死ぬ。

いや、死ななければならない。

五人が死んだのは偶然ではなく、六人目が死ぬことは必然だ。

宇津木幽子がそう予言したからだ。

打ち消せない妄想が更に飛躍する。

誰が死ぬのだろう。

最後の一人は。六つ目の霊魂の持ち主は。

どのようにして死ぬのだろう。

いつの間にか包丁に目を凝らしていた。

ところどころ刃こぼれし、柄には白い粉が付着している。チョークだ。黒板の文字を書き終えた古畑は、まず包丁を摑んだのだろう。古畑が自らを殺めようと準備した道具。人を死に至らしめることのできる凶器。

「ありがとう、淳さん」

突然の声に我に返った。慌てて包丁から目を逸らす。

沙千花がふらりと立ち上がった。泣き腫らした目を拭って、ドアへと歩き出す。淳が声をかけようとすると、

「トイレ。顔洗ってくる」

沙千花は振り向かずに言った。

「俺も行くわ」

淳は早足で彼女に追い付いた。

長針がわずかに動き、短針と重なる。四時二十二分、いや三分か。

夜明けが近付いている。

もうすぐ誰かが死ぬ。誰か一人が死ぬ。死なない方がおかしい。きっと死ぬはずだ。死なないわけがない。なぜなら既に五人が死んだからだ。

妄想が頭と心を侵食している。妄想だと完璧に把握しているのに、どうにもできないでいる。

さりげなく教卓に手を伸ばし、包丁を摑んだ。

ポケットに仕舞う。

沙千花が項垂れながらドアをくぐった。淳はすぐ後に続く。

廊下をペンライトで照らしながら歩いていると、沙千花が淳を呼んだ。

「淳さん……あと少しで夜が明ける」

「え？　ああ、そうやろな」

戸惑いながら返す淳を見上げて、沙千花はかすれた声で言った。

「もし霊子さんがこの場にいたら、大騒ぎしてただろうなって。あと一人死ぬ、朝が来るまで用心しろって」

「ああ」

淳は簡潔に答えた。

「変なこと言ってごめんね。でも、もう霊子さんがあと一人殺すかもなんて物騒なことは考えてない。ううん、考えないようにしてる」

「そうなんや」

平静を装って返す。

どくどくと心臓が鳴っていた。息苦しさを覚えていた。

沙千花の言葉がますます心を掻き乱す。

まだ終わっていない。

成就していない。

もう一人死ぬ。

あと一人死ぬ。

何故なら宇津木幽子がそう予言したから。

北側の階段の手前に、男女のトイレが並んでいた。淳は奥の男子トイレのドアに手を掛け、「沙千花さん」と声をかける。

「トイレ出たら、とりあえず宗作に連絡するわ。そんで明るくなるまでここで大人しくしとこう。予言とか関係なしに、下手に出歩かん方がええやろしな」

淳の言葉に、沙千花は「うん」と小声で答え、手前の女子トイレのドアをくぐった。

まだ終わっていない。

予言は、きっと当たる。

あと一人死ぬ。

ならば。

大切な人が死ぬくらいなら。

であれば。

誰かに殺されるくらいなら。

いっそのこと――


ぱあん、と銃声が鳴り響いた。


「どないしてん！」

淳は女子トイレのドアを乱暴に開けた。

倒れている沙千花に気付く。

黒いナイロンジャージ、ひしゃげた団子頭、白い頬に張り付いた後れ毛。

うつ伏せの顔の下、薄桃色のタイルは赤い液体で濡れていた。

ひゅうひゅうと風のような音が聞こえている。

淳は沙千花の身体を抱き、仰向けにしたところでぴたりと動きを止めた。

淳の掌《てのひら》と手首が赤く濡れていた。

辺りには硝煙と血のにおいが立ち籠めている。

沙千花の胸と腹がぬらぬらと照り光っている。胸の染みの真ん中には小さな穴が開き、腹の布地は切り裂かれて真っ赤に染まったTシャツが覗いている。

淳は声もなく傷口を見つめていた。

胸を撃たれ腹を裂かれた沙千花が、半開きの目で淳を見上げていた。

六

「またですか」

一一九番に電話して「事件です」「人がお腹を刺されました」「霧久井島の廃校です」と端的に伝えると、応対した係員はそう答えた。諦めと悔しさが言葉の端々から滲み出ていた。

来られないのだろう。

予想していたとおりだった。

「……なるべく早く向かいます」

係員の感情を殺した声が、冷たく耳に響いた。「お願いします」と返すことしかできなかった。

通話を切った直後に携帯が鳴った。宗作からだ。淳は携帯を掴んだ。血に濡れた指で触れたせいで、液晶画面に赤い指紋が幾つも浮かび上がる。携帯を耳に当ててすぐ、淳は口を開いた。

「古畑さん、自殺してはった」

「えっ」

「その後で沙千花さんが撃たれて刺された」

淳は上ずった声で事実を伝える。

「嘘だろ！　どうなってるんだよ！」

宗作の怒鳴り声が携帯から飛び出し、トイレに反響した。女性の悲鳴が混じる。晶子か、それとも霊子か。

淳の腕の中で沙千花が咳《せ》き込む。真っ白な顔に苦悶の表情を浮かべている。

「撃たれて刺されたって何だよ!?　意味が分からないぞ！」

宗作が喚いている。完全に混乱している。

最小限のやり取りを済ませて通話を切ると、淳は彼女を抱きなおした。

「しっかり。一一九番したし、宗作たちにも伝えたから」

どちらも無駄だ。思わず唇を噛む。沙千花はぼんやりと淳を見上げている。

「と、とりあえず下に連れてくわ。毒ガス来てないみたいやし。痛かったら言うて」

「……い」

「え？　何？」

「淳さん」

かすれた声で沙千花は淳を呼んだ。顔をしかめると、

「もういい。助からない」

弱々しく、それでいてきっぱりと言った。

「分からんやろ。まずは助かろうって気持ちが」

淳は慌てて返したが、途中で言葉に詰まった。

「無理よ」彼女は力なく微笑んで、「霊魂六つが、冥府に……わたしが最後、六人目」

と言った。

目眩《めまい》を覚えていた。彼女の言葉が思考を掻き乱す。

沙千花はこの期に及んで予言のことを考えている。祖母の出鱈目《でたらめ》な詩と自分の死を結び付け、受け入れようとしている。呪われたまま死を迎えようとしている。

愚かしいとは思えなかった。異様だとも感じなかった。ただ憐憫と悲しみと、申し訳ない気持ちだけが胸に込み上げる。

淳は沙千花の腹に手を当てた。切り裂かれたジャージの上から、そっと力をこめる。

圧力をかけると止血できる、とテレビで観た記憶があった。

うっ、と沙千花が眉根《まゆね》を寄せた。左手で淳の手首を摑む。

「生きることだけ考えて。今はそれ最優先や」

そんな言葉が淳の口から出ていた。かすれて裏返った声だった。

沙千花はいやいやをするように首を振った。ついさっきよりも更に顔が白い。

「予言なんか絶対外れるって。助かるに決まってる。治って笑ったったらええねん。そのために来たんやろ。また外れたって馬鹿にしに、全国回ってんねやろ」

彼女の発言を踏まえて淳は言った。続けざまに並べ立てる。

「まだ予言たくさんあるやろ。次の予言が外れるんも、その次の予言も確かめなあかんやろ。なんなら一緒に確かめに行こう。二人で。二人だけで。な？　せやから生きろ」

「……百三十六歳」

「は？」

沙千花は唇を歪めると、

「次の、特定できる予言。二一二三年に、富士山《ふじさん》が、噴火するんだって。わたしが生きてたら、百三十六歳」

寝言としか思えないことを口にする。

「だから、は……外れるのを、確かめられるのは、これが最後で」

数珠に目を向ける。数珠は蛍光灯の光を受けて鈍く輝いている。

「もう、こんな馬鹿やんなくていいんだって、思ってた、けど」

彼女の両目が潤んだ。鼻水が唇を濡らす。

「……こうなるなんてね」

と、右手で数珠を摘《つま》む。

淳の手が真っ赤に染まっていた。ジャージの染みは胸と腹だけでなく腰にまで広がっている。血は全く止まっていないのだ。

「淳さん」

「なに」

「淳さん」

沙千花がわずかに語気を強め、こちらを睨み付けた。食い縛った歯が赤く濡れている。

「わたしは淳さんって、い、言ったの」

「ごめん、沙千花さん」

淳は答えた。「何、どないしたん」と続けて問いかける。

「……数珠、外して」

沙千花の目から涙が溢れ、頬を伝った。

「死んだら外して。捨てて。お願い」

声がどんどん弱々しくなっていく。ゆらゆらと瞳《ひとみ》が揺れている。

「沙千花さん、あかん――」

「わたしは死ぬよ。死んだお祖母ちゃんの、言葉で。呪いで」

沙千花は呻きながら身体を起こした。淳の頭を摑み、鼻先に顔を近付ける。

「淳さんは……今のうちに、生きてる、うちに、ね」

そう囁くと、淳にもたれかかった。ふううう、と長い息を吐く。

「沙千花さん？」

淳は訊ねて彼女の身体を揺すった。何の反応も示さない。呼吸をしていない。呼びかけても答えない。そっと引き剝がすと、沙千花は目を閉じていた。口から血が溢れ、顎《あご》から首へと流れていく。淳のTシャツが赤く染まっていた。

淳が何度呼びかけても、彼女は返事をしなかった。頰を叩いても目を開けず、顔をしかめもしない。息を吹き返すこともなかった。

沙千花が死んだ。

これで予言が的中した。

宇津木幽子の予言したとおり、二〇一七年八月二十五日から翌日未明にかけて霧久井島で六人が死んだ。

彼女の言葉から生まれた怨霊に縛られ島から出られなくなった古畑と、彼女の言葉に搦《から》め捕られて彷徨《さまよ》い続けた沙千花と。友人を励ますためこの島への旅を計画した春夫も、産廃と硫化水素から目を背け続けた橘巡査も、ヨシロウも、サナエも。

こじつけるまでもなく語呂《ごろ》合わせしなくとも、事実が予言どおりになった。

膨大な差異を全て無視できるほど、決定的な部分が一致した。

「沙千花さん……」

淳は血まみれの沙千花を抱きしめた。

女子トイレに淳の啜り泣きが響く。時折嗚咽《おえつ》が交じる。腸《はらわた》が千切れそうなほど苦しくなっていた。世界はこの狭く古い女子トイレ以外に存在しない。このトイレの外には誰もいない。そんな突き放されたような感覚に囚われる。

しばらくの間、淳は泣き続けた。

嗚咽が治まり、しゃっくりだけになった頃、沙千花の変化に気付く。

顔が変わっていた。真っ青な顔は更に青く、厚みがなくなっているように見えた。春夫の遺体を見たときと同じ感覚。現実感が伴わない。

淳は沙千花の身体に手を回し、手首から数珠を抜き取った。大きく息を吐く。

ターコイズブルーの数珠はプラスチック製の安物で、幾つかの珠《たま》は欠けていた。

数珠を自分の手に絡めると、淳は顔を上げた。

すぐ近くの床に拳銃が落ちていた。その隣には血に濡れた包丁。銃身と切っ先が偶然にも平行に並んでいる。まるで儀式のように整然と。

血の臭いが立ち籠めていた。

沙千花を抱いたまま、淳は携帯の液晶画面に触れた。

「もしもし？」

宗作の声がスピーカーから響いた。様子をうかがうような、心配そうな声。背後で環境音が響いている。雨音、そして草木の鳴る音。淳は暗い窓をぼんやりと見つめながら、

「沙千花さん、亡くなったわ。助けられへんかった」

事務的に告げる。

くそっ、と宗作が毒づく声がした。ばさばさと激しく鳴るのは、草木を蹴る音だろう。宗作が「すまん」とつぶやいたところで、淳は訊ねた。

「今どこにおるん？」

「実は今そっちに向かってるんだ。毒ガスは大丈夫そうだって、島の人たちは言ってる」

須永と伊庭を合わせて三人で下山しているという。

「そうか……」淳は気の抜けた返事をすると、「四階の女子トイレにおるわ。電気点いてるから分かると思う」

「淳」

「訳分からんやろ」

「ああ、何が何だか。古畑って人は自殺したんだろ。沙千花さんがその……生きていた頃に」

「おお」

「だったらそこには淳たち以外、誰もいないはずだ」

「うん」

「……どうなってるんだ」

宗作は困り果てた声でつぶやいた。

「事故かと思ったら殺人で、怨霊かと思ったら毒ガスで、そしたら今度は誰もいないところで、沙千花さんが殺された」

淳は答えなかった。

携帯から聞こえる宗作のかすかな声を聞きながら確信していた。上司たちのパワハラに呪われていた彼だが、今は立ち直っている。他の何かに呪われてもいない。

だから戸惑っている。沙千花が何故殺されたか分からないでいる。しかし――

「おい淳、大丈夫なのか?」宗作が慌て始める。「そこは安全じゃないだろ。誰がやったかは知らないが、沙千花さんを殺したんだろ? 淳の身の安全も、それに」

「大丈夫や」

きっぱりと淳は答えた。ピストルと包丁を眺めながら、

「もう誰も殺されへん」

「な、何を根拠に」

「予言や。宇津木幽子が言うてたとおり六人死んだ。せやからこれ以上はない。まあ、偶然誰かが死ぬってこともあるかもしれへんけどな」

「いやあの、淳、悪いけど意味が」

「とりあえず来てくれ。待ってるわ」

淳はそれだけ言うと、通話を切った。

途端に重々しい沈黙が、女子トイレに立ち籠めた。

足音が遠くから響き、徐々に近付いてくる。複数人いることが分かる。宗作たちだ。淳が電話を切ってから三十分ほど経っていた。

廊下を歩く音が迫り、ドアがそっと開く。髪を濡らした宗作が淳を見るなり目を見張る。その後ろで須永と伊庭がたじろぐ。

淳は沙千花の遺体を抱いたままだった。彼らが来るまでの間、その場を動かず待っていた。Tシャツもハーフパンツも血まみれで、早くも茶色く乾き始めている。

「……淳」

「ここに寝かすわけにはいかんから」

「いや、そうかもしれないけど」

「宗作」淳は宗作の方を見ずに、「すまんな、今まで長いこと迷惑かけた。春夫にもやけど」と言った。

複雑な表情を浮かべる宗作に、

「それもたぶん、終わるわ」

淳は手首の数珠を示してみせた。

束の間だけ躊躇《ためら》って、宗作はトイレに入ってきた。伊庭、須永が後に続く。

「……そういうことなんか」

床に落ちた拳銃とナイフに気付いて、伊庭がつぶやいた。須永が大きな目を更に見開いて、「何でや」と呻くように言う。

「何があってん」

淳は振り返って須永を見上げると、

「古畑さんが自殺したからです」

「な……何でヒロが死んだら、その子を殺さなあかんねん」

意味が分からない、と言わんばかりに顔を突き出す須永に、

「あと一人になったからです」

「はあ？」

淳以外の全員が訝《いぶか》しげに顔を歪める。

「古畑さんが亡くなりましたよね？　せやからこれはあと一人死ぬなって思たんです。宇津木幽子の予言どおり」

「何を言うてんねん」と伊庭が声を張る。

「せやから予言です。どうしても突っぱねられへんかった。それが呪いやって沙千花さんも言うてました。おかしいと分かってても振り払えんのが呪いやって。それで――」

「うるさいぞ」

ぴしゃりと淳が遮った。

淳に黙らされた。

あまりのことに言葉を失ってしまう。

淳は数珠を、次いで宗作たちを見つめて、

「今日この島で、朝までに六人死ぬ――宇津木幽子は死ぬ前にそう予言した。そんで実際に五人死んだ。あと一人死ぬかもしれん。それは自分かもしれんし、自分にとって一番大事な人間かもしれん。そんな妄想に取り憑《つ》かれた人間がおるんです。そんで導き出した結論がこれや――自分の手で誰か一人殺したら、もうそれ以上死ぬことはない」

くるりとこちらに向き直ると、

「おかんはそう考えて、沙千花さんを殺したんです」

そう言って、まともにわたしを見た。

七

須永の黒い顔から血の気が引いた。唇を震わせて、「無茶苦茶や」とつぶやく。

「麻生さんとこで会うた時から何やけったいやな思てたけど、そんな理由で人まで殺すんか？　そこまで頭おかしいんか？　兄ちゃんのお袋さんは」

淳に話しかけながら、ちらちらと何度もこちらを――わたしをうかがう。

「殺しましたよ」

「は？　あのな」

「殺すしかないって思たからです。嘘は吐いてないです。ほら見てください、沙千花さんは死んでる――」

「おかん、黙ってくれるか」

淳が口を挟んだ。さっき黙らされた時よりずっと重く、冷たい声だった。

「で、でも淳」

「黙れ！」

言うなり淳は携帯を床に叩き付けた。

パン、と弾けるような音が耳をつんざく。思わず身を竦めて後ずさる。後頭部をぶつけた窓ガラスが、ガタンと大きく鳴った。

「……いつもそうや。今までずっと」

淳は吐き捨てるように言った。目を合わせずに、床のタイルを見つめながら、

「俺が訊かれたことを俺より先に答えて、俺が人と話してる最中に平気で割り込んできて、常に後ろ付いて来て」

「そんなん普通やんか」

「普通ちゃう」

「でも宗作も春夫も」

「二人が特別なんや。普通ちゃうけど付き合うてくれてたんのがその二人や。今は……

一人になってもうたけど——

悲しげな目で宗作を一瞥《いちべつ》する。宗作は黙って淳を見返していた。

確かに彼はずっと、淳とわたしに付き合ってくれていた。わたしを労《いた》わってくれてさえいた。

伊丹駅前の喫茶店で、三人で久々に会った時も、彼は厭な顔をしなかった。H——駅に向かう電車では優先席に案内し、座らせてくれた。淳と話す彼に感謝しながら、彼の顎鬚《ひげ》を見上げていたことを思い出す。島に着いてすぐ、彼は自販機で飲み物を買って、わたしに振る舞ってくれたりもした。

春夫も大切な理解者だった。家に招いてくれた時は、わたしも参加できる——四人で遊べるゲームを提案してくれた。宿も四人で予約してくれていた。

淳は再び話し始めた。

「赤の他人は変やと気付いても、大多数は適当にあしらって終《しま》いや。客商売の人やったら尚更《なおさら》やろ。たまに皮肉言うてくる人はおるけどな。けったいな客やとか面白グループとか、強力な守護霊に守られてるとか、仲睦まじいママさんと息子さんとか」

須永と霊子の言葉だ。

気付いてはいた。揶揄《やゆ》されているのは知っていた。だが感情的になることはもうない。世間に奇妙だ、異様だと見なされることにはすっかり慣れている。サナエに宇津木幽子とその撮影スタッフに間違われた時はさすがに面食らったが、周囲の反応を受け流すのは容易《たやす》い。

もう三十年近く、淳とこの距離でいるのだ。

あの男と離婚してから、ずっと二人でこの関係と生活を続けているのだ。

「おかんを突っ撥ねたんは沙千花さんだけやった。自分のことでどんだけ大変でも、死ぬ間際でも、俺と話そうとしてくれはったんや。おかんを受け流した気でおるけど、実際は雁字《がんじ》搦《がら》めの俺とな」

淳は遠くを見た。唇を噛んでいる。

わたしは沙千花のことを思い返していた。淳の抱いている彼女が、わたしに対してどう振る舞っていたかを思い出していた。

そうだ。淳の言うとおり、彼女はわたしを突っ撥ねた。淳へ向けられた言葉にわたしが答えると、彼女はそっけなく受け流すか、念を押すように淳の名前を呼んだ。お前と話しているのではない、そう言わんばかりに。

奇妙で仕方なかった。今も不思議だ。

わたしが答えようと淳が答えようと何も変わらないのに。

事実関係はもちろん、ずっと側にいる息子が思っていることと考えていることなど、手に取るように分かるのに。

もちろん淳とわたしが一心同体などというつもりはない。わたしと淳の人格は別物だ。お互い理解できるだけで混同してはいない。

わたしの心理や感情、思考は淳のものではない。

淳の心理や感情、思考はわたしのものではない。

常にそう意識している。注意を払っている。人生のあらゆるページにおいて、わたしは常に淳と自分を分けている。最適な距離を保っている。

行動は言わずもがなだ。いくら親密な関係とはいえ、自分と息子の行動をごっちゃにするわけがない。遠藤晶子と伸太郎のように密着したりもしていない。わたしたちはあんな気持ちの悪い親子とは違う。

だが淳の苦しみや悲しみは痛いほど分かるし、淳が傷付くのは見ていられない。

ましてや淳が死ぬなど耐えられない。だから。

「わたしは沙千花さんを殺しました。そうすれば淳は死なない。六人死んだらそこで定員や——そう思たからです」

自然とそう口にしていた。

「勿論《もちろん》おかしいですよ。そんなことは分かってます。でもやらな気が済まへんかったんです。沙千花さんが女子トイレに入ったところを、拳銃で撃ちました」

わたしは思い出していた。

一階で沙千花を抱え上げた時、淳が取り落とした拳銃。それを拾い上げて、ずっと携帯していた。

「それから包丁で刺しました」

教卓にあった古畑のものと思しき包丁を、トイレに向かう前、教室を出る時にさりげなく手に取った。予言の記述に従った方がいい。〈影の持つ血に染まりし刃〉に沿うなら、刃物で刺しておいた方がいい。そんな気持ちからだった。淳も沙千花も、わたしが包丁を持ったことに気付かなかった。

床に転がった包丁。その刃を染める沙千花の血を見るともなしに見ながら、わたしは言った。

「罪を犯したんは分かってますよ。しかるべき裁きは受けます」

心残りはない。ただ、淳と離れなければならないことだけが辛い。

「淳」

わたしは久々に、淳に向かって呼びかけた。自然と足が前に出る。伊庭と須永がほとんど同時に後ずさった。わたしを見て慄《おのの》いている。

宗作がふらりと大きくよろめいた。口元を押さえ、すぐ側の洗面器に手をつく。咄嗟に走り寄って呼びかける。

「宗作」

彼は怯えた目でわたしから離れた。

「どないしたの」

「……た」

「え？」

「もっと早くに何とかしておけばよかった」

宗作は不可解なことを口にした。

早くにとは何だ。何とかしておくとはどういうことだ。

「淳が悪いわけじゃない、だから受け流そう、淳とは友達として付き合おう。そう春夫と二人で何回も……もっと正面から、おかしいって言っておけば、沙千花さんは」

涙を流し、髪を掻き毟《むし》る彼に、

「ええよ」

淳が声をかけた。

「俺が悪い」

身体を捻ってわたしたちを見上げる。

「俺がおかんからさっさと逃げ出してたら、こんなことにはならんかった。生きてる人間の呪いからは逃げられるのに、ずるずると何となく、騙し騙し、適当に、この島の人らみたいに」

腫れた目が再び潤む。

「俺が殺したようなもんや。それやのに沙千花さんは、し、死ぬ瞬間まで、俺を……」

言葉が途切れた。亡骸《なきがら》を強く抱いて、淳は声もなく泣いた。

エピローグ

「だってわての御祈《き》禱《とう》、とてもよく利くのんよ」

――横溝正史『獄門島』

窓の外がいつの間にか明るくなっていた。

騒々しいプロペラの音、船のエンジン音が港の方から聞こえてくる。警察か海上自衛隊のヘリコプターと船だろう。一睡もせず夜を明かした淳たちは、それを合図に固まった身体を動かした。

午前六時になっていた。雨は止み、海も凪《な》いでいた。

「沙千花様っ！」

黒い遺体袋に入れられ、自衛隊員二人の手で校舎から運び出された沙千花に、霊子が駆け寄った。がばりと勢いよく取り縋《すが》る。夜明けとともに島民たちと下山していたのだ。

自衛隊員が諫《いさ》めるが全く聞く耳を持たず、霊子は黒い袋に顔を埋《うず》めた。

「何でよ！　何で！　予言なんかあるわけないって言うてはったやんか！」

子供のように泣き喚《わめ》く彼女を、迷彩服の自衛隊員が三人がかりで引き剝《は》がした。腰の痛みなど感じなくなったのか、霊子は隊員たちを振り払い、突き飛ばし、怒鳴りつける。毛布を身体に巻いた宗作が、校庭の隅でその様子をぼんやり眺めていた。淳はその傍らに立っていた。自衛隊員と警官たちが、校舎の正面玄関を出入りしているのを、黙って見つめていた。

石垣に目を向けると、麻生夫婦が歩いていた。大きな腹を抱える栞。麻生がその肩を抱いて、港の方に向かっている。遠藤親子が恋人のように抱き合いながらその後に続く。更にその後を、島民たちがよろよろと歩いていた。自衛隊員が彼ら彼女らの間を縫うように走っている。

すぐまた遺体袋に視線を移してしまう自分に気付いて、淳は戸惑った。袋の中にあるもの、いや――いる人について、反射的に考えてしまう。あれほど泣いたのに再び悲しみが胸を掻《か》き乱し、切り裂く。瞬時に呼吸が苦しくなる。

何も植わっていない花壇の前で、霊子が大柄な自衛隊員の胸に顔を埋めて泣いていた。

「……落ち着いたか」

宗作の問いかけに淳は首を横に振った。少し考えて、

「全然。表に出してないだけで、気持ち的には霊子さんと一緒や」

と、自分で言葉にする。

沙千花が死んだことが、ただただ悲しかった。

この場にいないもう一人のことが頭に浮かんだ。警察に事情を説明し、慌ただしくなってとりあえずここに移動して、それから――

宗作が口を開いた。

「お袋さん抜きで顔を合わせるのは久々だな。社会人になってから初めてじゃないか？」

ぶるりと身震いする。

「妙な気分だよ。お袋さんのいないところで淳と話すのが、悪いことのような気がしてな。全然そんなことないのに」

「すまん」

淳は心から詫《わ》びた。自分の家族の問題に何十年も付き合わせた友人に、初めて正面から詫びの言葉を口にした。

白い小型艇が何艘《そう》も桟橋に付けていた。

あの船のどれかにいるのだろうか。淳の心がざわざわと音を立てる。既に警官たちに連れて行かれたのだろうか。それともまだ校舎内にいるのだろうか。

自分の母親、天宮敏江《としえ》は。

宇津木沙千花を殺した犯人は。

心の中で春夫にも詫びる。宗作はもちろんだが、春夫にも長い間、ずっと迷惑をかけてきた。気を遣わせてきた。二人とも何食わぬ顔で接してくれていたが、やはり負担だったに違いない。今回も本当は淳の母親など、連れて行きたくなかっただろう。

実家に戻ってきた春夫が、宗作について電話してきた時のことを思い出していた。電話に出たのは淳の母親で、春夫は明らかに戸惑っていた。電話口から聞こえる声はごく自然だったが、内心ではどうだったのだろう。携帯まで母親に管理されているのかと呆《あき》れ、憐《あわ》れんでいたのではないか。

この島への連絡船で春夫と宗作の後ろの席に、母親と並んで座っていたことも思い出していた。母親がいなければ当然、三人席に三人で掛けていただろう。民宿に泊まる時も一部屋で足りただろう。

（ますます盛り上がってきたな、楽しみやわ）

乗船間際に沙千花を助けた時、春夫が口にした言葉が頭に浮かんだ。単なる冷やかしにも聞こえるが、含みがあるのはすぐ分かった。直前まで立て続けに不穏なことが続いたのを指して、彼は「盛り上がってきた」と喜んでいた。つまり淳が沙千花と出会ったこと、手を繋《つな》いだことも「不穏である」と見なしていたのだ。母親が「人助け」とそっけなく言っていたせいもあるだろう。

見ず知らずの女性と関わると、淳の母親が機嫌を損ねるのではないか。あるいは既にご機嫌斜めなのではないか。果たしてこの先どうなることやら――春夫が言っていたのは、つまりそういうことだ。

（言うたよ。友達だけで楽しんで来いって）

これも春夫の言葉だ。厳密には交際相手である藍ちゃんの言葉を、春夫が自分たちに伝えたものだ。あの時の春夫の表情、口調。

その直後、彼女を作れと面倒なことを言ってきた母親に淳が声を荒らげた時の、春夫の気まずそうな顔。

二度と会えない親友のことを、淳は考えていた。心の中で悔やみ、謝り続けていた。

背の低い制服警官が三人、こちらに近付いてきた。船に来い、本土の警察署に連れて行く、船内で事情聴取をさせろ——といった意味のことを穏便に、協力を要請する体で言う。淳と宗作は力なくうなずいた。

校門を抜けて港へ向かって歩いていると、背後が騒がしくなった。そう思った直後、

「淳!」

聞き慣れた声がして、淳は振り返った。

年老いた女性がいた。たしか今年で六十七歳になる、細身の女性。

警官に左右から挟まれるようにして、淳たちのもとに歩み寄る。紺色のゆったりしたスラックス、白い半袖《そで》ブラウス。短いグレーの髪と皺《しわ》だらけの顔が、朝日に照らされている。枯れ木のような腕に紺色の布が掛かっていた。

淳の母親、天宮敏江が安堵《あんど》の笑みを浮かべて歩いていた。

島民たちがスマートフォンやタブレットをかざし、その様を写真に収めている。液晶モニタ越しに好奇の目を母親に向けている。

無意識に立ち止まっていたことに、淳は気付いた。

「ごめんね、淳。宗作も」

殊更に悲しげな表情を見せると、彼女は淳のすぐ前で立ち止まった。淳の胸に鼻先が付きそうなほどだ。近すぎる、と淳は改めて思った。瞬間、ぶるっと大きく身震いする。近いと思っても、思い続けていても、自分は今まで何もせずにいたのだ。ずっと放置していたばかりに、一人の女性の命を奪ってしまったのだ。

「しばらく一緒におられへんなるけど、我慢してな」

母親が淳を見上げて言った。

宗作が顔を歪《ゆが》め、目を逸《そ》らす。

「悪いことしたんは分かってんねん。沙千花さんのこと、可哀想や思てるよ。淳に似てるとこもあったしな。でも」

ちらりと校舎の方を見遣ると、

「朝までにあの場で殺せるん、沙千花さんしかおらんかったから。あの子とおんなじように、わたしも宇津木幽子の予言に囚《とら》われてもうたんや」

当然のことのように説明する。

呪いだ。沙千花の言うとおり、この島での惨劇は、全て宇津木幽子の言葉が引き起こしたものだ。

彼女の予言のせいで殺人を決意した母親が、彼女の言葉にだけ拠《よ》り所を求めて彷徨《さまよ》い続けていた沙千花を殺した。彼女の言葉から生まれた怨霊《おんりょう》に縛られ、島から出られなくなった古畑は自ら命を絶った。怨霊を隠れ蓑《みの》に産廃と有毒ガスから目を背け続けた橘巡査も、ヨシロウもサナエも死んだ。

そして彼女を懐かしみ、この島への旅を計画した春夫も。

全てが宇津木幽子とその言葉に結び付いてしまう。宇津木幽子を軸に六人の死を意味づけてしまう。予言が当たった。そう思ってしまう。

「でも、やってよかったと思うよ。ほら、淳が死なんで済んでんねんから。な？」

母親がどこか誇らしげに言うのを聞いて、淳は我に返った。今際《いまわ》の際の沙千花の言葉を思い出す。頭の中で渦巻いている思考を、妄想を振り払う。

小さく深呼吸して、淳は口を開いた。

「俺のせいや」

「え？」母親が曖昧《あいまい》な笑みを浮かべる。

「沙千花さんが殺されたんは、俺のせいや」

「な、何を言うてるの」

「よ……」淳は意を決して、一息に言った。「予言のわけがあるか。宇津木幽子の呪いのわけがあるか。いつまで経ってもおかんの束縛に付き合《お》うとった、俺のせいで沙千花さんは死んだんや。お前みたいな頭おかしい奴をずっと連れてたからや」

母親が絶句した。

目を見開いてわなわなと震え出す。

淳は両隣の警官たちに「長話してすみませんでした」と詫びた。それを合図にするかのように、警官たちは歩き出した。引っ張られた母親の顔が引き攣《つ》る。

「じゅ、淳」

淳は母親を睨《にら》み付けて、

「話しかけんな」

と冷たく言い放った。警官に連行されながら、母親は何度もこちらを振り返る。

「冗談やろ？　ちょっと意地悪したなっただけやろ？　あんたほんまは優しいもんなあ。宗作追っかけて階段上る時も、わたしのペースに合わせてゆっくりしてくれてたもん」

あの時はまだ今のような心境ではなかったのだ。

「わたしも優しゅうしてあげてたやんか。宗作をおんぶしてる時、誰が傘差してあげてたと思てんの？　学校の四階でライト照らしてたんは？　なあ！」

口調がみるみる刺々《とげとげ》しくなっていく。怒気を帯びて濁っていく。

「宗作、宗作も何か言うたってや。今までどおりで何の問題もないって、淳に言うたってや、なあ、なあて、宗作」

俯《うつむ》いたまま宗作は何も答えない。反応もしない。

「淳！　お前もか！」

母親がついに怒鳴った。警官の手を振り解こうとして、左右から押さえ付けられる。

血走った目はつり上がり、獣のように歯を剥《む》いている。

「お前もあの男みたいに逃げるんか！　今まで世話したったわたしから離れるんか！　くそ！　離せ！」

父親を憎んでいるのは母親だけだ。自分は何一つ悪い感情を持っていない。捨てられたとは考えていない。むしろ憐《あわ》れんでいる。母親のいないところで、幸せに生きてくれていればいい。そう願っている。

安月給、頼りない、不甲斐《ふがい》ない——

家にいる間、父親はずっと母親に陳腐な罵倒をされていた。そんな父親のことを、淳はずっと気の毒に思っていた。幼い頃、酔って小突かれたことが一度だけあったが事故のようなもので、しかもすぐ泣いて謝られた。淳は何一つ気にしなかったが、母親は針小棒大に騒ぎ立てた。

「お前も所詮はあの男の子供やったんやな、淳！　淳！」

母親はまだ喚き続けている。淳は古い記憶と感情を思い返す。

父親が家を出た時、淳は心の底から安堵を覚えた。もう母親が父親をなじるのを聞かなくて済む。黙って耐えている父親の顔を、仕草を見なくて済む。自分なら平気だ、きっと上手く受け流せる。そう思っていた。

「何か言え！　淳！」

淳は暴れる母親に背を向けた。警官たちの視線を感じながら、黙って集落を見つめる。

母親の悲鳴と呪詛《じゅそ》の声が、次第に遠ざかって聞こえなくなる。

「ようあんなんと一緒におったな」

島民たちの中から声が上がった。呆れるような蔑《さげす》むような声だった。警官が声のした方を睨み付ける。宗作が暗い顔で淳を見ていた。

桟橋に差し掛かったところで、淳は足を止めた。「すみません、ちょっとだけ時間ください」と警官たちに言って、左手首に嵌《は》めていた数珠《じゅず》を掴《つか》む。

幾つかの珠《たま》は欠け、いくつかは罅《ひび》が入っている。房を指先で摘《つま》み、少し力を入れただけで白と青の糸が音もなく抜けていく。

沙千花のことを考えていた。

こんなものすら捨てられずにいた、沙千花のことが頭から離れなくなっていた。

いや——離してはならない。忘れてはならない。自分はこれからもずっと、沙千花を死に追い遣った罪を引き受けなければならない。

血まみれで倒れている彼女の姿が脳裏をよぎった。

彼女が死の間際にかけてくれた言葉を思い出す。自分が彼女にかけた言葉も。

二人で。二人だけで。

無意識に出た言葉だった。あの時既に、自分は呪縛から抜け出す寸前だったのだ。母親から逃げ出そうとしていたのだ。

沙千花のおかげで。沙千花の命と引き替えに。

そうまでしてもらわなければ、自分は逃げ出せなかったのだ。

数珠とそれを握る手が、涙で滲《にじ》んだ。

「どないしたんですか」

警官の一人が訊《き》いた。ごく普通の口調なのに、「早くしろ」と言っているのが即座に読み取れる。手前の船の前で宗作が心配そうに見つめている。

「約束を——遺言を守るんです」

淳はそう言うと、数珠を両手で引き千切った。

弾け飛んだ珠のいくつかは足元に散らばり、いくつかは海に転がり落ちる。別の警官が「あ、こら」と声を上げる。淳は構わず、手の中に残った珠を放り投げた。

珠は弧を描いて濁った海に次々落ち、すぐ見えなくなった。

白上矢太郎へ

〈参考〉

・宜保愛子鑑定『心霊写真4大百科』（勁文社）
・ナイトメア叢書⑤『霊はどこにいるのか』（青弓社）
・大田俊寛『現代オカルトの根源』（ちくま新書）
・森達也『オカルト』（角川文庫）
・本城達也「超常現象の謎解き」（www.nazotoki.com）
・佐藤愛子『私の遺言』（新潮文庫）
・カベルナリア吉田『驚愕の日本がそこにある　絶海の孤島　増補改訂版』（イカロス出版）
・イカロスMOOK『珍島巡礼　日本の〝ヘンな島〟を訪ねる!!』（イカロス出版）
・吉田悠軌『禁足地帯の歩き方』（学研プラス）
・大道晴香『「イタコ」の誕生　マスメディアと宗教文化』（弘文堂）
・「京極夏彦×加門七海×東雅夫　鼎談　妖怪は江戸で磨かれる（構成・文／門賀美央子）」（『東京人』２０１８年９月号／都市出版より）
・安斎育郎『こっくりさんはなぜ当たるのか』（水曜社）
・岡田尊司『母という病』（ポプラ新書）
・田房永子『母がしんどい』（KADOKAWA／中経出版）
・船山信次『毒の科学　毒と人間のかかわり』（ナツメ社）
・「本格ミステリVSファンタジー　殊能将之インタビュー（聞き手／小谷真理）」（『ユ

リイカ』１９９９年12月号／青土社より）
・浅野和三郎著／熊谷えり子現代語訳『神霊主義　心霊科学からスピリチュアリズムへ』（でくのぼう出版）
・『本当にヤバい!!　昭和の「都市伝説」大全集』（宝島社）
・殊能将之『ハサミ男』（講談社文庫）
・加門七海『うわさの人物　神霊と生きる人々』（集英社文庫）
・岡本和明／辻堂真理『コックリさんの父　中岡俊哉のオカルト人生』（新潮社）

〈引用〉
・横溝正史『獄門島』（角川文庫）
・土屋隆夫『天狗の面』（光文社文庫）

巻頭詩は〝奇跡の詩人〟こと日木流奈『流奈詩集―あなたの幸せがみんなを幸せにする』（大和出版）収録「『LUNA Calendar 2000』のための詩　葉月」より抜粋したものです。

引用は省略されている場合があり、必ずしも文献の記述に忠実ではありません。

谷口未央、宮川奈央に厚く御礼申し上げます。

解説　霊能者の娘に生まれて

有《あり》須《す》間《ま》玲《れい》

この小説で少しだけ名前が出てくる霊能者、宜保《ぎぼ》愛子《あいこ》さんとは、二十年ほど前に二度お会いしたことがある。関西の某テレビ局のスタジオだった。とても柔和な方だったが、交流を深めるまでには至らなかった。母が彼女を嫌っていたせいだ。母は宜保さんを詐欺師呼ばわりしていた。

逆に親しくさせていただいたのが池田《いけだ》貴族《きぞく》さんだ。若い方はご存じないかもしれない。ミュージシャンであり、霊能者でもある長髪痩身《そうしん》の男性で、病気で若くして亡くなられた。母は彼のことも偽物だ、軟弱だと嫌っていた。

上岡龍太郎《かみおかりゅうたろう》氏がオカルト否定派だったのは事実だ。イワシ占いの白女《しろおんな》も実在した。〈参考・引用〉の文献の中で名前が挙がっている織田無道《おだむどう》氏も亡くなったが、母の定義では霊能者ではなく、タレント活動が好きなだけの単なる仏僧だった。そういえば氏には娘さんがいらっしゃるはずだが、お元気だろうか。昔一度、お宝鑑定のバラエティ番組に出ていた時は、とても楽しそうにしていらしたが――。

いきなり何の話をしているのか、そもそもお前は誰だ。「母」とは何者だ。そう思われた方も多いだろう。わたしはただの会社員で、都内の小さな企業で経理の仕事をしている、四十八歳で独身のおばさんだ。ではそんな人間がどうして、こんな文章を寄せているのか。

理由は二つある。一つは、十数年前からの知り合いである澤村伊智《さわむらいち》くんに依頼されたから（もっとも、わたしは普段彼のことを「香川《かがわ》くん」と本姓で呼んでいるが）。もう一つは、わたしが霊能者の娘だから。澤村くんがわたしに依頼したのは間違いなくそのためだ。「有須間祥《ありすまさち》」と聞けば「ああ」と思う人はいるかもしれない。わたしの筆名も母の名義を踏まえ、この文章を書くためだけに拵《こしら》えた。

わたしの母、有須間祥は宜保さんと同時期に、テレビによく出ていた霊能者の一人だ。霊能者としての活動を始めたのは彼女よりずっと早いが、知名度は低い。大阪在住で、活動をほぼ関西圏のみに絞っていたためだ。

母がテレビ露出を増やした頃、わたしは彼女の勧めで会社を辞め、母のマネージャーをすることになった。約十年で母と絶縁したのは、「霊能者の娘」という立場に耐えきれなくなったからだ。

メディアに顔を公開していないのに、わたしが「あの」有須間祥の娘だということは関西ではすっかり知れ渡っていて、表を歩く度に人々から声を掛けられた。囃《はや》し立てられ、からかわれもした。母が厚化粧で丸々と太っていて、ド派手な格好をしていたせいだろう。イジられるだけではない。「霊視してくれ」「悪霊を祓《はら》ってくれ」と泣き付かれたことも何十回とあった。往来ではもちろん、一人で住んでいたマンションを訪れて縋《すが》る人もいた。不運続きで他に頼るよすがない、有須間祥が駄目なら娘のお前が視ろ、と。断れば当然のように人でなし呼ばわりされた。わたしにそんな力はないと何度説明しても、彼ら彼女らは聞く耳を持ってくれなかった。

　わたしは世間を恨んだが、それ以上に母を恨むようになった。母はわたしから人生を奪い、「霊能者・有須間祥の娘」であることを押し付けている。マネージャーを始めて五年ほどで母と喧嘩《けんか》が絶えなくなり、七年で親子としての交流を一切しなくなった。母が体調を崩してテレビ出演を減らし始めた頃、わたしはマネージャーを辞め、東京に逃げた。

『予言の島』の伝説的霊能者・宇津木《うつぎ》幽子《ゆうこ》には一人娘がいた。誇大妄想の幽子に反発し、荒《すさ》んだ生活を送り、女の子（後の沙千花《さちか》）を未婚で産み、すぐに死んだ。わたしはこの娘に心を動かされた。本文のどこにも名前が出てこない、脇役ですらない女性に。理由は簡単。彼女はわたしによく似ているからだ。

　幽子の孫である沙千花も、他人とは思えなかった。少しばかり誇張されてはいるが、決して架空の人物には見えない。生まれた時から宇津木幽子に操られるその様は、とても真に迫って感じられた。

思えばわたしが母のマネージャーになったのも、母の長い長い誘導の結果だった。彼女には幼い頃から、一般的な仕事がどれほど下らないものか、事あるごとに聞かされた。その異様さには早くから気付いたが、就職した会社で仕事に全く身が入らなかったのは事実だ。何をしても虚《むな》しく、母の言葉どおりだと感じた。マネージャーの仕事をやれ、と母に言われた時は、少しホッとしたほどだ。

わたしは呪われていた。自力で逃げ出すことが出来たのは、奇跡と言えるかもしれない。解放されているとは言い難いけれど。

知人の連絡で母の死を知ったのは十年前、二〇一一年の四月だった。東日本大震災直後の混乱の最中で、報道は全くされなかった。母が二十一世紀に入って「消えた」せいもあるだろう。タレント霊能者やタレント占い師は儚《はかな》い。白蛇占いで名を馳《は》せたあの泉アツノさんでさえ、今すんなり思い出せる人はわずかだろう（「こんなん出ましたけど」で有名だった女性だ）。

母は持ち家を売り払っており、終《つい》の棲家《すみか》は古い文化住宅だった。わたしは義務として喪主を務め、彼女を荼毘《だび》に付した。遺骨は今でもわたしの家にある。早世した夫——わたしの父の家の墓に入れる予定はない。新しい墓を作る気もない。

「わたしにはお前だけや。お前しかおらん」

七歳の誕生日、母に掛けられた言葉だ。プレゼントも、どんなケーキだったかも思い出せないのに、その言葉は鮮明に、記憶に刻み込まれている。母の口調も、表情も。

母は敵ばかり作っていた。同業者に噛《か》み付き、否定派を憐《あわ》れみ、依頼人から搾れるだけ搾り取った。お世辞にも善人とは呼べない。だがそんな母が、わたしにだけは愛情を注いだ。わたしにだけ優しく、穏やかだった。それが呪いとなって、未だにわたしを縛っている。宇津木沙千花と同じだ。彼女は死ぬまで抜け出せなかったが、きっとわたしもそうなるだろう。

以上、霊能者の娘というやや特殊な立場から、『予言の島』の感想や自分の話を書き連ねた。少しばかり本文の補足説明もした。たぶん澤村くんの望むものにはなっただろう。有須間祥の娘だと明かしたことはないが、彼は関西出身だからすぐ気付いたのかもしれない。

最後に一つだけ。この小説のジャンルはホラーミステリというらしいが、わたしにとっては鏡を見ているようだった。真相は悍《おぞ》ましく、結末は悲しいものだけれど、自分を見つめ直すいい切っ掛けにもなった。もう一度母について考え直してみようと思っている。

ひょっとして澤村くんは、それを見越してこの小説を読ませたのではないか。今も母に呪われているわたしを気遣って、解説を依頼したのではないか。そもそもこの小説自体、わたしに向けて書かれたものではないか。沙千花という名前だって、わたしの母を意識している気がする。

先日、彼に訊《たず》ねたところ「とんでもない」と一笑に付された。

「個人に向けて書いたりするわけないじゃないですか。民俗ミステリとか土俗ホラーとかのファンって、なんか博識ぶってて苦手なんですよね。だから一遍からかってやろうと思って。玲さんに頼んだのはアレです、経営不振でボーナス大幅にカットされたってこないだ愚痴ってらしたから」

恵んでやる代わりに仕事を振ってやった、ということか。失礼な話だが、不思議と腹は立たなかった。作者の真意がどうあれ、この小説はわたしにとって大切な一冊になったからだ。大袈裟《おおげさ》な望みかもしれないが、読者の方にとってもそうなってほしい。

本書は、二〇一九年三月に小社より刊行された単行本を加筆修正のうえ、文庫化したものです。

本書はフィクションであり、実在のいかなる団体・個人ともいっさい関係ありません。

予《よ》言《げん》の島《しま》

澤村《さわむら》伊《い》智《ち》

角川ホラー文庫　22716

令和３年６月25日　初版発行
令和６年９月25日　９版発行

発行者――山下直久
発　行――株式会社KADOKAWA
〒102-8177　東京都千代田区富士見2-13-3
電話 0570-002-301（ナビダイヤル）
印刷所――株式会社KADOKAWA
製本所――株式会社KADOKAWA
装幀者――田島照久

●お問い合わせ
https://www.kadokawa.co.jp/（「お問い合わせ」へお進みください）
※内容によっては、お答えできない場合があります。
※サポートは日本国内のみとさせていただきます。
※Japanese text only

◆◇◇

ISBN978-4-04-111312-7　C0193

角川文庫発刊に際して

角川源義

第二次世界大戦の敗北は、軍事力の敗北であった以上に、私たちの若い文化力の敗退であった。私たちの文化が戦争に対して如何に無力であり、単なるあだ花に過ぎなかったかを、私たちは身を以て体験し痛感した。西洋近代文化の摂取にとって、明治以後八十年の歳月は決して短かすぎたとは言えない。にもかかわらず、近代文化の伝統を確立し、自由な批判と柔軟な良識に富む文化層として自らを形成することに私たちは失敗して来た。そしてこれは、各層への文化の普及滲透を任務とする出版人の責任でもあった。

一九四五年以来、私たちは再び振出しに戻り、第一歩から踏み出すことを余儀なくされた。これは大きな不幸ではあるが、反面、これまでの混沌・未熟・歪曲の中にあった我が国の文化に秩序と確たる基礎を齎らすためには絶好の機会でもある。角川書店は、このような祖国の文化的危機にあたり、微力をも顧みず再建の礎石たるべき抱負と決意とをもって出発したが、ここに創立以来の念願を果すべく角川文庫を発刊する。これまで刊行されたあらゆる全集叢書文庫類の長所と短所とを検討し、古今東西の不朽の典籍を、良心的編集のもとに、廉価に、そして書架にふさわしい美本として、多くのひとびとに提供しようとする。しかし私たちは徒らに百科全書的な知識のジレッタントを作ることを目的とせず、あくまで祖国の文化に秩序と再建への道を示し、この文庫を角川書店の栄ある事業として、今後永久に継続発展せしめ、学芸と教養との殿堂として大成せんことを期したい。多くの読書子の愛情ある忠言と支持とによって、この希望と抱負とを完遂せしめられんことを願う。

一九四九年五月三日